A Hidden Witch

隐身女巫

〔美〕德博拉·吉尔里／著

谢 雨／译

重庆出版集团 重庆出版社

图书在版编目(CIP)数据

隐身女巫/(美)吉尔里著;谢雨译.—重庆:重庆出版社,2016.5

ISBN 978-7-229-10605-8

Ⅰ.①隐… Ⅱ.①吉…②谢… Ⅲ.①长篇小说—美国—现代 Ⅳ.①I712.45

中国版本图书馆CIP数据核字(2015)第258349号

隐身女巫
YINSHEN NÜWU
〔美〕德博拉·吉尔里 著 谢 雨 译

责任编辑:刘 喆
责任校对:胡 琳
封面插图:宫纹娜
装帧设计:重庆出版集团艺术设计有限公司·王芳甜

重庆出版集团
重庆出版社 出版

重庆市南岸区南滨路162号1幢 邮政编码:400061 http://www.cqph.com
重庆出版集团艺术设计有限公司制版
重庆俊蒲印务有限公司印刷
重庆出版集团图书发行有限公司发行
邮购电话:023-61520648
全国新华书店经销

开本:700mm×1000mm 1/16 印张:15.25 字数:216千
2016年5月第1版 2016年5月第1次印刷
ISBN 978-7-229-10605-8
定价:32.00元

如有印装质量问题,请向本集团图书发行有限公司调换:023-61520678

CHAPTER 1 第一章

埃罗伊不是第一次希望自己有魔法，这次也不太会像是她最后一次希望。

“肖恩·詹姆斯·欧·莱利，你这个捣蛋鬼，你会倒霉的！”幻象咒语把她变成了海盗的模样，连声音听上去都完完全全像海盗在咆哮，加上那闪闪发光的牙齿，埃罗伊看上去非常滑稽。所以她的话只能是让肖恩同另外两个孩子狂笑不止。

她也真的不能怪肖恩，巫师历史课总是又长又无聊。祖母在做导师的时候处理了不少小巫师调皮捣蛋的事件，当然她也有足够的魔法，能处理更为令人难堪的事情。

埃罗伊可没什么强大的魔法，但对付一个十岁大的孩子办法可不止用魔法这一种。她朝着位于房间角落的书架走去，抽出最厚的那一卷巫师历史。爱德华·迈尔戈邦·黑格维施《黑格维施的乡村苦游》，看起来应该很适合用来对付他们了。

她把那卷书放在咖啡桌上，抽出一张纸，开始用大号字体写起来：家庭作业。而后她看看书，又看了看肖恩，露出邪恶海盗才有的笑容。

肖恩恐惧地看着那本书：“埃罗伊姨母，你不能给我们布置家庭作业。这是夏天啊！”

他的孪生兄弟凯文则颇感兴趣地看着那本书。那也合情合理，也

许他又没书可读了。晚一点儿她会偷偷地把那书塞给他，但是得等到它让肖恩意识到他那咒语有多讨厌之后才行。埃罗伊姨母像最严肃的海盗一般皱着眉头，然后用钩子敲了敲书。有意思！那个钩子很逼真。肖恩的魔法看起来又有些长进了。

六岁大的丽姿才不笨："肖恩，你最好把她变回原来正常的样子。妈妈说女孩儿可不会发脾气，我们会发难。"

埃罗伊说："听听，这才多大的孩子，说得多好！"

肖恩看起来有点担心："那可能有点儿麻烦了。"

凯文摇了摇头："你不知道该怎么变回去，是不是？"他戳了一下肖恩的肩膀，"笨蛋。我去找找咒语练习册。"

丽姿从沙发上跳下来："那太费时间了，我去找莫伊拉祖母。"丽姿同莫伊拉祖母真正的曾孙女至少隔了一代，而且自己还有众多的表兄表姐，但是在新斯科舍的魔法社区，那些都不重要。

莫伊拉在社区很有声望，也是巫师历史学家。但她自己却很明显特别中意那些爱搞恶作剧的小家伙，那也不是什么秘密，可要是对魔法的判断不够好，她就没那么好的耐心了。难怪肖恩看上去很担心。

埃罗伊将水壶放在炉子上。一会儿祖母来了，可能会喝点儿茶。她自己也照了一会儿镜子。不是每天你都能看到自己有灰色的胡子还有眼罩。她朝着镜子里的自己笑了笑，然后回到房间，看着丽姿从外面进来，祖母镇静地跟在她后面。

埃罗伊吻了吻祖母的脸颊："谢谢你能来。"

莫伊拉姨母像个小女孩一样咯咯地笑起来："亲爱的埃罗伊，那是你吗？我觉得这肯定是肖恩干的。丽姿说肖恩不能把你变回原来的样子了。"

"是啊，那个捣蛋鬼！"埃罗伊咆哮着说，然后平静了一些，"现在知道着急了。"

"有点儿晚了。"莫伊拉朝着房间走去。

肖恩坐在沙发上，旁边坐着凯文，看起来像是在冒冷汗。"嘿，祖母？我觉得我需要你帮忙。我真的不是故意要把埃罗伊姨母变成海盗的。"

听到那句话，房间里每个人都怀疑地看着他。“嗯，我也不想一直困着她。我只是想困她一会儿，但是我肯定哪个地方搞错了。”

莫伊拉严厉地看着他：“肖恩·欧·莱利，魔法规则第一条是什么？”

“不作恶。”肖恩低着头，不敢看莫伊拉眼中的怒火。

“你觉得要是埃罗伊姨母变不回原来的样子，永远都是海盗的样子了，会怎么样？”

肖恩看上去很绝望：“嗯，如果她的手臂是一个钩子的话，那就不好戴珠宝了，艾伦叔叔可能不想同一个海盗住一起。”

埃罗伊觉得肖恩完全不明白他艾伦叔叔是有多喜欢稀奇古怪的东西。她也希望祖母已经让这可怜的家伙受到折磨了，她的眼罩有点发痒。

莫伊拉在肖恩旁边坐下来：“所以，现在告诉我你那个咒语是怎么弄的，然后我们再想办法把它变回去。”

“莫伊拉祖母，你不会弄吗？”丽姿问道。

莫伊拉看上去很严肃：“宝贝，是的，我真的不会弄。肖恩在施咒方面很有天赋，我没有足够的能量能够将他所施的咒语反过来。”她把一只手搭在肖恩的肩膀上：“有能量就要有责任好好利用、好好判断。”

一直在笔记本上乱写乱画的凯文抬起头来：“我觉得我知道他需要做什么了。”

莫伊拉同埃罗伊都点头同意。对于巫师而言，有共同承担责任的意识是好事。凯文把书放在咖啡桌上。他画了一些有点复杂的流程图。埃罗伊斜着眼睛看着。

凯文同肖恩开始说起话来，用难以理解的双胞胎语言打着手势。丽姿坐在莫伊拉祖母的大腿上摆弄她的古董吊坠。最后肖恩抬起头来：“好，我想我知道该怎么做了，但是我们需要一个魔法圈。”

莫伊拉揉了揉他的头：“是的。通常情况下要把一个咒语变回来需要比一开始更强大的能量。你最好记住这一点。我是不是也应该加入魔法圈呢？”

“是的，拜托了。”肖恩脸上闪过愉快的神色，埃罗伊心里也很高兴。这些日子，祖母基本上都不参与什么训练圈了。毕竟上了年纪，但

> 以吾之名，寻志同道合之人，回应吾之召唤，赐引领之神力，开封印之口，三入同行。如吾所愿。

是大家都避而不提。

他们的魔法圈因为有长期的搭配练习，所以组建起来也比较容易，魔法圈建成后就开始召唤基本元素。他们把能量传递给肖恩，然后稳稳地保持住，好让他把咒语改回来。每天的训练在起作用。

埃罗伊从圈外看着他们，感觉自己被留在外面有点儿小失落。但那种成就感却是新的。她差不多完全替代了祖母的角色，帮助小巫师们在他们的小小世界进行训练。接下来的这一代都很好，她为自己所做的一切感到很自豪。她花了好长一段时间才找到自己的目标，适应那个目标，她终于有了归属感。

就在她看着的时候，肖恩的手指开始动起来，她知道他的咒语已经准备好了。她的眼前闪过一道微光，她从丽姿的咧嘴笑猜想她肯定已经由海盗变成了原来那个普普通通的“老姨母”了。

厨房里水开了。“肖恩、凯文，快给祖母泡杯茶。丽姿，从饼干盒里给每个人都拿点饼干来。”

小家伙儿们跑散开去，莫伊拉朝着埃罗伊眨了眨眼。“肖恩的那个咒语还真不错，魔法圈也很好。”埃罗伊笑起来。“是，是，船长。”

莫伊拉一边微笑着，一边走回家。埃罗伊真是一个很好的巫师导师。魔法社区其他人可以处理好一些很具体的魔法，但是埃罗伊就像胶水一样把他们黏在一起。真遗憾她自己的孙女没有魔法，但她也能处理得很好，就是靠对魔法的尊重同坚定的传统观念，她应该可以应对自如的。很多现代女巫都忘本了。

是啊，年纪大一点儿的女巫对现代工具也很抗拒。莫伊拉笑起来。她坐在电脑前面，点击了一下日渐熟悉起来的巫师聊天室。小肖恩的魔法让她迟到了,内尔和索菲很可能已经在等她了。

索菲:莫伊拉姨母,欢迎!

莫伊拉姨母:索菲,内尔,你们好啊! 不好意思我迟到了。我们刚刚遇到点麻烦,需要把咒语反过来。

内尔:噢,噢……

莫伊拉姨母:就是小鬼们的恶作剧。小肖恩用海盗幻象咒语让埃罗伊变成了海盗。实际上效果还不错,不管看上去还是听上去埃罗伊都恶狠狠的。

索菲:那他还挺有天赋的。

莫伊拉姨母:是啊。我们中好多人都跟不上他的速度了。内尔,我有个想法想跟你说一下。

内尔:洗耳恭听。

莫伊拉姨母:今年夏天把你那些小家伙儿们带过来怎么样? 我觉得夏天可以聚一聚,加强一下魔法训练。肖恩也可以好好上上施咒课,你是那方面的专家。

内尔:好吧,又把捣蛋鬼塞给我。内森这个夏天很忙,但是我可以把女儿同阿尔韦恩带过去。让我想想什么时候可以。

莫伊拉姨母:那太好了。你想带谁就带谁,索菲,也欢迎你来。埃罗伊想建个网站卖珠宝;我觉得她也想向你请教一下。

索菲:她要建自己的网站很好,但是我更想在我的网站上卖她的东西。她收集的那些海玻璃的确有魔力,我也能扩充一下我现在卖的东西。

莫伊拉姨母:看到你们再待一起工作真是太好了。

索菲:姨母,慢慢来。

莫伊拉姨母:就像往土地里播种。你俩之间还是有感情的,但是我知道那很复杂。

索菲:就当种子已经种下了吧。

内尔:索菲,说到你的网站,我想了一些加强咒语来帮助我们巫师聊天室。

索菲:我觉得还挺有效的。最近有些女巫新加入进来。

内尔:我们是有一些新女巫加入,但是她们都已经练习魔法很长时间了。但是我记得当初我们找到劳伦的时候,她都不知道自己有魔法。

莫伊拉姨母:她的加入对我们魔法社区而言是一件好事。

内尔:说得是!我也觉得也许我们可以找到更多跟她一样的人。

索菲:你真是个勇敢的女人。权当我们想要找更多跟她一样的吧,那我们应该怎么做呢?

内尔:我看了一下最近加入聊天室的女巫的读数同劳伦早期的读数相对比。她的读数很强,但是更杂乱无章。

索菲:那很容易理解,因为她没有受过训练。

内尔:对,所以我觉得我们也可以那样做。我可以将咒语集中到寻找那些更没有章法的能量足迹。那样我们要么可以找到受过训练较少的女巫,要么找到那些还不知道自己天赋的。

莫伊拉姨母:内尔,我觉得上一次有些欠妥。虽然到最后一切都好了,但是我们确实很幸运劳伦没有直接当着我们的面拒绝。

索菲:我同意,但那更有吸引力,让我们知道有必要那样做。我们需要找到一些没有意识到自己有魔法的女巫,从而训练她们,就像杰米对劳伦所做的那样。对于一个没有开发训练的女巫来讲,我们要做的不仅仅是找到她,我们上次没有做好充分的准备。

内尔:女儿同我正在研究视觉扫描,这样的话我们就能够接触到那些在远方还没被我们发现的女巫了。杰米这次可不能像上次一样自由地到其他地方去了,纳特现在晨吐很厉害。我觉得杰米不会离开她不管。

索菲:早该有人告诉我才是。我有几个水晶球可以帮帮忙,我再帮她调些茶。

内尔:索菲,太好了。我也想吉尼亚跟着你训练。我们这边真的很需要会医术的,我很高兴她有那样的天赋。

索菲:从她有土系魔法以及同植物的密切联系来看,我一点儿也不意外。

莫伊拉姨母:内尔,这个夏天把吉尼亚带过来吧。我们这里有会医术的,索菲也应该会过来。如果吉尼亚有做医生的天赋,那我们就更需要聚一聚了。

内尔:在沙滩上待一周对我来说太好了。但是得让我好好准备一下吃的喝的。另外,那我还要不要再把咒语的重点变一下,让它发现更多没有受过魔法训练的女巫,还是不管了?

莫伊拉姨母:如果我们要聚一聚,那么能找个没有受过训练的女巫就更幸运了。

索菲:内尔,你什么时候能把咒语调整好?

内尔:我觉得女儿们正秘密地在弄了。网上有个加密的文件夹:“隐身女巫”。

索菲:吉尼亚现在的编码技术已经很厉害了。她比我们都要棒。

内尔:不愧是我的女儿!我会看看她们弄得怎么样了,如果在今晚我们惯常的聊天时间就弄好了我也不会感到意外。

莫伊拉姨母:要是那样的话,我还是去吃点东西,过几个小时再跟你们聊。

埃罗伊可以感受到自己的手抽筋了,光线也变得越来越暗,她不得不斜着眼才能把那些银线绞在一块儿。这款海玻璃是她最中意的几款之一。明亮的蓝色总是让她想起威尼斯。

她从沙滩上找到的那些海玻璃中,蓝色总是最珍贵的。她把它们屯起来,只有当她想制作一款很特别的项链的时候才会用一点儿。这一条是为祖母制作的项链,没有比用它来做更特别的了。祖母喜欢历史,也喜欢海玻璃所代表的智慧。

埃罗伊喜欢想象她所制作的这些作品可以长久保存,她把那些玻璃放到渐弱的阳光下,再看了看形状。也许这是威尼斯某个优雅女士的梳妆台上的瓶子,或者从一艘穿越大西洋的船上漂下来的。也许是有人从船舷处扔出去的,或者是船搁浅了。这些破碎的玻璃片就随着海水一路漂流,同鹅卵石撞在一起,埋在新斯科舍的某个孤独的沙滩堆里,也许等了好几个世纪才被她这样的人找到。

埃罗伊在脑海里提醒自己快些找些朋友过来吃晚饭。对着她的海玻璃泪眼模糊很明显说明她最近过得有些离群索居了。但一切都值得,因为她已经有了一堆很漂亮的作品去参加旧金山的艺术展。

除了自己所在的省,她很少涉足其他地方,但是在艾伦的督促下,被选出来作为新兴艺术家,她还是决定参加一下最具盛名的艺术展。那是极高的荣誉,也给自己平稳的生活增添了一丝色彩。

但是说实话,也很让人担忧。

现在天全黑了,她没有继续弄给祖母的项链,把她工作的地方收拾了一下。她总是把一件未完成的作品留在桌上,以便鼓励自己开始新一天的工作。她最后摸了一下宝石蓝的海玻璃,用手指给它降温,她开始干起更平常的工作,比如整理工具、打扫房间。

她的电脑里装了一个即时信息提示系统。是艾伦用来解决他不得不离开房间后,可以引起她的注意的方法。这样做其实很傻,因为只要从后门叫一声就可以了,但是很明显她很难注意到那样的事情。晚饭已经做好了,她坐在电脑前让他知道一会儿她就会过去。

内尔:咒语开始起作用了……她的名字叫埃罗伊!

索菲:你好,埃罗伊,欢迎来到巫师聊天室。欢迎你加入我们!

埃罗伊:真是太意外了!内尔,索菲你们好!我从祖母那里听说了聊天室的事情。我可待不了多久,我给艾伦说我一会儿就去吃晚饭。

莫伊拉姨母:你在这儿真是太好了,也有点小意外。内尔的咒语肯定出了什么岔子。我们正在找新的女巫聊天。或许是先前用你电脑的学生?

埃罗伊:那一点儿也不意外。凯文对电子产品总是很感兴趣。

内尔:等一下,我正在检查编码。不好意思,埃罗伊,不知道哪里出了岔子。但是还是很高兴“找到”你。

索菲:你要参加的那个展会是不是就快到啦?

埃罗伊:是啊。还有不到一周的时间。内尔,你那儿还有地方让我可以同你一起住么?

内尔:有的。但是可能就有点安静。杰米和纳特见到你一定很高兴。他们的新家也开始有人气了,但是还是需要一两个客人进去住一住。

埃罗伊:怎么样都可以,谢谢。

内尔:不好意思,我很讨厌问很傻的问题,但这个搜索咒语搜索的结果还是埃罗伊。

莫伊拉姨母:啊,肯定不可能是从埃罗伊那儿来的啊。如果她是女巫的话,我们早就知道了。

埃罗伊:也许是哪个学生?

内尔:不,这个咒语是指向个人的,不是电脑。这个又是没有受过训练的信号。凯文已经有过很多的训练了,所以他应该跟最近新加入我们聊天室的女巫很像才对。

埃罗伊:我不明白。

内尔:我是说我的编码表明你是没有受过训练的女巫,但是那完全讲不通。

索菲:埃罗伊,最近有人给你检测过么?

埃罗伊:我们从小到大都不知道检测过多少次了。你不会真的相信我现在有魔法了吧。

索菲:不好意思。我不知道自己在想什么。我也觉得这对你来说很难接受,真的抱歉我们又搞错了。

埃罗伊:那是很久以前的事情了,不需要道歉。我替你开心。你的魔法有长进了,我已经很久不会为我没有魔法哭了。现在我真的要走了,晚餐有波兰饺子。我饿了。晚安了各位。

索菲:啊。

莫伊拉:啊,老天!

内尔:我觉得我们又旧事重提了,我都不知道到底是怎么回事。有没有人能告诉我?

莫伊拉姨母:埃罗伊从小就想着要成为女巫。她一直保守着这个秘密,但是我知道她一直没有忘记这个梦想。我当时真的很确定她会

有魔法，我也真是不小心，不然的话我也能帮她更坦然地接受事实了。

索菲：莫伊拉姨母，是不是女巫都一样啊？你总那样说。

莫伊拉姨母：是啊，但是魔法总是在召唤她。通常情况下发生那样的事情的话，他们在某一刻总会有魔法的，但是她从来没有过。而且她同索菲走得很近让这一切变得更困难。你把三胞胎教育得很好，但是我做得就没那么好了。

内尔：不要忽略历史，也许应该再测试一下。好像已经很久没人对她进行测试了。我发誓我的编码说她是一个女巫，也许你的直觉是对的。

索菲：她身边总有不断进行魔法实践的女巫，而且总有很活跃的魔法圈。要是她真的有魔法，我们又没有注意到，那就真的难以置信了。

内尔：是啊，那些活跃的魔法总能让周边没有的天赋变得很明显。

莫伊拉姨母：我真的不想说，但是最近她有过很多次检测。我做的时候都没有告诉她，那样只会让她伤心。距离上次我测试她只有几个月的时间。

索菲：我们今晚又让你同她伤心了。莫伊拉姨母，对不起。

内尔：天！我还是不要再弄那咒语了，免得再伤和气。不好意思。女儿们做了大部分工作，我肯定忘了些什么东西。好了，不找理由了，明天再好好梳理一下。

莫伊拉：不要担心。艾伦会好好安慰她的，他是个好男人。

埃罗伊关上工作室的门，靠在门上，吹着清凉的海风。不，该死的，她不会再为这个伤心了。小孩子没得到他们想要的才会哭哭啼啼的，长大了就得学会淡定。

她的生活很不错，现在，还有一大盘波兰饺子等着她呢。

CHAPTER 2 第二章

埃罗伊觉得自己26年来见过的小石头比一般人三辈子见过的都要多。在沙滩上找海玻璃是一门很考验眼力的艺术,眼睛需要不断地搜索,在那铺展开去的灰色与棕色之间找到那非比寻常而又闪闪发光的颜色。

要是那些鹅卵石也是灰色或者棕色就好办多了。尤其是在很潮湿的时候,沙滩上的石头也是五颜六色的,闪烁着金色或绿色的光,时不时地还会呈现大自然中的其他颜色。从那些美丽的贝壳碎片和无法辨别的海洋杂质中找到那些隐藏起来的光滑破碎的玻璃并不是想象中的那么容易。

埃罗伊从小就喜欢那样做了。她母亲过去常常带她去海边,给她讲一些有关海玻璃的故事,以及它们从哪里来的。她记得第一次把自己找到的海玻璃用牙线套在黑色的鞋带上,做成了项链送给母亲作为母亲节的礼物。

15年后,直到鞋带断了,母亲才答应把那块紫色的玻璃用手工制作的银线串起来。她确定母亲仍然把鞋带收藏在某个地方。

大概是多愁善感的缘故吧,现在她也想要个孩子,也就更加能明白为什么母亲会心甘情愿在脖子上戴一根鞋带,而且一戴就是15年。

她沿着沙滩散着步,不时抚摸着肚子,想象着自己怀孕是什么样

子。如果你周围总是围着一帮小孩儿,那你并不会觉得他们有什么稀奇的。但是如果是肚子里怀上了一个情况就不一样了。艾伦最近也有那样的想法。等她从旧金山回来再说吧。

一块水蓝色的玻璃突然映入她的眼帘,她弯下身子,将湿漉漉的玻璃放入自己的口袋。这片沙滩由于海水的缘故其实很难发现那些散落的玻璃碎片。她可以无视那些棕色或绿色的玻璃,只挑选出很稀有特别的颜色,比如蓝色、红色,还有很久都没有碰到的紫色。

接下来映入她眼帘的是一块浑圆的深蓝色玻璃。可能是几个世纪前某个小孩子的弹珠,经过几个世纪的漂流现在变得很粗糙。如果她舍得送人的话,它可以被做成一条很美的项链。她的工作室里充满了很多类似的小珍品,她都不舍得送人。

埃罗伊把弹珠放进她的大口袋中,然后朝着一块有阳光照耀的石头走去。应该吃午饭了,也可以坐下来听潮。

晨雾已经褪尽,但是空气仍旧很湿润。今天的风不够强,不能将湿气吹散开去。对这一带的沙滩而言是很不寻常的。潮已经退去了,海藻同海盐的味道在正午的阳光下仍旧很浓郁。

她很明白,这么一大早出来找海玻璃并不是真的想多收藏一些,而是有更重要的原因。她需要这样做来平复旧的伤痛。长大后她学会了一件事:让自己做些事情比痛哭更能释放自己的情绪。

即使像艾伦那样完完全全满足于自己不是巫师的事实,也不能真正懂得孩提时的梦想永远无法实现是什么滋味。

从埃罗伊记事起,她就觉得自己是女巫。祖母就是女巫,历史同血缘都表明自己应该是女巫。至少在小时候,她一直等着自己的魔法显现。

她上过巫师社区为所有小孩子开设的课程,甚至接连几个小时坐在那里听祖母讲巫师的过去。

少年时代她也总是很耐心地等待着魔法的显现,即便她身边很多人已经有了魔法。看着索菲有了魔法,她自己又羡慕又嫉妒。祖母时常对她进行扫描,埃罗伊知道她现在也在那么做,想发现她的宝贝孙女的魔法踪迹,但什么也没有显现。

沿着沙滩寻找海玻璃似乎成了她疗伤的一种灵药，从那儿她的成年生活有了目标，有了方向。她是一名艺术家，一名舞蹈家，还是一名导师，虽然不是女巫，但她也慢慢接受了。

当然是在大多数时候。

某些像搜索咒语出错，将她判定为隐藏的女巫的时候，她深埋在心底的希望都会被重新点燃。她不是女巫，但是她依旧没能摆脱希望自己是女巫的欲望。

她努力将眼睛闭了一会儿，让自己不去想那份痛苦。

13岁的时候，她坚信自己有必要成为女巫。但世事难料，在祖母的坚持下，她已经为自己找到了一条路，一条不需要魔法也能获得归属感的路。对一个不是巫师的人而言，真的是不小的成功。

但是仍没能让她摆脱她想要的东西。

坐在沙滩上，沐浴在晨光中，埃罗伊不得不向自己坦诚另一个事实。那就是她想要个孩子是希望孩子能够隔代遗传到魔法。

她痛苦地摇了摇头。祖母教会了她一件事情那就是每个孩子都需要找到自己的路。如果她变成了很糟糕而又徘徊不定的母亲，祖母会带头敲醒她的。在新斯科舍，你还有那样的小村庄可以养育孩子，真的是一件很好的事情。

一个想法一闪而过，祖母也许不能看着她的孩子成长，但她转念一想，爱尔兰女巫通常都是很长寿的。

而且还有艾伦，他会是一位很好的父亲。

终将有一天，她会同她自己的孩子一起来这些沙滩，找那些五颜六色的海玻璃。

那本身也是魔法呀。

内尔对着她的三胞胎摇了摇头："肯定是哪里出错了。我们找到了埃罗伊，你们记得她么？莫伊拉的孙女。"

米娅眼睛往上翻了一下。"妈妈，我们知道。上次我们生日她来

过。但是这些编码我们测试过很多次了。不会有错了,埃罗伊肯定是女巫。”

啊,真是初生牛犊不怕虎。她的女儿们确实很擅长编码,但是没有哪一个程序员是无往不胜的。没有哪个程序员的代码是万无一失的。“埃罗伊自小就被莫伊拉进行了测试,就像我们对你们所做的那样。如果你们的编码是对的,那就是说莫伊拉是错的了?不会吧?”

三张眉头紧锁的小脸转向她们各自的屏幕,脑袋里发出的声响比一屋子的电脑都大。她们知道在女巫世界里,莫伊拉的话就像真理一样,原因就在于她很少出错。

吉尼亚最后抬起头来:“我觉得真的没什么问题。也许我们需要再测试一下。”

谢恩经常是这三个孩子中最愁眉苦脸的一个。她摇了摇头:“我们已经测试过好多次了,每次都能找到你,我同米娅就不会。”

“我知道。”吉尼亚说:“但是现在,唯一的方法就是找一个女巫,看看能不能找到他们。那就是爸爸经常说的间接后果。他说如果只盯着最终结果看的话就很难判断错出在哪里。你得从中间开始。”

内尔把笑容藏起来,准备晚些时候把这个跟丹尼尔分享一下。同刚刚拥有的五行能量比起来,吉尼亚对她的编码更加自豪,这大部分归功于丹尼尔。对另外两个没有魔法的孩子来说,那是一件好事。

“嗯,那我们怎么做呢?”米娅问道,对于新实验,她总是跃跃欲试。

吉尼亚笑起来:“让妈妈体验一下其他的惊喜。”

怎么九岁大的时候就开始学会向妈妈保守秘密了?内尔扬起眉毛,耐心等待着。

吉尼亚在她的电脑上敲了一会儿。因为所有的监视器都有屏幕显示,因此内尔可以看到她进去后点开了一个“生人勿进——编码女孩儿专用”的文件夹。她微笑着,但是吉尼亚在文件上所使用的加密术真的让她大开眼界。她们的爸爸一定在编程的课上教了三胞胎们一些基本的黑客入侵常识。

谢恩走向角落的橱柜,拿出一个旧的贴有王子贴纸的鼠标。

内尔扬起眉毛:“你从哪里找到的?那东西好旧了。”

“在阿尔韦恩的玩具盒里。我们试过用不同的方法扫描，这最管用。”

内尔觉得自己完全没听明白：“什么扫描？”

谢恩把鼠标放在她面前，然后将其插入USB接口：“好了。试试吧。就跟你要用这个鼠标一样握着，但是什么都不要做。”

内尔根据谢恩所说的做了，然后看着电脑屏幕。几分钟后，一系列的表格就出现在屏幕上，还有一个粉红色的对话框：“耶，你是女巫！”

天！内尔拿起手机给杰米发了短信。

不一会儿，杰米就真的出现在房间里了。要想快速到达某个地方，瞬移术真的很方便。“嘿，我亲爱的侄女们，怎么了？”

吉尼亚给了他一个拥抱：“我们做了一个女巫扫描！”

杰米已经习惯了各种各样的惊喜：“真酷，那是什么？”

吉尼亚把他领到内尔的椅子旁边，把鼠标递给他：“这儿，拿着。”

杰米看着鼠标上的王子贴纸，看上去有点反感：“我觉得我可以给你们买个新的鼠标。这个东西也太旧了吧。”

米娅笑起来：“别犯傻了，杰米叔叔。已经没人在用那个鼠标了。这是我们用来扫描的装置。就坐在那里，握着就好。”

他也照着她们说的做了。很快屏幕上也出现了“耶，你是巫师”的对话框，还有一些水流纹同闪闪发光的小星星。

天！他把想法传递给内尔。你是不是帮忙了？

内尔只是摇摇头。

“真棒！我为什么也是粉红色的难道它不知道我不是女生么？”

三胞胎看上去有点错愕：“也许我们可以改进一下。女巫同男巫能量上有区别么？”

哈，这下问得好！内尔将想法传给杰米。

“妈妈，别再用意念说话了。”吉尼亚说道。

“那可很没礼貌。”

杰米吃惊地看着吉尼亚：“小鬼，你现在都能接收到意念对话了？”

三双眼睛同时盯着他。“不是。”米娅说：“你同妈妈在意念对话的时候眼角总是会有皱纹。珍妮姨母说是因为你们没有很好地坚持训练。”

杰米终于开窍把注意力转回了大屏幕:“现在跟我说说那些编码同波形曲线吧。很明显你们是扫描的能量信号,但是剩下的数据又是怎样?”

内尔坐下来,骄傲地看着他们几个将头聚在一起,开始指向刚刚发明的新“玩具”上所有的各附加修饰物。

过了一会儿,杰米往后仰了一下,望了望内尔:“所以我们现在有了一个可以远程扫描的装置,它可以用来测试理论痕迹,而且可以将测试结果读出来。”

吉尼亚点点头:“这个只对巫师王国和意念魔法有效。珍妮祖母说若是碰到其他的能量,这个就不那么好使了。”

内尔眨了眨眼:“珍妮姨母帮你们编码么?”

米娅笑起来:“妈妈,开什么玩笑。她只是帮我们做测试,因为吉尼亚还不知道怎么做。但是她施了一个咒语,把编码都连起来了,就是我们现在看到的样子。”

好。那就说得通了。珍妮姨母能量确实很强大,但是完全不会什么施咒编程之类的。

“那我们要拿这个东西做什么呢?”杰米问道。

“我们想扫描一下埃罗伊,”吉尼亚说道,“但是我们可能需要用触控板,如果她不用鼠标的话。”

杰米笑起来:“我觉得中东部的巫师还是在用鼠标,但可能没这个旧。”

吉尼亚停了一下,突然很害羞:“我们想知道能不能在巫师王国用一下。”

不是妈妈也能看出三双渴望的小眼睛在盯着杰米,内尔觉得自己已经泪眼婆娑。她同杰米已经为他们的游戏王国编程十五年之久了。似乎他们刚刚得到了三个新的帮手。

杰米看看内尔,笑起来:“啊,我觉得我们可以用用。”他指着屏幕上的图形,“但是我们可能要对你们的设计做一些小小的修改。”

谢恩困惑地看着屏幕:“怎么了？哪里有问题了?”

内尔溜出去做午饭了。杰米自己可以解释为什么巫师王国不需要粉红色和闪闪发光的星星。

内尔:莫伊拉姨母,你能找个机会跟埃罗伊谈谈么?

莫伊拉姨母:今天可不行,她一大早就去海边找海玻璃去了。

内尔:嗯。

索菲:怎么了?

内尔:嗯,今早我同女儿们试了试搜索咒语。很明显我们发现埃罗伊的能量痕迹,而且编码中也没有漏洞。

莫伊拉:肯定有。我不是想告诉你要怎么做编码咒语,但是我真的觉得如果她是女巫,我不可能不知道,更何况还是同一屋檐下。

内尔:就是啊。但是那也是我很困惑的地方。女儿们设计了另一个程序,可能会有些帮助。我希望可以同你们试试。

索菲:我甘愿做你的小白鼠。什么测试?

内尔:是一个虚拟扫描。珍妮姨母这次可为那些华丽而俗气的咒语帮了不少忙。让我激活编码咒语,接下来你们只需要握住你们的鼠标就可以了。

索菲:我要用魔法么?

内尔:不,不需要。但是我需要你一会儿用一下,以便我能看到读数的变化。

索菲:一个手打字真的很不方便。我是不是应该有什么反应才对?

内尔:好了。现在你试试用用土系魔法,然后是水系魔法,还有其他无法判定出处的魔法源。这个主要是用来测试巫师王国同意念魔法的,所以你的第三种魔法可以用用治愈术。

索菲:哇。要是当初遇到劳伦的时候也能有这个东西该有多受用。

内尔:我觉得杰米应该不会想失去去芝加哥的经历吧,但你说得很对。这玩意儿挺好的。

莫伊拉姨母:你真的可以透过网络看到索菲的魔法?

内尔:差不多。其实跟搜索咒语也没差多少,而且能给我们提供更多的信息。

莫伊拉姨母：我不想怀疑，但是你真的确定能读到那些信息？我们在对人做扫描的时候总是有风险的。

内尔：你附近有其他的女巫么？我们可以拿她做一下实验，而且我们也不知道她是谁。

莫伊拉：嗯，实际上真的有个在我家厨房里吃饼干。让我去看看。

索菲：你可以把这个放到魔法世界里去。

内尔：杰米已经在着手弄了，三个小鬼也很乐意帮忙。

莫伊拉姨母：好了，我已经找到一个志愿者了。他只需要握着鼠标对不对？然后呢？

内尔：就可以了。给我一分钟。好了，扫描结果显示有火、水，以及空气能量，还有一点意念魔法。

莫伊拉把鼠标从凯文那里移开，然后切换回视频对话。她其实对这些已经越来越熟悉了，但是有的事情还是面对面容易一些。内尔同索菲的脸出现在她的屏幕上。

她确定凯文照她的话去拿饼干了，莫伊拉转向内尔：“最后的那部分你确定么？剩下的都正确，但是我们很久没有对他进行测试了。”

内尔笑起来：“接下来的一两天或许可以测一测。我也真的想知道我们这个测试装置到底有没有效。”

莫伊拉还是没能完全相信，但是旁边另两位等不及也要测试一下。丽姿的测试结果显示她有很强的水系魔法，还有别的什么。一点也不奇怪，小家伙儿们的魔法随着他们的年龄慢慢长大。

当肖恩握着鼠标的时候，内尔看上去很吃惊：“肖恩，宝贝，你会施咒么？”

肖恩把脸上的饼干屑抹干净：“祖母说我可以，但是我只是在小圈子里试过。”

莫伊拉知道有的事情还是不适合小孩子听的。她拿起装着饼干的盘子：“你们仨要不把饼干带去花园，然后给我摘些鲜花回来装饰我的桌子？”

等他们声音逐渐变小后，她转向内尔：“你看到什么了？”

内尔皱着眉头："我不知道这串编码意味着什么，我们还没有做足够多的测试，但是肖恩在未知能量源区域有很大的一部分，也许是医术、施咒，或者更少见的什么魔法。"

"我觉得他应该不会医术。"索菲说道，"我去年夏天同肖恩待过一段时间，他没有展现什么治愈方面的天赋。"

莫伊拉点点头："我同意，我们也没发现他有什么星际旅行或者预知未来的天赋。对一个十岁大的孩子而言，能做一系列很复杂的咒语已经很不寻常了，所以我们觉得他应该有很强大的施咒能量。"

内尔说："他的读数强度同杰米的差不多啊。"

天，莫伊拉想到，杰米几乎已经是最有天赋的施咒者了。"比我们想象中要复杂啊。我们目前都还没有足够的巫师能完成完整的魔法圈，但是下次有机会可以在更大的训练圈里测试一下。"

"要不等这个夏天我们都聚到一起了再说？"索菲说道，"我同内尔在的话，我想应该够了。"

"杰米同纳特应该会待在家里，"内尔说道，"但是劳伦很想去。现在她也慢慢成为导师了。她的意念引导可以带领肖恩更快速地进入完整的魔法圈。"

一听到又快见到劳伦，莫伊拉的心一下子觉得好温暖。她对她们首次"搜索"到的女巫很有好感。她们有个很强大的施咒者需要训练也很鼓舞人心，尽管不是采用正统的渠道发现这些天赋的。

她朝着祖母的水晶球看了一下，这玩意通常都是放在屋子的一角。也许那东西要是有用，就不需要那么多新的工具了。那些旧东西就跟不靠谱的孩子一样。

啊，好吧。女巫们可不挑三拣四。"你这小发明引起的事情可不小。我要跟埃罗伊谈谈她现在在负责训练的小家伙儿们。"

"好的，"内尔皱起眉头，"如果那个结果是正确的，我们就有问题得好好解决了。"

"什么？"

索菲轻轻地说："搜索咒语表明埃罗伊是有魔法的。如果内尔的这个新工具有效，那她就要再接受一次扫描。"

莫伊拉姨母慢慢地摇着头。她自己也希望埃罗伊能有魔法，一次又一次地希望换来一次又一次的失望，她没有魔法。一个小小的工具能发现她没能发现的东西，那也不太可能。“她会很难受的，哪怕只是简单地问问。”

“我知道，”索菲说，“所以现在还是不要问，慢慢来。先测试凯文看看他是不是有意念魔法。如果他有，我们再想下一步该怎么做。”

“说得是。那我可以。我现在联系一下马尔库斯。”走廊里传来一阵奔跑的脚步声，莫伊拉姨母转过头去。“我会把结果告诉你们的。”

“保重，莫伊拉姨母。”

CHAPTER 3

第三章

埃罗伊冲着凯文摇了摇头:“不,我最喜欢的颜色不是蓝色。”

凯文阴沉着脸:“我觉得你的大脑看起来有点儿蓝。”

埃罗伊把一碗蓝莓递给他,刚刚摘下来洗的,所以还有水珠留在上面:“你可能是饿了。为什么不等马尔库斯叔叔来呢?他可以试试读心术,或许能找到可以帮你的人?”

“自从那个电脑测试说我可能有意念魔法,我昨晚一晚上都在读相关的东西。”

看来对小巫师们保密不是那么容易。“你是怎么知道电脑说什么的?你那时候不正在院子里吃饼干么?”

凯文耸耸肩:“我不知道我怎么知道的,我只知道我知道。”他瞳孔放大,“等一下,我只是知道。那不正是意念魔法吗?知道那些你本不应该知道的事情?我刚刚读到过。”

他从背包里翻出一本书,但是埃罗伊不需要什么参考指南。祖母已经知道了电脑测试的结果,即便自己不敏感,她也不会阻止一个新的意念巫师的出现。

凯文在书中找来找去,祖母的一本很旧的书,上面还布满了灰尘。“埃罗伊,是真的!”他斜着眼,盯着她,“再想想你最喜欢的颜色。”

埃罗伊努力想要集中精力在红色上面:草莓、消防车、血,呃呃呃,

恶心。还是想想草莓吧。

他一言不发，然后耸耸肩："你的大脑里看上去还是蓝色。嗯，我猜是不是我弄错了。"

也许是吃太多蓝莓了。就在凯文又想回过头去读一遍之前，她轻轻地替他合上书："你真走运，有个真正的意念巫师会过来喝茶，你有什么问题可以尽管问。"

凯文看起来有些垂头丧气："我不能读这本书么？"

"你当然可以读。但是你不能一天到晚都读它。我猜你昨晚肯定又是读着读着睡着了。"凯文觉得很惊讶，埃罗伊冲着他笑了笑。不会读心术也能猜到啊，看看他眼睛下面的黑眼圈就知道了，但是她喜欢保守她的小秘密。

埃罗伊给他的杯子又倒上牛奶："现在记住，马尔库斯叔叔是一位很能干的巫师，但是他还不太习惯跟孩子们打交道。"

"你是说他不喜欢我们。"

差不多，但是他是他们那个小世界里很厉害的意念巫师，所以由他来测试凯文就再合适不过了。他只是不太常有那种医生该对病人有的救死扶伤态度。

"凯文，他一个人住。有些巫师喜欢独居，马尔库斯叔叔就是那样的人。对于这类型的人来说，有时候身边有人围着，他们反而不习惯。你们都乖乖听话就好。"

如果他真来了，她会待在房间里。上次马尔库斯测试她的一个学生的时候，他把学生都弄哭了。不管能量如何强大，他无权把小男孩儿们弄哭。

埃罗伊想剔除脑海中出现的这些想法。如果是同一个会读心术的巫师打交道，最好在他来的时候想想牛奶同草莓。从外面传来的声响判断，他来了。她轻拍了一下凯文的手，然后开门迎接她的客人。

"嘿，祖母，你好，马尔库斯你好。欢迎来我家。"

"多谢。"马尔库斯沉着脸，瞅了她一眼，走进房间，"那个你要我测试的学生在哪里？你可以把他带出来了，我答应莫伊拉姨母不会吃他的。"

闲扯就到此结束。但是,如果祖母真的有很严肃地跟他说起过那样的事情,也好,也许这次就不会有人再哭了。

埃罗伊记得自己还是小女孩儿的时候,马尔库斯说要把她扔进坩埚里,当时他可怕极了。因为跟大部分她认识的巫师不同,他真的有坩埚,那时候她都不敢靠近他。事后想想,也许那就是他的目的。

她走进厨房,轻轻地合上凯文的书:"马尔库斯叔叔,这是凯文。他是我的侄子,你也看到了,他很喜欢读书。"他俩以前见过,但是马尔库斯记不清名字也理不清关系,但是那些东西是生活在新斯科舍省必须要具备的。

马尔库斯坐到厨房桌子旁边,慢慢研究起凯文来。埃罗伊端出一些东西和几杯茶来款待他,同时又假装他不存在一样。她不想打扰测试,但是她也不想离开厨房。祖母只要有茶同饼干就能很舒服,看上去马尔库斯叔叔得应付旁边的观察员们了。

凯文是个比较安静的孩子,但是他不害羞。有好几次他都看到马尔库斯凝视着他,然后问了那个最重要的问题:"我有意念魔法么?"

马尔库斯扬起眉毛:"我最喜欢的颜色是什么?"

凯文集中精力。

"不,不,不。"马尔库斯用手拍着桌子,"你太过了。你需要放松你的大脑,而不是像握拳一样紧绷着。"

埃罗伊接住了她差点掉下去的勺子。他那样大声地捶着桌子,谁能放松得下来?好吧,除了祖母,她坐在那里,好像什么都没发生过一样。甘菊茶慢慢地从杯子里流了出来。嗯,也许祖母不是简单搅拌了一下那样简单。

凯文摇了摇头:"我不明白。"

"大部分人大脑中都有很混乱的想法。他们的想法都放在人们很容易察觉的地方。你的埃罗伊姨母很担心我会把你弄哭。"

凯文看上去很着迷:"你还能看到什么?"

直到莫伊拉眉毛上扬,马尔库斯才打破沉默:"你很好奇为什么她的大脑今天是蓝色的。那就意味着你有一些移情方面的天赋。"

凯文歪着脑袋:"会移情术的巫师会把感受看成颜色么?"

“那不正是我刚刚所讲的么?”

“那埃罗伊今天很伤心。”

“很明显。”马尔库斯对埃罗伊的心境完全没有同情的意思,埃罗伊很沮丧,自己的隐私这么轻易就被侵犯了。

莫伊拉的勺子敲着茶杯,她尖刻地说道:“有礼貌的巫师们不会不经过他人的允许而读别人的想法或感受。”

一阵哄笑让所有人都震惊了。凯文意识到笑声是从自己嘴里发出来的,有点局促不安。

当马尔库斯的脸更加阴沉时,埃罗伊屏住了呼吸,但是他说话的时候,语气还是挺客气的:“周围这么多混乱的大脑,你都不需要做什么就能知道他们在想什么。你需要把你的想法打开一点,他们的想法就会进到你的大脑里去了。真是不幸。”

埃罗伊想要去烤燕麦饼干。也许那能让她那尴尬的想法安静一下。

凯文想了一会儿:“但是你的大脑一点都不混乱,所以我应该能听到你最喜欢的颜色才对?”

“你是个很喜欢思考的巫师。”马尔库斯勉强地点点头,“很好,但是如果我不愿意让你读到,你也读不到。现在,我可以让你试试,看看你是不是能听到。”

“我要怎么做?”

“需要你努力才行。魔法可不是那么容易的。”

凯文沉着脸:“你刚刚才跟我讲了不要太努力。训练也不容易,我需要你的帮忙。”

埃罗伊吃惊地看着他,她希望自己有胆量那样做,祖母在后面端着茶,微笑着看着这一切。

马尔库斯点了一下头,敲了一下桌子上的书:“假装你在看书吧,你的大脑很专注,然后准备学些新的东西。”

凯文想了一会儿,然后闭上眼睛。过了一会儿,他突然睁开眼:“橙色!”

埃罗伊努力掩饰她的失望。马尔库斯向来只穿黑色。他最喜欢的颜色是橙色那样明快的颜色也太不可能了。

“还不错。也许有一天你也会成为一位很出色的巫师。”

马尔库斯叔叔最喜欢的颜色是橙色?

马尔库斯抓起一把浆果:“现在,告诉我你听到的其他东西。”

凯文脸红了,看着桌子下面:“我不是故意的。”

马尔库斯哼了一声:“我的大脑又不混乱。这是测试,我的小巫师。一个出色的意念巫师应该不只是听到了最喜欢的颜色才对。”

凯文挺了挺肩膀,回答道:“你的颈子背后有疥疮。你希望埃罗伊在饼干里加了些葡萄干。”他停了一下,然后用伤感温和的语气说道:“你很想你的兄弟。”

一片死寂。埃罗伊看到祖母的脸霎时变得苍白,就好像家族史最黑暗的一刻突然曝光一样。

马尔库斯的声音变得很沙哑,也许不像他所想的那样生硬:“啊,是啊。她饼干需要加点榛子而不是葡萄干。你需要多练习。”

凯文站起来,用手臂挽着马尔库斯的脖子:“你可没他们说的那么可怕。”

埃罗伊在想太阳什么时候打西边出来了,马尔库斯叔叔居然允许小孩子抱他。一个低沉的声音在她脑海中响起:“我又不像你想的那样又老又暴躁。还有,你总是忘了往你脑海中做的饼干加面粉。”

马尔库斯尴尬地摸着凯文的背:“好了,去其他地方玩去。”等凯文从后门出去后,他看着莫伊拉:“他需要一些训练,但是很明显这儿没其他人能胜任,现在,快点把那个发现他魔法的新工具告诉我。”

马尔库斯要帮忙训练?这次真的是太阳打西边出来了。

莫伊拉擦了擦脸颊:“是内尔他们做的一个施咒编码。我其实也不是很懂。他们每个人都握过我的鼠标,然后内尔就读出了那些魔法。但是大部分我们都已经知道了,只是那东西说凯文或许有意念魔法。”

“应该不用电脑也能看出来吧。”

“是不应该用,如果我们的某个意念巫师不是什么隐士的话。”啊,祖母有点生气了,“你啥时候关心过小家伙儿们到底有没有魔法?”

马尔库斯的脸僵得像石头一般:“你知道去哪里找我,而且你也知

道怎么进行基本的扫描。”

现在埃罗伊的脾气也上来了:“负责所有年轻巫师的训练并不是某一个巫师的责任。”她意识到自己的大脑这么容易就将信息泄露出去,她尽量将自己的下一个想法抛了出去:“我不行了。”她已经老了。

她想他看上去至少有点痛苦:“不管怎样,他的天赋被发现是件好事。”

“我们现在也得测试一下埃罗伊,需要么?”

祖母看上去很担忧。埃罗伊也觉得很难受:“你这是什么意思?”

马尔库斯扬起眉毛:“凯文读到的比你们想的都要多。”他看着莫伊拉:“到底是怎么回事?”

祖母握着埃罗伊的手:“孩子,真是对不起,我本不想再次伤害你,我已经很伤害你了。但是那天内尔的搜索魔法真的指出你是有魔法的。”

埃罗伊点点头:“是啊,但是不是内尔的编码出错了?”

马尔库斯哼了一声:“我觉得不会,内尔可是很擅长编码的。”

“你怎么知道?”埃罗伊脾气再次上来了,“过去五年来你也许只见过她两次。如果你还真的很友好,她那次就不会叫着跑开了。”她现在都不在乎他是不是能听到了。

“我又不是聋子。你这个脾气还是比较适合小巫师们。”他的脸又僵得跟雕像一样,“内尔同杰米为巫师级别的魔法世界写了很多很好的编码。”

埃罗伊又觉得出乎意料了:“你还知道他们的视频游戏?”

“我在魔法世界排名可是第三!”

马尔库斯叔叔玩游戏?还玩得很好?

“是啊,真的不错。”马尔库斯扬起一只眉毛,“但是我们还是回到内尔的那个测试上,怎么样?”

祖母的声音很柔和:“要是你从凯文大脑中收到的信息不是完全正确,我们真的不想再扫描埃罗伊,但是内尔想。她们最新弄的那个比搜索咒语更精确。”

莫伊拉埋着头好一会儿,然后看着埃罗伊:“你不知道,但是我自己也经常扫描你。我总希望你能有足够的魔法满足你的小小心愿。”

埃罗伊想平复自己内心的伤痛：“我知道你在测试我的时候眼里总是流露出伤感。”她深吸了一口气，希望自己的胃里不再翻江倒海：“我不是女巫，我也不知道内尔的编码哪里出了错，但是我很高兴他们可以看到你不能看到的东西。”

“我现在不再确定了，孩子。我都没有看出凯文有意念魔法。也许我也没能看出你有魔法。”

埃罗伊觉得自己心中的感受快把她压倒了：“你在说什么？”

祖母握着她的手：“让内尔测试一下吧。”

以往有谁那么问她，她一定会很生气。但是现在她努力隐藏起一个13岁女孩儿对魔法的渴望，那个渴望永远没有得到满足。

马尔库斯拿起一块饼干：“或者，我可以试试。”

不会吧。她已经不是小孩子了。如果她需要被测试，她至少有得选择。现在她尽量压制住自己的情感，看着祖母：“好吧，要是测试结果显示我还是没魔法，我希望以后都不要再让我测试了。我不想看到一双双伤心的眼睛。我就是我，那就够了。”

内尔把椅子拉开，以便吉尼亚能刚好到她身边：“记住了小鬼头，这对埃罗伊来说真的不容易。”

“因为莫伊拉祖母觉得她不是女巫么？”

这可是蹚浑水，“嗯，现在我们都不是很确定。我们用不同的方法测出两种不同的答案，真的有点难办。”

“妈妈，我们的编码是对的。”

问题是，内尔还是同意吉尼亚说的话：“慢慢来。我们先看看扫描怎么说，然后我们再想想怎么办。来吧，让我们开始视频聊天。”

内尔已经强行命令杰米整天跟三个女儿一起对编码进行了改进。除了意念魔法同元素魔法，现在也可以测出医术同施咒的天赋。他们可以区分积极的直接的魔法，也可以测试出那些未经过训练的潜在魔

法，而且能测出能量的大致强度。

这真的太棒了，他们已经对加利福尼亚州所有用鼠标的巫师都进行了测试。

米娅同谢恩在杰米家里，帮忙把扫描加入到巫师王国。吉尼亚一直都很依恋莫伊拉，则要求留下来进行埃罗伊的测试。

内尔希望那主意还不坏。吉尼亚从她旁边的椅子跳了起来：“嘿，莫伊拉姨母！”

“你好。内尔，你们好！”

内尔可以看出埃罗伊脸上的悲伤。她的眼睛满是伤感。

吉尼亚也看出来了：“不要害怕，埃罗伊。扫描很简单的，我们已经做了很多改进了。”

内尔看到一张熟悉的面孔，但是记不清名字了，慢慢出现在屏幕上。

“这是我侄子马尔库斯。”莫伊拉说道，“内尔，我觉得你见过他一两次。但那真的是好久之前的事情了。”

马尔库斯用一种很高傲的口吻咆哮道：“要是我说我是甘道夫她就明白了。”

吉尼亚屏着气，踩了她一脚：“啊！你昨天把我锁在高塔上，然后把钥匙给了这个邪恶的巫师学徒！”马尔库斯扬起眉毛：“你是武士女孩？”

内尔觉得他应该看上去更吃惊才对。吉尼亚现在已经取代索菲，排名第四。她女儿可真厉害。

“妈妈，别担心，”吉尼亚捂着嘴轻声说道，“只是他还不知道而已。没有人可以把我锁在塔里又侥幸逃脱的。”

马尔库斯举起鼠标：“好了，武士女孩现在扫描我吧。我想看看那是怎么运作的。”

内尔往前倾了一下，敲打了几个关键词：“我们有共享屏幕，这样你也能看到我们的测试结果。”她点头示意吉尼亚开始测试。

新斯科舍省的三个脑袋都眯着眼盯着屏幕。马尔库斯大声地读了出来：“意念魔法中等偏上。很正确。”埃罗伊指着屏幕：“很强的空气魔法，水系魔法还有土系魔法，都不擅长。”

马尔库斯哼了一声:“有人要再检查一下他们的编码了。空气魔法同水系魔法都是正确的,但是我没有土系魔法。”

吉尼亚脸放着光:“甘道夫,你有的。”

内尔用肘碰了碰她的小女巫:“这是现实生活,不是玩游戏。别胡说,有礼貌一点儿。”

莫伊拉咯咯地笑:“马尔库斯,你还是把那个想法留给自己吧。”

吉尼亚还是坚信马尔库斯有土系魔法:“莫伊拉姨母有测试过你吗?我觉得你肯定有土系魔法。”

内尔又戳了戳她,但是内尔不能判定她的结论是错的。马尔库斯又一次扬起了眉毛:“没必要,我是一个经过训练的巫师,我可以利用任何可为我所用的魔法。”

吉尼亚环抱着手臂:“那就试试土系魔法吧。”

他傲慢地耸耸肩,然后看了看屏幕外,回来的时候手里拿着含苞待放的花骨朵儿。内尔笑了笑。莫伊拉附近总是有花儿的,马尔库斯闭上眼睛,将注意力集中在花苞上。

当花朵在他手中逐渐绽放的时候,吉尼亚是所有人中最不吃惊的一个。莫伊拉开心地笑起来:“我猜你也可以教那些上了年纪的巫师一些新招数。”

马尔库斯端详着那朵花好一会儿:“你这个编码真不错,内尔,干得漂亮。”

内尔笑道:“不是我,是武士女孩同她的两个小跟班完成的大部分。”

马尔库斯哼了一声:“三胞胎?”

“是啊。”吉尼亚说道,“但是如果你想对付我们三个,你就得离开巫师专属层。同我们编码对编码地斗。我的姐妹不是女巫。”

他差点儿笑出声来:“我觉得我还是待在魔法层比较好,小战士。我觉得你们仨单手都能把我撂倒了。”

内尔专心地听着女儿同马尔库斯的对话,花了好一会儿才回过神来注意到埃罗伊的脸色苍白。

啊,天。比起巫师王国的比赛,他们有更重要的事情要做。不能再

等了。“好,埃罗伊现在该你了。抓着鼠标,让我们看看结果。”

埃罗伊僵在那里。马尔库斯很傲慢地将鼠标塞进她手里,内尔气得有点儿牙痒痒。

吉尼亚负责测试,屏幕上出现了一些数据。

莫伊拉第一个开口:“我看不懂。”

内尔摇摇头:“我也看不懂。它是说埃罗伊潜在的能量很强大,但来源不明。”

“请说英文。”马尔库斯哼了一下。

吉尼亚充当了发言人:“也就是说她是女巫,而且可能是能量很强大的女巫,但是我们不知道是哪一种。不是我们所能测出的那几种。”

“所以,你这原始的测试还有什么读不到?”内尔咆哮起来,没人可以侮辱她的孩子。

“别生气妈妈。他只是有点脾气不好,因为他也想自己的编码能有我一半好就好了。”吉尼亚弹了一下手指,“它可测出巫师王国、意念魔法,还有治愈魔法。所以测不出的就剩下预知能力同动物魔法。”

莫伊拉摇摇头:“那些在很早的时候就能看出来了,而且很难。如果埃罗伊能够同精灵或者飞过的海鸥交流,我们不可能不知道。”

马尔库斯双手环抱于胸前站着:“如果有用过类似的能量源,我们应该有迹可循才对。我自己也扫描过埃罗伊,但是什么都没发现。”

“编码不可能是错的。”吉尼亚坚定地说,“测试表明埃罗伊是女巫。”

莫伊拉无奈地耸耸肩,也表达了内尔的心声。如果只有电脑才能检测出,你又怎样才能证明能量的存在呢?马尔库斯还是一副国王对平民讲话的高傲态度:“小姑娘,你确定你的测试不是错误的?”

吉尼亚将双手摊开放在桌子上,像一个真正的武士女孩:“也许埃罗伊就是一个超级特殊的女巫,我们以前都没见过的那种。”

“也许你的想象太不符合逻辑了吧。”

“也许你的想象力掉进护城河里让鳄鱼吃掉了。”

她女儿眼看就要发火了,内尔没有办法阻止她。天,她差一点儿就走上前去打架了。自大的老巫师。

“够了!”埃罗伊开始说话,眼里充满了愤怒。屏幕变成了空白。吉尼亚躲在桌子底下避免麻烦找上她。10分钟后,她给莫伊拉打了电话。

没人知道发生了什么事情,但是莫伊拉的电脑完全被烧焦了。

CHAPTER 4 第四章

埃罗伊在厨房的桌子旁坐下来,揉着她那双疲惫的手。做了一天的首饰,她觉得休息同炉子上传来的香味是对她最好的安慰:一定是斜切面的香味,融化的黄油,还有一些她分辨不出来的东西。

“亲爱的,太香了。”

她丈夫转过来,冲她笑起来,他的“我为爱爱做饭”的围裙溅上了一些无法辨别的绿色的东西。艾伦的厨艺非凡,但是真的不是很爱整洁。“绿色意大利酱肉丸,意大利调味饭。还有几分钟就好。”

终于知道围裙上的那些绿色的东西是什么了。“不管你想要用什么方法让我心情好起来,反正很有用。”

“你真是很幸运的旁观者。我在做明天的早餐:绿色意大利酱蛋卷,所以我今天下午弄了两份。我想我可以用其中一些让我们的晚餐看上去更有生气一些。”

“祖母很羡慕你做的巴斯兰布丁。即使用魔法,她也没有你弄得好。”

艾伦笑起来:“我们这些没有魔法的总有我们的手艺。”

是啊,他总是那样提醒着埃罗伊。埃罗伊从桌子旁边站起来,将头靠在他背上:“我走之后,肯定会好想念你做的东西。我真希望你可以同我一起去。”

他转过来，将肉丸放进她嘴里："我也想，但是如果没人给他们做饭，那我们的客人可会不高兴的。"

虽然他俩共同拥有迷幻海洋简易旅馆，埃罗伊知道即便是她偷偷溜走一周，也不会给旅店的运营带来任何麻烦。

艾伦可就没那么走运，旅店缺了他可不行，尤其是那些最有经验的都请了产假。他们周年的时候好不容易溜出去了一段时间，但是一周的时间确实是不现实。

他端着两个盘子，埃罗伊跟在后面，流着口水。当他们坐下来的时候，他握着她的手，开始慢慢地按摩起来："那个展会你准备好了么？"

埃罗伊边点点头。她为旧金山的艺术展已经准备了超过两个月，那时候她出乎意料地被选为新兴艺术家参展。她的导师坚持她需要带价值一万美元的东西，如果她的海玻璃受欢迎的话，也许还会翻倍。

在周末卖出那么多简直想都不敢想，但是埃罗伊对自己的作品很有信心。她已经做好了四百件，打算带到加州，她筋疲力尽的双手就是她辛勤劳动的最好见证。

"今晚我得回去为明天的飞行打包，但是已经弄得差不多了。"

艾伦笑了笑，开始按摩她的另一只手："我会帮你弄的。你的展厅布置应该明天就到加州了，内尔会去机场接你的。"

埃罗伊试图反对："她不需要那么做。我可以坐出租车。"

"我们什么时候有让客人坐过出租车？"

他说得有道理。"能再次见到大家真是太好了。我给姑娘们准备了海玻璃吊坠，三月份我在那里的时候她们对那东西真的很着迷。"

"对小姑娘来说，它们真的很神奇。我当时也在那里。丽姿要是一周每天都能戴上不同的项链，可得高兴坏了。"

艾伦把最后一颗肉丸放进嘴里。埃罗伊碗里的都已经吃完了。也许她超级隐秘的魔法天赋只有在吃肉丸的时候才能体现出来吧。

他拉了一下她的头发，好像是想理顺她杂乱的想法："对不起，不是有意要提起。"她今晚大部分时间可是一滴眼泪都没流。

"不关你的事，是肉丸。"艾伦很久之前就已经习惯了埃罗伊的这种转换话题的方式，他耐心地等待着她重新说回正题。她没有选择继续

解释肉丸而是告诉他他想知道的一切。

“我这辈子已经浪费了很多时间在梦想成为女巫上面。我一直不肯放弃,那个电脑扫描对我还是有一定影响。但是我的生活很美满,而且有很重要的机会出现在我面前,我不打算就因为我对那些所谓绝密魔法的担忧而错失这些机会。”

他只是笑了笑,艾伦总是很通情达理。如果你的世界充满了魔法同咒语,像他那样又何尝不是一件好事。

上次周年纪念的时候溜出去真的很有帮助。她的成年生活总有两股牵引力。一是她同魔法社区一起工作,另一种则是她同艾伦以及海玻璃。短暂的休假对她来说是一次很好的平复机会,让她能再次站起来,而且不需要借助魔法再次坚定地站起来。

她握着他的手:“等我回来的时候,我们也许应该开始想想是不是该有个小肖了。”

艾伦把她抱起来。作为旅馆老板,他这速度可是相当快的了。“现在怎么就不行了?”晚餐就此结束。

杰米看着桌子上熔掉的电脑部件。马尔库斯悄悄地连夜把莫伊拉被毁掉的电脑内部零件快递给了杰米,但是除了一堆熔化的金属绞在一块儿,其他的也没什么好看的。

还有三个卷发家伙趴在桌子上盯着他。

吉尼亚问道:“你觉得这出了什么问题?”

“姑娘们,没什么。我只是希望是埃罗伊让电脑短路了,希望至少我们能够得到一些数据,但是……”

米娅咯咯地笑:“我觉得那些数据应该都死掉了。她把它烤熟了。”

杰米看着沉思的谢恩,她是三个中最喜欢沉思的一个。“你觉得呢?”

她斜着脑袋:“你确定是埃罗伊做的这一切?”

杰米想,安静并不意味着迟钝。谢恩是三个中找错最厉害的一个,因为她不会放过任何细节,即便是很显而易见的答案。

米娅耸了耸肩:“那会是什么原因? 杰米叔叔,你以前见过这种情况么?”

杰米摇摇头:“不,谢恩问了一个很好的问题,我怀疑埃罗伊是罪魁祸首,但是好的编程人员也得排除一些荒谬的可能性。埃罗伊当时又不是在屋子里的唯一一个人。”

米娅看着熔化的金属:“我觉得阿尔韦恩也可以把电脑硬盘给化了,如果他想那么干的话,他甚至都不需要出现在那个房间。”

三双眼睛入迷地往上看:嗯啊。他本来应该表现得像个大人的。但是他内心的斗争并没有持续多久,如果可以通过魔法恢复被损坏的硬盘,那肯定非常有趣。

米娅笑起来,然后跳起来:“我去找阿尔韦恩。”

谢恩看着杰米:“我打赌你也可以,对不对?”

杰米开始翻箱倒柜,想找个旧的硬盘驱动器。就快找到了。

阿尔韦恩蹦蹦跳跳地走进屋子,脸上挂满笑容:“杰米叔叔,我要把电脑熔了么? 我可以把它弄爆炸么? 就像那个独眼巨人一样。”

杰米站在他崭新的电脑面前:“等一下,麻烦鬼。不是这一台。嗯,想想超人,而不是什么独眼巨人需要聚焦的魔法。”

他拿起旧的硬盘驱动器,坐在莫伊拉熔掉的电脑零件堆面前:“现在,让我解释一下我们接下来应该做什么。我认为新斯科舍省某个巫师把我们面前的电脑变成了这样,然后这样。”

阿尔韦恩看着熔掉的硬盘驱动:“要熔掉金属很困难的。一定是个很强大的巫师。”

“那就是问题之一。我们都不确定是谁干的,怎么做到的。我觉得我们可以做些实验,看看我们可不可以办到。”

杰米没有再说话,而是让阿尔韦恩想了一分钟。他自己也有想法,但是阿尔韦恩更有创造性。让他自己想出解决之道吧,也许他能想出些常人都想不到的点子。

阿尔韦恩抬起头,露齿笑起来,杰米刚好能匆匆忙忙地组建一个训练圈。内尔还算宽宏大量,但是她绝对不允许在房子里放火。几分钟

后，硬盘外围就被熔化了，但是跟莫伊拉姨母那个烧得坑坑洼洼的硬盘相比，真的还是有很大差距。

阿尔韦恩皱着眉头："很困难。金属根本不想熔化。"他眼睛突然亮起来："如果有训练圈我就可以了。"

杰米摇摇头："麻烦鬼，现在可不行。我们已经知道一些很重要的事情了。你用火系魔法对不对？如果你自己不能够靠自己的能量将其熔化，也许整件事就不是我们所设想的那样。我们得试试其他方法。"

吉尼亚举起鼠标："如果我们相信是埃罗伊做的，那她肯定就是用其中之一。"

谢恩开口讲话了："当时她的网络是开放的。"

杰米将鼠标连接到硬盘驱动器上："阿尔韦恩，你觉得你可以往这里面加点魔法么？"

有史以来第一次，阿尔韦恩看上去很困惑："也许吧。"

几次测试过后，即便杰米同阿尔韦恩联手也只是熔化掉了硬盘驱动器的边缘，而且阿尔韦恩已经很累很饿了。

杰米让他上楼去拿些饼干，然后盯着桌子上失败的实验。他抬起头，看着吉尼亚正好奇地打量着他的电脑。他可知道她在想什么。

"想都别想。"

她看上去一脸无辜："想什么？"

"不管你在打我电脑什么主意。"

"事实上，不是你的电脑。我觉得我们可以这样做，但是我们需要一个全屏的电脑，不仅仅是一个硬盘驱动器。"

他希望能有个好理由。杰米集中精力，从他办公室里拿来一台旧电脑："你可以用这个，但是用带防火墙的端口来连接网络。我们可不想把其他东西也烧坏了。"

"我可没打算将这个也烧了，我只是需要屏蔽界面。"她朝着姐妹们点点头："帮我把旧的硬盘驱动插到USB接口。"

杰米坐在那里看着，一会儿旧的硬盘驱动器就连接到了USB接口。她们干得不错，但是杰米还是不知道她们在干什么："你们打算做什么？"

吉尼亚像随处可见的编码大师那样移动着手指:“我要用咒语编码把这个熔化掉。走开一些。准备好的时候我会告诉你的。”

该死,他怎么没有想到?

他走上楼,偷了一些阿尔韦恩的饼干。回来的时候,三张小脸满是笑容。米娅开心地转着圈:“已经弄好了。杰米叔叔,快看!”

吉尼亚集中精力,点击了两次她的鼠标,旧的硬盘驱动器就在他们面前熔掉了。硫黄的味道表明她成功了。

杰米拥抱了三个兴奋异常的家伙,然后开始想。真的很厉害。但是有个问题。新斯科舍没人的编码施咒能有如此造诣。除了马尔库斯。但是那时候他并没有坐在莫伊拉的电脑前面啊。

他知道他们其实什么都还没搞清楚,但是吉尼亚真的是一位编码高手。埃罗伊还是充满了神秘色彩。

吉尼亚准备登陆巫师王国。她有一个小时,新的策略,三个新的咒语。甘道夫正在走下坡路。他活该,谁让他不相信她的编码来的。如果她可以把一台电脑烧起来,她真的可以打败上个世纪学会咒语的老家伙。

嗯,但是他还是很强大的,他的编码也不错,但是有些漏洞。她曾经想同他单打独斗,但是他把她锁在塔里了。她的朋友设法营救她,但是还不足以同甘道夫正面交锋。得智取。

她登陆进去,进到俱乐部,她确定能在角落的椅子上找到他。她不明白的是:巫师王国要同朋友一起玩才好玩,但是甘道夫总是一个人。有人试图拉他入伙,但是他那傲慢的态度总能把人赶跑。

今天他穿得像个修道士。通常情况下,伪装越少,他就越不容易对付。她在周围加了一些守卫咒语,只是为了起到安全作用。

武士女孩:甘道夫,晚上好。

甘道夫:很好,武士女孩。我看到你朋友想救你啊。要不要来一杯?

武士女孩:我们中有人真的有朋友。苹果汁就好,谢谢。

甘道夫:给她拿一杯。就拿小杯的,这家伙儿今天没什么礼貌。

武士女孩:我有个建议。

甘道夫:小姑娘说大话。

武士女孩:我已经很大了。

甘道夫:是啊。你最近做了些什么大事呢?

武士女孩:我今早熔化了一台电脑。

甘道夫:故意的?

武士女孩:我训练有素,怎么可能乱用魔法。

甘道夫:你是重现了莫伊拉电脑被烧的场景,对不对?

武士女孩:是啊。

甘道夫:有什么发现?

武士女孩:嗯,不只是能量负荷过多。即便是阿尔韦恩也不能仅仅靠魔法就像那样熔掉硬盘驱动器。杰米叔叔觉得他可能需要完整的训练圈才能做到,但是……

甘道夫:如果那家伙儿都不能单独完成,那肯定就不是那个问题了。

武士女孩:是啊。

甘道夫:嗯,所以,阿尔韦恩做不到,你怎么做到的?

武士女孩:我没有用魔法,我用的编码。

甘道夫:你的编码咒语让电脑烧了?记得让我把电子产品收好。

武士女孩:是烧了,但是你是当时在莫伊拉祖母家里的唯一施咒者。

甘道夫:小朋友,我没有动她的电脑。

武士女孩:你可以吗?

甘道夫:问得好。但是我还真没多的电脑可以拿来测试一下的。

武士女孩:杰米叔叔觉得埃罗伊不可能会编程。

甘道夫:那姑娘连回复邮件都不会。

武士女孩:要是她不是故意的呢?要是她无意做了像编程那样的呢?

甘道夫:嗯。异曲同工?

武士女孩：嗯？

甘道夫：没关系。你已经让我开始思考了，我觉得那是你的天赋之一。

武士女孩：是啊，你虽然很容易生气，但是还是很聪明的。

甘道夫：走吧，小屁孩儿。

吉尼亚登出巫师王国，然后开始笑起来。任务完成！好吧，实际上有两个任务。也许让甘道夫想想埃罗伊的魔法是件好事情。也许他能想出些什么来。

更重要的是，对话已经分散了他足够的注意力。明天那个时候，他登陆的时候就认不出是他了。那将是属于她身边两个最大的挑战的，她希望他们能懂然后联合对付他。他们那样做的时候，她就可以坐收渔翁之利。

武士女孩会统治整个巫师王国。只是时间问题。

丽姿说道："你离开之后可别忘了我们。"

天呐，埃罗伊想道。你会觉得她是要离开几年而不是一周。她的学生给她看了看刚刚摘下来精心装好的蓝莓，还有一些花了好些工夫烤的肉桂饼干。很明显是丽姿做的。

"我们今天下去摘蓝莓了。"凯文说道，"还有很多，但是真的很难停下来。"

埃罗伊看着这么一大篮子蓝莓，强忍着笑。看起来他们并不想她把这些东西带上飞机。艾伦可以连续好多天都给他们吃蓝莓煎饼。但是这些肉桂饼干的香味一直都在勾引她的鼻子，应该在没上飞机之前就差不多吃完了吧。

她拥抱了丽姿："我只是离开几天，我不会忘记你们的，而且我肯定不会那么饿。别在我离开的这段时间惹麻烦，好不好？"当她说这句话的时候她看着肖恩。

他翻起白眼："我们没有惹麻烦，麻烦只是找上门。"

“那就藏好了。”她吻了一下他的头，他不是很喜欢。“我不想祖母在我离开的这段时间还要做许多咒语工作。记住，祖母上了年纪，很容易就累了。”“她可以不用的。”凯文说，“你走后马尔库斯叔叔会过来照看我们。他说得有人好好管管我们。”

“马尔库斯叔叔？哇。他一年到头也只出来露几次面，通常都不超过一两天。”

“他其实挺喜欢跟人打交道的。”凯文说，然后脸红了，“不好意思，我还没好好学学意念巫师的基本礼节。马尔库斯叔叔说我需要加强训练，但是你的大脑真的有漏洞。”

还能再糟糕一点儿么！在去巫师中心之前能听到凯文说自己脑袋有漏洞，况且巫师中心多得是意念魔法强大的巫师。“我不在的时候你就可以练习了。也许你会听到那些不该听到的，但是至少你可以帮肖恩少惹点儿麻烦。”

凯文摇了摇头：“不。他的大脑一点漏洞也没有。”

丽姿满嘴含着蓝莓问道：“我的呢？”

肖恩笑起来：“蓝莓快漏了，如果你还要继续吃的话。你很快也有紫色的……”

“啊，我才不会。”丽姿说道，她看着埃罗伊：“大便真的会变紫色么？”

“你吃了多少了？”

丽姿看着装蓝莓的篮子：“也许一整篮子。莫伊拉祖母跟我讲我想吃多少就吃多少。她说对我们小巫师的健康很有帮助。”

埃罗伊抱着她：“是，蓝莓是对你身体有好处，吃多了也真的会拉紫色的便便的。祖母自己吃蓝莓了吗？”

凯文说：“我们给她留了一篮子。”

“那她也可能会拉紫色的便便。”丽姿看上去似乎觉得那样的可能性很酷，“蓝莓可以让她不哭。”

刚刚埃罗伊紫色便便说法引发的笑声戛然而止：“祖母哭了么？”

“一点点。”肖恩说，“她不告诉我们是为什么。她说有时候老女巫都有点爱哭。”

“她坐在那儿看着水晶球。”丽姿说，“她哭可能是因为它不回答她的问题。”

凯文给了丽姿更奇怪的表情，那又触发了埃罗伊的“啊，哦”雷达：“凯文，怎么了？”

他摇摇头：“马尔库斯叔叔说我不应该说那些我从别人大脑里听到的东西。”

确实是比较难处理的领域。“大多数时候你不该，但是同你爱的人分享是很重要的一件事。丽姿是不是对的？祖母真的很伤心？”

凯文点点头：“是啊，丽姿怎么听到的。祖母只是在大脑里想了想。”

丽姿又抓起一把蓝莓：“也许我也是意念女巫呢。还是因为我很擅长猜谜。”她似乎对自己有可能多一项新魔法一点儿也不在意。

埃罗伊想，正是我们所需要的呢！一帮可以读心的家伙，未经允许读别人的想法。过了一会儿她才意识到自己原来还是很嫉妒。她为什么就不是那个有普通魔法、正常长大的孩子呢？

埃罗伊·肖，是时候睡觉了。

CHAPTER 5 第五章

内尔坐在她的电脑面前,想要正儿八经买点东西。

不仅仅是因为有一大群人要吃饭,更重要的是晨吐的纳特看到网上买的东西就会恶心,所以她每次都得购两次。

阿尔韦恩说纳特的肚子里只有一个宝宝,但是内尔觉得不是。她恶心的程度比怀了三胞胎还要严重。

她刚刚才逛到奶酪通道,巫师聊天室提醒图标跳了出来。

内尔:早上好,莫伊拉姨母。

莫伊拉:事实上,我不是莫伊拉,我是马尔库斯。等一下,我改改用户名。

马尔库斯:好了,这下好多了。

内尔:我们可以视频,如果你想的话。

马尔库斯:不,我暂时还是喜欢打字。

内尔:怎么了? 埃罗伊怎么样?

马尔库斯:你会在我之前知道的。她正乘飞机到你那边去呢。

内尔:我知道,我过几个小时就去接她。我觉得我们不可能完全不再提起所发生的一切,但是我们可以努力不影响到她的展会。

马尔库斯:不是有很多比成为女巫更重要的爱好么?

内尔:听上去真的像老派巫师。埃罗伊是一位很有天赋的艺术家,如果我所听到的都是事实的话,她在加州艺术博览会上四天内挣的钱比新斯科舍大部分人六个月挣的钱都要多。

马尔库斯:要是我说错了请更正,尽管她的玻璃珠子很有吸引力,说到底还是沙滩上捡的玻璃。就是装饰而已。

内尔:你不是巫师王国收藏最多的那个?

马尔库斯:那些东西对我的游戏策略很有帮助。

内尔:好吧,你要是下次再开玩笑,记得要告诉我。我不小心把咖啡喷在了监视器上。

马尔库斯:小甜心,下次试试简单点儿的厨房咒语。

内尔:我又不是厨房女巫,而且只有莫伊拉姨母可以叫我小甜心,甘道夫,要是你再口无遮拦,我会帮我女儿打败你的。

马尔库斯:她可不需要你帮忙。

内尔:啊,是嘛。

马尔库斯:我是她剩下的最大的挑战,很快我也望尘莫及了。今天早些时候她就干得不错。这个小家伙今早派了一个人鬼鬼祟祟地想渗入我的咒语。我都不知道是不是只有一个。狡猾的小巫师。

内尔:好吧。我觉得你也不是个彻头彻尾的失败者。

马尔库斯:我是新斯科舍唯一一个相信你电脑扫描的巫师。那意味着,不管喜欢不喜欢,我都要帮一下忙。

内尔:啊,我们还是等弄清楚了埃罗伊从哪里吸取做那件事的那种力量源之后再做决定吧。我女儿正同杰米一起解码,希望能有所发现。

马尔库斯:武士女孩说的话让我想了很久,我有个主意……

内尔:我听着呢。

马尔库斯:她的能量肯定同网上世界相联系了。我们没有见过的能量。

内尔:她有什么独一无二的魔法天赋还真的令人难以置信。

马尔库斯:确实如此。也许她也不是独一无二。

内尔:现在我听不懂了。

马尔库斯:那就注意听。

内尔:小心点,不然莫伊拉姨母会把你拉去擦坩埚的。

马尔库斯:我自己也会摩擦咒语啊。让我简单地介绍一下。埃罗伊不是第一个将科技同魔法结合起来的。

内尔:嗯,但是又同编码施咒不一样。

马尔库斯:怎么?

内尔:那是混合了魔法的网上编码。但是能量源却是传统的那些。

马尔库斯:对啊。每个巫师都可以编码施咒么?

内尔:当然不是。

马尔库斯:为什么不是?

内尔:怎么,你在测试我么?其中一个原因就是他们大部分人都不太会编码。

马尔库斯:同意。但是想想魔法世界。大部分玩家编码都很烂,而且同他们的编码能力或者作为巫师的能力都不相称。

内尔:正确……等一下,你是说编码咒语是一项单独的技能?

马尔库斯:差不多。

内尔:接着说。

马尔库斯:如果编码施咒只是将代码同魔法加在一起,那我觉得巫师王国肯定会很不一样。你看看你女儿。她从小就很有创造力,而且很聪明,但是她的魔法远远不及我。她做女巫都有好几个月了吧?

内尔:嗯,是的。她最近都没有怎么进行魔法训练。你觉得不单单是她的编码技术?

马尔库斯:丹尼尔很尊重我的编码能力,虽然我还达不到他的级别,但是也不是差得很远。你女儿想打败我还是没有那么容易的。

内尔:你给她留下的印象可不是那样。

马尔库斯:跟大家的想法肯定不一样啊。我又不会吃她。

内尔:那可难说。所以,你觉得她是有单独的技能了。

马尔库斯:我在想是不是有某个我们以前没有注意到的单独的魔法能力,因为它老是同其他魔法能量混在一起。

内尔:啊,你觉得埃罗伊有可能就有那能力。

马尔库斯:是的。只有那种能量。

内尔:但是不是所有的能力都有能量来源么?为什么这个没有?

马尔库斯:有。但是可能留在别的地方了。

内尔:???

马尔库斯:在线上。那就是莫伊拉同我为什么读不到,但是你的扫描器却可以读到。

内尔:是虚拟能量痕迹?

马尔库斯:很棒的想法对不对?接下来你就自己去发现吧。这个海岸线可住着好几个很会电脑的巫师,但是你得找两组人,一组有很强的编码技术,另一组就是魔法能量。好好测试一下。

内尔:好啊,巫师王国的玩家们肯定很高兴帮忙。第二组是什么?

马尔库斯:你的家庭。如果真的有那样的本领且一代一代传下来,我肯定你或多或少也有一些。

内尔瞪着空白的监视器发呆。该死,他又叫她小甜心了。这个完全不会社交的家伙,对女性的礼貌也真的很过时,但是他刚刚所讲的又比家里那一大帮编码天才有道理多了。

她痛苦地看着自己的双手。施咒是如此自然,她从没有真正想过是怎么回事。现在居然由马尔库斯那样的一个隐士来问这样的问题。

是时候呼叫大部队了。在出发去机场接埃罗伊之前,她得赶紧完成。

内尔现在觉得自己好像有种上次等阿尔韦恩从旧金山机场回来的“似曾相识”的感觉。为什么她的搜索咒语老是找到那些一点都不开心成为女巫的人呢?也许下次找到的人会说声谢谢,而且会出现在冬至日训练圈这种特殊场合。

劳伦起初作为女巫日子也没很好过。现在埃罗伊看上去也差不多。天呐,她们甚至都不能接受自己是女巫的事实。

“妈妈,你需要吃点零食么?”阿尔韦恩问道,“你看上去很生气。”

内尔笑起来。他也许是对的。他也在拽她藏在包里的饼干。她把饼干盒拿出来递给她永远吃不饱的儿子。

阿尔韦恩打开盖子,看了看里面的东西。然后他拿出两块递给内

尔:“给,你要比我多吃一些。我只是有一点点脾气不好。”

淘气鬼！她揉了揉他的头,然后拿起两块饼干。乘客陆续从到达口出来,内尔试着找埃罗伊。

“妈妈,我看到她了!”

埃罗伊挥了挥手,然后走过来,背着世界上最巨大无比的背包。

“这包真的很大。”内尔说,“你是怎么把它弄上飞机的?”

埃罗伊叹了口气:“我也不知道,但是这里面装着我这次展会的东西,而且我不能让它们离开我的视线。海关那里有点麻烦,但是还好我顺利到了,很感激呢!”

阿尔韦恩把吃了一半的饼干递过去:“吃点我的饼干吧。这样就不会那么不开心了。”

埃罗伊笑起来,很明显对这种巫师礼节非常习惯了:“我没有很不开心,只是很累,但是谢谢你。我觉得我上次吃早餐好像是在三天前一样。”

“你三天都没有吃东西了么?”阿尔韦恩眼睛睁得大大的。他摇了摇手指,然后递出刚刚从厨房瞬移出来的大得多的饼干盒:“这儿,有很多饼干。要是吃完了妈妈又会接着做的。”

内尔摇摇头,笑起来:“欢迎来到巫师中心,这儿的生活有点疯狂。阿尔韦恩,把这些饼干弄回家。埃罗伊已经有很多东西要拿了。”能多益巧克力酱饼干的香味会让机场的人蜂拥而至的。

阿尔韦恩看了埃罗伊好一会儿,然后又开始摇了摇他的手指。内尔想都不用想就知道他想干吗。埃罗伊尖叫了一声,转了一圈:“我的背包!”

内尔试图安抚她:“没关系,阿尔韦恩已经把你的包放回去了。”看她儿子的那个眼神更加的严肃,“那包里可是对埃罗伊很重要的东西。你问都没问就把它弄回家了,吓到她了。”

她可以看到他的小脑袋纠结了一会儿。“真的抱歉,埃罗伊。我不是存心想吓你的。你要我把包弄回来么?”

“谢谢,这样轻松多了。”她拿起阿尔韦恩的饼干笑了笑,“另外,我有两只手可以吃饼干了。”

呼……内尔吁了一口气。能够随遇而安,简直太好了。接下来的几天就轻松多了。沃克家族的日子从来都是吵吵闹闹的。

阿尔韦恩牵着埃罗伊的手走出了机场:“为什么你不想成为女巫呢?”

我有没有告诉过你尽量不要问那样的问题?内尔把意念发送给她的小儿子。

我知道啊妈妈,我给她吃饼干了,然后帮她把包送回家里了。而且你也想知道啊,其他人也都想知道。阿尔韦恩也用意念回道。

也许是不太礼貌,但阿尔韦恩是对的。内尔也真的想知道。

埃罗伊同内尔对视了一会儿,然后看着阿尔韦恩:“我像你这么大的时候,我也想成为女巫,非常想。但是现在我长大了,我发现自己不是女巫。那让我很伤心,现在我知道那是命中注定的事情。”

“不,不。”阿尔韦恩带着四岁孩子的自信,否定了她的说法,“你把电脑熔化了,杰米叔叔同我都做不到。你肯定是个女巫,而且像超人一样。”

天呐!内尔确定埃罗伊满脸的困惑表明没人把那事儿告诉她。她挽着埃罗伊的手臂,然后问道:“你觉得我的女儿们已经发现你的背包里装满了首饰么?”

埃罗伊脸色变得有点苍白。内尔把手伸进罐子里,给了她一块饼干。

杰米刚刚走到内尔家门口,手里挽着他心爱的老婆,希望他不会看上去像是在一场争论中又输了。“看样子我们对待这儿的女人得多加小心。”

孩子们本来就喜欢蹦蹦跳跳的。那也是为什么他们会待在水垫里。

一个私人的水垫看样子还不能够保证宝宝的安全。“反正我没有见过怀孕的妈妈做单手倒立。”看到纳特那样做,杰米可真被吓坏了。

她摸了一下他的脸:“她在我肚子里,好好的,即便是倒立。我们会一直保护他。放松一下,爸爸,她没事。”

杰米正想反驳的时候,内尔打开了门。也许内尔会站在他这边。“嘿,姐。你怀孕的时候是不是也做过单手倒立?”

“你真的觉得我会笨到回答你那个问题?快进来。”

纳特抱了抱内尔:“说实话吧!”

“我从来没有做过单手倒立,所以怀孕的时候也没有。但是我怀孕四个月的时候刚好是新巫师王国刚刚推出的时候。我一连16个小时都在编码,而且就靠着立体脆和花生黄油过活。她们不也没事儿。”

杰米记起来了。他记得要是内尔把手伸进花生黄油罐子里,他就别想有他的份。纳特的脸亮起了:“对了,你有立体脆吗?听上去很好吃的样子。”

内尔笑起来:“不,没有。我现在看都不想看到它们。”

他老婆想吃立体脆?她每顿晚饭都给他做蔬菜和豆腐?他谷歌搜索了所有有关怀孕方面的东西。等这个结束之后,他自己要建个网站,为那些准爸爸建个网站只写事实。那些网站上从没有人提到过什么立体脆和单手倒立。

两个人都期待地看着他。他很明显错过了什么:“怎么?”

内尔痛苦地摇摇头:“立体脆,老弟。你的工作就是为你孩子他妈准备她想吃的一切,不管她什么时候想吃。”

他让自己记得网站的事情。幸运的是,立体脆很简单。闭上眼睛一会儿,他就从地下室里拿来了。内尔或许不想再吃了,但是其他三个女孩都非常喜欢,所以她总是有准备。

纳特像少年般抓住瞬移过来的袋子:“谢谢,亲爱的。”

一定是闻到了立体脆的香味,匆匆的脚步声从楼上传来。“杰米叔叔,纳特阿姨。”

比三胞胎慢了一些。埃罗伊笑了笑,挥手示意。

天,不要吧!即便是感觉到他自己被拉住了,他还是意识到他抱住了除怀孕的老婆外的其他的东西。他抓住他姐姐,但是还是看到了未来的某些片段。

当他回到现实的时候，他还是坐在墙壁前。纳特盘着坐在他脚边，有太多双眼睛盯着他。

一旦她觉得他还好，纳特就笑起来，安静地说道："你是不是每次见个漂亮女孩儿就会看到未来？"

天呐，他真的，真的希望不是那样。遇到纳特就成了预见未来的开端，但是这个也很超负荷。而且他也不想坐在地板上和这么多双盯着他的眼睛讨论。

他勉强站起来，看着内尔的新客人："嘿，埃罗伊。欢迎来到这个疯狂的世界，不好意思刚刚晕过去了。"

杰米正在想要不要全盘托出他所看到的一切。阿尔韦恩的声音从人群中传来："看吧，我就说了你是女巫。"

"阿尔韦恩！"杰米仅剩的力气都用来阻止他再说下去了。

内尔还算习惯这种混乱的局面，捕捉到了他意识冲击的边缘："阿尔韦恩你同姐姐们可不可以去厨房拿些吃的喝的东西？"

她把成人都聚集到起居室，然后抬了抬眉毛看着她的兄弟："到底怎么回事？"

杰米让她看了一下他预见的未来的片段：埃罗伊，大着肚子，站在吉尼亚的右肩上，在一个完整训练圈里，拥有超强的魔法……

"你到底同预知还有孕妇有什么过节？"

他无奈地耸耸肩。"我们现在该怎么办？"没人比内尔逃得更快。

她看了他一会儿："先就这样吧。预见未来的事情也不是百分之百准确的。我们在事情没有发生之前还是不确定。慢慢来。或许我们能有其他的方法确认她的魔法。"

该死，他真的好讨厌预知。

莫伊拉：好吗，内尔你接到埃罗伊了吗？

内尔：是的。现在她在她房间里了，我的三个女儿迫不及待地想让她把背包里的首饰都打开给她们看看。

莫伊拉:她制作的那些东西真的很华美。我自己也有一个吊坠,那是她用蓝色的海玻璃做的。

内尔:我希望她带得足够多。我觉得加州半数的女巫都会想去艺术博览会上看看她的作品的。

莫伊拉:内尔,谢谢你能这么说,我也希望如此。她自己有点紧张,把自己的作品带到如此盛大的展会。那可不是在小店里卖卖能比得了的。

内尔:我知道,你也知道。但是巫师们不知道。埃罗伊是我们的一分子。

索菲:帮我个忙,在走之前帮我找几样东西。也许是绿色的。

莫伊拉:索菲,晚上好。我都没发现你上线了。

内尔:我们的索菲可喜欢偷偷摸摸的。

索菲:哈!我在炉子上炖着药剂所以来晚了。

内尔:我们能视频么?我今天编码打字手都酸了。

莫伊拉:我这个新电脑上还不知道怎么操作呢。那个小的视频标示不见了。

内尔:如果是新的,那就是还没装进去,试着点一下视频通话按钮,看看有什么反应。

很神奇地,莫伊拉看着内尔同索菲进入到她的视频中来了。“真的很好。”

“我好羡慕你的那台新电脑。”索菲说,“我觉得自己的这台像年久失修的旧机器,虽然它只有两岁。”

内尔笑道:“家里地下室里已经有一些被熔化掉的硬盘驱动器了,如果你想把你的捐过来,告诉我一声就行了。”

硬盘。莫伊拉想弄清楚那是什么东西。好像马尔库斯告诉她自己的电脑硬盘驱动器被烧掉了。“你们怎么把电脑烧了?”

内尔看上去很内疚,而且持续了很久。

“你遇到什么麻烦了?”

索菲笑起来:“莫伊拉姨母,也就你这样说会有效果。内尔现在都是成人了。我觉得她要是用在她自己女儿身上估计都没什么用。”

内尔翻起白眼："也许还是有点用的。很好——这个夏天我就把她们交给你了。"

"内尔，不好意思，我最近有点坐立不安。肯定跟埃罗伊有关吧。马尔库斯很确定是她把我的电脑硬盘驱动给烧掉的。"

"不仅如此，"内尔说，看上去相当严肃，"有人把你的硬盘驱动完全烧坏了。真的不是件容易的事情。即便是有魔法帮忙。阿尔韦恩都办不到，即便有杰米的帮忙。

"还有那个小鬼头办不到的。看来他的魔法也不是没有极限的嘛。但是你说的其他的都说不通啊。为什么你觉得关埃罗伊的事情？最近发生的事情都讲不通，或许是我的小机器坏了。"

内尔摇摇头："我也知道有可能是电脑坏了，但是我从来没有见过类似的情况。当时有三个魔法师在场，大家都觉得肯定是某种魔法。"

莫伊拉一般都不太会生气，所以她正努力平静下来。除非是桌子下藏了某个小孩子，不然的话当时真的只有两个巫师。"对不起，内尔，我真的不敢相信你们关于那个测试是对的。马尔库斯也扫描过埃罗伊，我甚至，很多时候，都不好意思再试了。"

魔法师之间是不应该有秘密的。轻轻地，她继续说道："我问了那个能预知未来的水晶球。但是它什么也没有告诉我。我甚至都试了一下祖母的水晶球。如果埃罗伊真的是女巫的话，这些东西应该会有征兆才对。"

索菲苦笑道："你很爱她。水晶球从来都没有起作用，你也知道。"

莫伊拉眼泪都快掉下来了："我知道，但是我还是得试。我会是世界上最幸福的人，如果埃罗伊是女巫的话，而且我知道你们也是那样希望的。但是这不对，我们得停下来。那样对她伤害太大了。你的扫描肯定是出错了。"

现在不仅仅是扫描了。内尔无奈地耸耸肩："真的不是我说的，杰米今天又一次预知未来了，就在见到她的时候。"

莫伊拉："……他看到埃罗伊的未来了么？"

"记住，那不是百分之百确定的。"内尔说道。

"我知道，"莫伊拉伸手去摸屏幕，"告诉我，我想知道。"

“我还没时间同他聊聊呢，但是我看到了一部分他看到的东西。埃罗伊同我的女儿们一起在……”

莫伊拉现在真的哭了：“我的埃罗伊，会魔法？”

“只是可能。”索菲小声说道。

在她脑海里，莫伊拉知道索菲说的是对的。但是在她爱尔兰的心里，她还是因为这份希望而苦恼着。

预知是巫师世界很古老的方式——有时候真的无法预测，有时候又很准，就像许多其他魔法一样——但是她的血液里听到的、相信的、内尔的新工具测试出来的，还有烧坏的电脑硬盘驱动器，都似乎有些暗示。如果杰米真的看到埃罗伊有魔法，那他们一定会努力找出来的。

莫伊拉继续说道，声音有些颤抖：“嗯，那么我们需要找出来，对不对？没有接受过训练的女巫是很危险的。”

CHAPTER 6 第六章

埃罗伊把她的手放在鼠标上，再次迷茫而无奈地看着，O式电表上的读数飙升得很开心。该屏幕变成她自己个人的定义的地域。她同杰米还有吉尼亚弄了将近一个小时，他们不断调整使得扫描出来的读数更精确。即便她很有耐心，也快被磨没了。

她从小到大都以己之力以任何方式服务巫师社区。所以当杰米说占用她一个小时的时候，她同意了。

现在是时候结束这个疯狂了。埃罗伊·肖不是一个女巫，她很厌倦，很厌烦试图证明这一点。“这还是说我是一个巫婆。我不觉得我们有什么进步。”

内尔走进房间，手里端着有牛奶、饼干和一大碗草莓的托盘。埃罗伊因一时思乡之情而紧收。因为她想起了蓝莓，她的小巫师们，还有那桶饯行的蓝莓。杰米瞥了她一眼，短暂地同情，也提醒人们，她的大脑对意念巫师而言，显然还是很容易暴露漏洞。

他拍了拍吉尼亚的肩膀，她从她的代码处抬起头：“好吧。内尔，你可以同我们一起头脑风暴几分钟吗？”

埃罗伊起身告辞，但杰米示意她回到桌前。

“我不是一个编码者，杰米。我不认为我可以促进这种对话。我认为没有我更好。”

他们眼神相遇。你是个思想家,而你是巫师的学生。头脑风暴法效果最好,会有很多不同的想法一起碰撞。

埃罗伊试图让自己一辈子的好脾气就此终止。但是她还是坐了下来。

内尔递给她一块饼干,这对所有巫师都有效果。“所以给我加快速度。你目前有过尝试吗?”

吉尼亚挺了挺她的肩膀:“我们都知道电脑读的是埃罗伊的足迹,杰米叔叔在同时做扫描时却得不出同样的数据。”

“好,”内尔把杰米想要吃的饼干抢走了,“那目前我们有在其他人身上尝试过吗?”

杰米点点头:“对,有试过。当你把马尔库斯的想法告诉我们的时候,我们就去巫师王国扫描了我们在巫师层面能找到的每个人。那也就是我们想让扫描更精确的原因,因为我们想看看他们的读数同埃罗伊的读数之间有什么共同点。”

埃罗伊皱起眉头。比她自己想要放弃所知道的还要多。“马尔库斯叔叔什么主意?”

吉尼亚说:“他觉得你也许是唯一一个拥有这种新能量的人。”

马尔库斯叔叔什么时候不做隐士开始编造这种荒诞的理论了?

内尔碰了碰埃罗伊的手:“现在还只是理论,但是马尔库斯推测你应该可以接触到一种全新的能量,那种能量存在于网络。但是他也觉得可能不只你有。”

这三天来埃罗伊受够了:“我直说吧。马尔库斯叔叔觉得应该有一群巫师都可以接触到网络能量?”

内尔耸耸肩:“好吧,这么说听上去是挺不靠谱的。但是这主意不错。他觉得像吉尼亚那样的,这么擅长编码,应该也同你的那种神秘天赋有关。”

为什么让大家相信她不是女巫就这么难呢?埃罗伊吃掉了最后一块饼干。他们可以坐在这阴暗的地下室继续讨论。她要走了。

吉尼亚也喝完了牛奶:“我们也试过扫描我,但是什么也没发现。”

内尔沉默了一会儿:“你在接受扫描的时候在做什么呢?”

“就像埃罗伊一样握着鼠标啊……”吉尼亚停了一下,瞪大了眼睛。

杰米弹了弹手指："内尔，你太聪明了！埃罗伊，请再等两分钟。"

埃罗伊站在那里，看着地下室里的人又忙活起来，完全困惑了。过了一会儿，一台新的电脑出现在桌上，吉尼亚在键盘上疯狂地敲着。埃罗伊可以看到巫师王国的数据显示在屏幕上。

"尽量简单一些。"杰米说道，"我们只是需要一个简单的测试咒语。"

吉尼亚点点头："我只是写了一个三步的测试咒语。这样你就有三次机会获得一个读数了。"

杰米点点头："好主意。"

如果她非得站在那里，至少他们应该解释一下为什么。埃罗伊靠向内尔："我也不知道。到底怎么回事？"

"我们正试图找出马尔库斯是不是正确的，有没有其他女巫分享你的天赋。即便是被动的读数，也会因为女巫们多种魔法而变得更为复杂。我们在想如果吉尼亚有你的天赋，那样也许她可以主动获取读数。"

这多少是有道理的。主动魔法更容易感受到。她的小巫师们在用复杂的咒语的时候，即便是她也能感觉到能量。

吉尼亚抬头一看，小大人的模样："准备好了吗？"

"这儿准备好了。"杰米目不转睛地看着他的屏幕。

埃罗伊在旁观看。绝对什么也没有发生。

突然，一个熟悉的声音出现在吉尼亚的电脑上："你叫我了，武士女孩？"

吉尼亚咯咯地笑："嗨，甘道夫。我们正在做一个测试，看看我是否有和埃罗伊同样的力量。我需要编写一个咒语，获得读数。我希望你喜欢你的新服装。"

内尔俯身看着屏幕，并拍了拍手，她咧嘴窃笑。她示意埃罗伊看看。

马尔库斯的声音粗哑，发飙了："这不好笑，内尔。我会成为巫师王国的笑柄的。"埃罗伊移了移，看到马尔库斯穿着齐娜的衣服。

吉尼亚笑了："今天不会。但是明天就说不定了。我匆忙写了这个，所以应该不会太花工夫就可以把你弄回去。"

马尔库斯的眼睛眯了起来："明天会发生什么？"

"我是不愿意去打断，"杰米干巴巴地说，"不过我对扫描的结果感兴趣，被吉尼亚施咒了吗？"

房间里的头都回转过去，包括马尔库斯的屏幕。杰米环顾四周，笑了：“无论你的魔法是什么，吉尼亚肯定也有。在那个咒语第二步之后，我们就得到了同样未知能量的读数。”

吉尼亚从她座位上跳起来。这是最难的一步，所以它应该是最容易看到的。她和内尔跳上来看看杰米的显示器上的读数。埃罗伊仿佛没有穿衣服一般，她没有不懂装懂。

杰米抬头看着埃罗伊，目光深邃与同情：“你是个女巫，小妹妹。欢迎加入。”她觉得只有呼吸从她身体里进出。

吉尼亚抱着她的一只手，还有内尔的另外一只，埃罗伊低头看着自己的第一个巫师训练圈，泪水在眼眶里打转。

莫伊拉：你好，内尔。埃罗伊在哪里？我希望能与她说说话。

内尔：对不起，她刚刚走了。随着时间的变化，她在未来几天内，可能会非常棘手。杰米、纳特和姑娘们都去艺术博览会帮她设立展台了。这可能是对她最大的帮助。但是现在每个人都有点小兴奋。

索菲：我刚才在巫师王国里碰到马尔库斯，他告诉我了。

内尔：是啊，他打算把这个消息传播开去，以便做更广泛的测试。

莫伊拉：请原谅我这个老女人。这是真的，我的埃罗伊也是女巫？

内尔：她是，是一个非常隐蔽的女巫。

索菲：莫伊拉姨母，埃罗伊是女巫，我们又有新姐妹了。

莫伊拉：这还是有点难以接受。我从来没有想过我们会以这样的方式发现，她几乎在世界另一边。

索菲：内尔，请给她一个拥抱，送上我所有的祝福。我们最近几年没什么接触，尽管她是我儿时的妹妹。

莫伊拉：这对你来说也是非常困难的。

索菲：我知道。

莫伊拉：我也知道那也是你住那么远的原因之一。

索菲：不是唯一的一个，但肯定的。她的心在那里，如果我在的话它会更痛。

莫伊拉：要知道，我很心疼你做的选择。这对你不公平，在我的心里，你一直在这里有个家。我爱你。

索菲:我也爱你。魔法并不总是公平的,也不容易。这对埃罗伊来讲也不容易。但是这种感觉还不错,我真替她高兴。

莫伊拉:我的心高兴得都快跳出来了,但是我也很困惑,请怜悯我向我解释解释到底是怎么发现的。马尔库斯说是靠编码同咒语,可我完全没有弄懂。我的孙女是女巫,这是我唯一知道的事情。

内尔:最重要的是,我们相信我们发现了一个以前没有发现的力量源,埃罗伊可能不是唯一能接触它的人。

索菲:网络能量。这太酷了。

内尔:你是个相当不错的编码施咒者,索菲。我敢确保杰米会在接下来的几天测试你,他和马尔库斯还得做一些调整,首先要确保我们不会融化任何更多的计算机做远程扫描。

莫伊拉:请用我听得懂的语言,谢谢!

内尔:对不起,莫伊拉。我们仍在试图理解这种新的能量源。你记得当我还是个孩子的时候刚刚开始了解如何变身吗?

莫伊拉:确实是这样。我们通过研究有那样天赋的人,以找出那些魔法能量来源。更艰难的是,因为它是一种比较罕见的能量。

内尔:嗯,这是我们之前没怎么了解过的。好消息是,它可能不那么罕见。吉尼亚也做了测试,我觉得只要会咒语编码,或多或少都会有一些这个天赋。马尔库斯也有,杰米同我发现吉尼亚是到目前为止能量最强的。

索菲:我再说一遍,这太酷了。

内尔:让杰米也给你试试。

莫伊拉:你觉得我的埃罗伊有网络能量?她也会编码施咒?然后呢?

内尔:这点再次让事情变得混乱。对于大多数人来说,我们的扫描只记录能量,当我们正在积极展开咒语编码的时候,埃罗伊所做的只是触摸鼠标,而我们获得了更高的读数。

索菲:究竟是什么含义?

内尔:我们都在猜测。莫伊拉,也许你可以帮我们解释一下。还有谁拥有这样来源不同寻常的能量?对不对?即使他们没有在主动用魔法?

莫伊拉:当然可以。阿尔韦恩就是其中之一,他有那样的魔法,而

那时他还在你的肚子里。

内尔:没错。杰米和纳特的宝宝还在肚子里玩火呢,虽然没出生,但是阿尔韦恩却可以看到。

莫伊拉:这是正常的一个非常强大的标志,而另一个将提前出现。

内尔:对。所以,如果埃罗伊具有网络能量,即便她没有主动用魔法……

莫伊拉:你是说她可能特别强大,她的这个天赋。

索菲:我想她对我的巫师王国很有帮助。

内尔:我同意。但是,我们不知道施咒编码这个天赋的工作原理。这就是大多数人如何使用它,但实际上,它只是一个动力源。

索菲:嗯。所以就像我用我的土系魔法治疗或使鲜花盛开,埃罗伊可有不同的方法来用她的力量。

内尔:有可能。大多数魔法都有关联,很难用土系魔法来制造风暴,我们猜测她不是天气女巫,但我们并不十分清楚,她也许能做到。

莫伊拉:那么,从头开始。

内尔:什么?

莫伊拉:她必须学会召唤她的力量,并把它用在一些小法术上。一旦她可以控制,你可以推断出什么,她可以做的。

内尔:非常睿智,莫伊拉。谢谢。

索菲:这是否意味着要教埃罗伊编码施咒?

内尔:我想是这样。

莫伊拉:可怜的姑娘。

索菲:我会带她入巫师王国的。吉尼亚可以使用一些后援打败马尔库斯。

内尔:那要小心了。扫描结果显示马尔库斯可是除了吉尼亚之外读数第二高的。

索菲:也难怪。

莫伊拉:你们说的那游戏就像是外星球的一样。

内尔:欢迎你前来参观。马尔库斯将于今日结束以后教你基本的编码施咒知识。

莫伊拉：我？为什么呢？

内尔：因为大多数女巫的天赋是遗传性的。如果你的侄子和你的孙女都是网络能量巫师，那很可能你也是。

内尔从她电脑面前退回来，露齿而笑。她真的应该打开视频把莫伊拉的表情截下来，那应该是非常珍贵的。她并不羡慕马尔库斯的任务。莫伊拉可能只是把他变成一只青蛙，或者更糟。

再说，她今天下午的任务是教阿尔韦恩一些基本的施咒编码，这也是相当危险的。米娅和谢恩目前把房子里所有宝贵的电子产品断电了，那样阿尔韦恩就不会因为一两行代码的错误把它们烧起来。丹尼尔也在加强他们的网络防火墙，这样神奇男孩也不会不小心烧掉任何人家在附近的电脑。巫师世界的生活从来不无聊。

杰米、吉尼亚同马尔库斯正在测试巫师王国的玩家，当天结束时，他们应该有个相当不错的名单了。他们只是要弄清楚如何处理它们。

杰米不知道他怎么会得到同五个傻笑的女孩建立一个珠宝摊位的差事。纳特和埃罗伊并没有比三胞胎好到哪里去，她们一边讨论不同的项链，一边辩论哪些是他们的最爱。他所能知道的就是他的最爱多于丢掉的那堆。

纳特悄悄地朝他走过来，对着他，将一些铜与海玻璃挂到他身上："你有什么感想？"

他应付女人的方法还算明智："你不是要等明天才来买东西吗？"

她摇摇头，不同意地笑起来："接下来这半年，你会是我们女儿在这世界上最重要的人。对于这样的问题，你最好还是有个比较好的答案。"

"不要，至少在她学会说话之前我还有几年的时间可以训练吧？"他希望。

他老婆的笑足以把他融化了："你学得比较慢，所以你可能要现在就开始。"她指了指他的三个侄女，都挂满和他相同的珠宝。都带着一

副“你觉得怎么样”的样子。

他决定后面带阿尔韦恩去打一场球，展示下男人的生存方式。

埃罗伊在掏她那深不见底的背包。“姑娘们，我有一些特别的东西给你们。”她掏出三个非常相似的项链，每一条都有海波璃缠绕在银线上，两个小片玻璃，一边一个。每个项链都是相同的三种颜色，只有中心颜色不同。

即使是杰米，还有三胞胎她们自己也看得出埃罗伊抓住了她们三人独特的姐妹情谊的纽带。他的侄女都说不出话来。

他能感觉到埃罗伊的喜悦。她有一个非常开放的心态，这并不总是一件好事。但现在，他赞赏着。这是一个很好的改进，这是一次情感波动，她从昨天起一直经历着。

她笑了，再次把手伸进她的包里，这次拿出来一件蓝色的铜挂件。不可否认，那是他最喜欢的深蓝色。它在召唤他。

“这是一块大理石。”埃罗伊说着递给杰米，“在海中翻滚多年，甚至数百年。从尺寸猜测，它是手工吹制的，而且可能很老了。”

他转了转手指之间的粗糙球体，他能感觉到这是她非常不舍的一份礼物，她最喜欢的珍品之一。拒绝接受它，会冲淡她的喜悦，他是不愿意那样做的。他从来没有买过巫师装饰，但他把吊坠挂在脖子上时却非常肯定。

埃罗伊递给纳特两个非常相似但较小的吊坠。一个是华丽的粉红色，看起来就像是天生的晶体戴在脖子上。第二个则是火红色。

杰米感到困惑，但其他人的眼睛都写着：他是唯一一个没明白的。

“哦，”吉尼亚轻声说，“这是给小宝宝的。”火红色代表他的小小火魔女。

他能感觉到他的眼睛有些湿润，该死！

正当纳特同他牵着手的时候，一位穿着很正式的男人赶过来，让埃罗伊签署一些文件。埃罗伊担心地看了一眼她的摊位，然后跟着他走了。

“她是一位非常特别的人，”纳特说，“虽然她有些挣扎。”

与往常一样，杰米对老婆能洞悉人心的能力有所敬畏。“她真的是一位女巫。”

“为什么那会让她难过？”吉尼亚问道。

纳特帮吉尼亚戴她的项链：“亲爱的，我觉得她只是有些困惑。”

“但她一直想成为一个女巫。她告诉我，这是她的梦想。她是一位非常酷的新女巫。”

但杰米认为这就是问题的症结所在：“不是每个人都想成为与众不同的人。这是令人兴奋的事儿，可是埃罗伊有怎样的背景？那儿的巫师是相当传统的。当她梦想成为一名女巫，我不认为现在的情况符合她的想象。”

他看着吉尼亚，吉尼亚天生具有很强的适应力，努力去理解别人为什么不接受改变。“也许她只是要一点点习惯它。我可以教她如何编码施咒。”

他点点头：“这绝对是个好主意，但首先她必须能够接触她的能量。我们真的不知道如何做到这一点呢，所以我们需要弄明白，我们才可以帮助她。”

吉尼亚皱起了眉头：“我努力做慢一点，这样你就可以看到了。”

“我知道你很努力，我们会继续努力。”

纳特抬起她的头：“你们在努力做什么？”

“杰米叔叔想从我的脑袋里面看看，就是看我编码施咒的时候，但他完全不能看到我在做什么。”

他从斜挎包里掏出燕麦棒递给纳特，很明显她饿了。九岁的孩子也总是爱吃零食的。“作为意念巫师的好处之一就是可以看到他们是如何运用能量的，但是我就可以通过意念将步骤教给别人。”

纳特点点头：“所以，你希望看到吉尼亚做的，然后用它来教埃罗伊。”

“对。这种能量类型很难界定，而且似乎也不像基本元素能量，所以我无法聚焦步骤。”

“这是因为他的意念能量还不够强大。”吉娜说，嘴里塞满了燕麦棒。

“臭丫头！”杰米想知道她是不是已经长大到不适合在众人面前倒

挂了。

纳特举起了她的手,阻止了杰米折磨吉尼亚的行为。"那么,如果你是一个强大的意念巫师,你就能更容易看到吉尼亚做的么?"太好了,现在他的妻子也说他有气无力。

她吻了吻他的脸颊:"别像个男人一样思考,你应该寻求帮助。劳伦这个下午会来,我敢肯定,她会很开心帮忙的。"

吉尼亚点了点头:"那会有用的,劳伦可是了不起的意念女巫。她几乎可以看到任何东西。"

唉……他已经完全忘记了那一点。他真是又弱又笨!幸好他有一个非常聪明的妻子!

索菲:马尔库斯,怎么了?我刚准备向武士女孩发起攻击,你就给打断了。

马尔库斯:你应该谢谢我。我上周也准备那么干,但是失败了。

内尔:那你在叫我的时候至少可以帮我摆脱烟雾。

马尔库斯:那烟雾就要怪你女儿了。整个巫师王国都是她搞的鬼。我觉得她在谋划什么大事。

索菲:她的编码技能可是出神入化的。如果我们可以查出来,我觉得她应该是最强大的网络能量女巫之一。

马尔库斯:我有另外一个人选。我今天下午教莫伊拉编码咒语,可不怎么有趣。

索菲:莫伊拉姨母学编码咒语?

马尔库斯:真的不会。她还发誓说要用爱尔兰最古老的咒语毁了我的电脑,我觉得她不是闹着玩的。

内尔:莫伊拉姨母,好样的。

马尔库斯:等到她那么对你的电脑的时候,你就不会这么说了。

索菲:她到底怎么样?

马尔库斯:大部分编码都是我做的,但是她还是学会了一点点。

内尔:莫伊拉要是网络能量女巫的话,你就糗大了。

索菲:那真是难以想象。

马尔库斯:确实。内尔,你们弄到阿尔韦恩的读数了么?怎么样?

内尔:没有。我们试过了,但是他只有四岁。他没有什么逻辑而言。但是我也从来没想过要他编码。

马尔库斯:我觉得编码那部分是激活咒语的关键,而不是写代码。

内尔:你要是早点说我就不用白辛苦几个小时了。

马尔库斯:你自己也应该有脑子。

内尔:你可不可以不要那么自高自大,要不我们就让那个九岁的巫师女孩收拾你。

索菲:坚持到底,我会帮助她的。

马尔库斯:我觉得我之前应该也说过,她不需要帮助。你们同埃罗伊那儿怎么样了?

内尔:没什么进展。她还是很不配合,而且艺术展让她也很忙,所以现在我们暂时还没怎么打扰她。吉尼亚的读数真的非常强,杰米意念链接同她一起准备研究魔法是怎么产生的。

马尔库斯:聪明的男人。

内尔:聪明的女孩儿。那是吉尼亚的主意。劳伦明天也要来帮忙。我觉得你还没见过她吧。她是我们新的意念女巫。

马尔库斯:从新斯科舍的兔子那儿听说了。

内尔:胡思乱想的老男人。

马尔库斯:没人像你这么认为。

索菲:我应该睡觉了。你们俩,晚安。

内尔:好像我应该让武士女孩去睡觉了。

马尔库斯:好吧。也许我们其他人在她睡觉的时候可以追上她。

CHAPTER 7 第七章

杰米躺在新院子的草坪上休息,手里握着一品脱冰激凌。劳伦不想去地下室进行编码。阳光洒在他脸上,清风拂面,他觉得也许劳伦是对的,这样躺着享受一下也不错。

但是这就没必要让她知道了。"既然我们现在晒着太阳,吃着冰激凌。是不是该干点正事儿了?"

劳伦眼睛一翻,看着吉尼亚:"女孩儿们吃点巧克力总是很有精神。我到底应该干什么?麻烦别告诉我是让我学编码。"

天呐,杰米才不希望教劳伦编码呢!"理论上说,网络能量跟其他的能量源一样。你要能够接触到才能用。施咒编码也是一种运用,但是也还有其他的。首先,我们需要知道吉尼亚是怎么接触到网络能量的。"

"好吧,有道理。"劳伦说,"珍妮姨母也做过类似的事情,她发现我同阿尔韦恩联手捉弄杰米那次。"

那次魔法也成了判断劳伦魔法能量的重要依据。上次劳伦同阿尔韦恩联手把猫女的形象弄到了杰米身上。杰米这次可没有站起来摸摸自己是不是耳朵又长出了绒毛来。"我有尝试过同吉尼亚连接,然后观察,但是我并没有得到很好的结果:我看到的只是闪过的一道光,那并没有多大用处。我们觉得要是你来的话结果应该会好很多。"

吉尼亚咯咯地笑起来:"纳特阿姨说对了。杰米叔叔同我都是笨蛋,我们连想都没有那样想过。”

劳伦拿勺子戳了一下吉尼亚:“那可能是因为我不像你们一样那么擅长编码。让我看看你们都能干什么,我会观察看看的。”

吉尼亚拿起她的电脑,已经有一些简单的编码程序被建立起来了。劳伦闭上眼,迅速地进入到意念链接中。杰米在想劳伦有没有注意到她自己已经是一名相当熟练的女巫了。

我知道。劳伦用搞笑的声音在他脑海里说道。想看看么?我觉得我也可以为你弄个渠道。

她的意念魔法很容易就为杰米开了一个渠道。杰米通过意念链接看着吉尼亚的大脑:在他看来混乱还有些失真的大脑,在她的观察下却如水晶一般清晰。

他看着吉尼亚运用了土地的能量来开始咒语。接着她伸手摸着电脑键盘,炸开的小小烟火到处都是。

他可以感受到劳伦的震惊,那到底是什么?

“我猜肯定是网络能量在发挥作用,”杰米在大脑里说道,“我还是第一次这么清晰地看到呢。知道她做了什么吗?”

不知道。大部分能量的运用都来自单一的焦点,我也没想到会是这样。完全没有焦点就好像能量遍布在她整个大脑一样。

劳伦对吉尼亚说:“吉尼亚,再试试吧。尽量慢一点儿。”

接着他们让吉尼亚按照施咒编码的顺序进行了五六次,最后劳伦不得不让停止了意念链接。光看看就让杰米的大脑痛到不行。

“那么,你看出我是怎么做的了么?”吉尼亚拿起她的冰激凌。

劳伦看着杰米:“可能看出来了。实际上有点像意念魔法。它就像是一股内部的能量源,而不是像土或者火那样的外部能量源。”

杰米还想提出同劳伦相反的意见,但是那讲不通。“嗯,既然吉尼亚要通过链接电脑才能用,那么肯定就不是内部能量了啊。”

劳伦耸了耸肩,吃了一大口吉尼亚的冰激凌:“好,但是如果我们跳过那点,一旦它被激活,看起来就像是内部能量源了。如果看起来像意念魔法,那就需要像对待意念魔法一样进行训练。”

吉尼亚皱了皱眉头:“我不明白。”

他也不明白。杰米伸出勺子,他的冰激凌莫名其妙地没了。

劳伦说:“我用意念魔法的时候,感觉就在那里,但是我必须得打开它。从内部而不是像你一样从外部寻找能量。”

杰米点点头。他的意念魔法虽然有点弱,但是真的跟他其他的魔法不一样。“有点像敲脑袋里的一个开关。”

“差不多。即便埃罗伊没有用魔法也能读到读数,对不对?要是网络能量也是那样,至少在你在线的时候,但是你需要将它打开。”

埃罗伊的魔法开关只有一部分是打开的。那样的歪理还真有点道理。

“好吧。”吉尼亚说道,她总是能随机应变,“我怎么才能把它打开呢?”

劳伦笑起来:“我们还得多试试才能知道。我觉得应该假设你有意念魔法,然后帮你打开。你把手放在鼠标上。”

杰米在心里抱怨着。魔法可不是像那样随便互换的。他们需要知道网络能量是怎么发生的,这样才能够打开它。

“你真是!”劳伦朝着杰米翻了翻白眼,“你自己没有水系魔法,但是你还是教小巫师们怎么用。那你是怎么做到的?”

他知道他又没话讲了:“五行魔法是什么真的没有关系,差不多都是同样的运用方式,因为它们都是基本的能量源。网络能量又不是意念魔法。”

劳伦耸耸肩:“我们都不知道网络魔法是什么,但是看起来像意念魔法。”她又一次把吉尼亚同杰米拉回了意念链接。

杰米安静而怀疑地看着劳伦带领吉尼亚进行了接触意念魔法的最基本步骤。什么都没有,真的什么都没有!

劳伦用意念中的肘部戳了戳杰米。那些小巫师们也是一次就成功的么?

啊!她要想大声的话真的很大声。

劳伦又带着吉尼亚试了几次。杰米打起哈欠来,但是当意念中的火光闪现的时候,他有些震惊。天呐!

他从意念链接中退了出来,抓起他的电脑。让她再试一遍,杰米把想法传给劳伦。我想要些读数。吉尼亚让三个火花排成一排,杰米则看着他的屏幕。最后那个火花前所未有的大。

他抬起头,看着阿尔韦恩几乎要跳起来:“杰米叔叔,我干的。”

“淘气鬼,当然是你。你知道吗,这可让你出名了。”

“为什么?”

“第一个故意激活网络能量的人。你会被写进魔法历史书的。”

“好棒!”她没说的,大家都明白。

该死!逻辑上讲,下一个可以教的人居然是自己的小弟弟,但是吉尼亚在日落之前应该好好享受一下,尤其是这样的日子对她而言是很不常见的,自己有个能量超常的弟弟,这可不是什么美差。

给她点时间。不要妄下结论。也许超人宝贝不会是这片土地上最强大的网络能量巫师呢。劳伦用意念对杰米说。

杰米最近在同劳伦的打赌中输了很多次了,但还是没能说服他。阿尔韦恩很少有哪方面不是最强的。

艺术展上人山人海,到处都是喜欢手工艺品等极具美感的东西的人。同时展会上还充斥着各种声音:成千上万的交流的嗡嗡声,孩子们偶尔的啼哭声或者是某个大嗓门粗声的抱怨。

埃罗伊的沉默寡言在展会开始后十分钟就被打破了,现在她很享受同来她展台看手工艺品的人交流。

她有点担心待会儿没有东西卖了,这真的让她有点吃惊。首先她是一名艺术家,其次才是商人,但照这样的速度卖下去,4天之内她可以卖2万美元。

一个小女孩吸引了她的注意力。她正努力穿过拥挤的展台空间,拿着埃罗伊最喜欢的作品——一条很简单的链子上面有四滴水滴状的吊坠。

埃罗伊朝着那个牵着小女孩的女士笑了笑,蹲下来看着她们:“那真是条特别的项链。我把它叫做‘美人鱼的眼泪’。”

小女孩睁大了眼睛:“你是美人鱼吗?”

“嗯,我的脚穿着这样的鞋是有点酸,但是我就是一个普通人。你呢,你是美人鱼么?”

小女孩儿严肃地盯着她的鞋看了一会儿:“不,今天不是。要是有

尾巴走起来就不方便了，所以我今天是用腿的。”

埃罗伊笑了笑：“我很高兴你今天用腿，所以你能来看我，还能戴上那么漂亮的项链。”她撩起小女孩儿柔软的头发，将项链戴到她脖子上，然后把她带到镜子面前。

“你怎么做出这么漂亮的颜色的？是不是有魔法的项链？”

“也许吧。”埃罗伊说道。她喜欢相信海水是有魔法的，也许真的有一两条美人鱼呢。“这些玻璃的颜色是因为在海洋里住了很长的一段时间。我在沙滩上发现的。我觉得应该是美人鱼把它们送给我的，这样我就可以做很多漂亮的东西。”

小女孩怀疑地说：“我从来没有在我的沙滩上看到过眼泪。”

埃罗伊并没有向小女孩儿解释洋流：“嗯，也许美人鱼没有在你附近的海里游泳呢。我今天下午会去那里走走，看看我能找到什么。”

“她们会来玩的。”小女孩儿说，“但是她们不哭，因为我总是给她们唱歌。她们喜欢唱歌。”

小女孩儿用手摸了摸胸口的吊坠，埃罗伊知道这种时刻就是她一直想要的——她的作品找到了最适合的主人。“嗯，她们把这些眼泪送给我肯定是有原因的。”

小女孩儿还是很困惑：“为什么？”

“美人鱼们真的很喜欢你的歌声，然后想跟你说谢谢。我觉得每一条项链都有一个真正的主人，你就是这条项链的主人。”小女孩儿笑起来。她的妈妈准备掏钱，埃罗伊摇了摇头：“这是美人鱼的礼物。不收钱的。”

让小孩子开心真的很容易啊！

埃罗伊这才意识到她忽视了展台的其他人。当她转过身去同其他人交流的时候，她听到了小女孩儿跑调的歌声在空中回荡。

她不确定到底是歌声还是可爱的小女孩儿让她的展台充满了爱，接下来的一个小时，她卖掉了所有美人鱼的眼泪。

杰米一脸不情愿，劳伦笑着看着他。

“我就不明白了,我知道你要我做什么,但是这真的跟意念魔法不一样。”

他们想复制吉尼亚成功激活网络能量的做法。两个意念巫师同一个有天赋的施咒者,杰米看起来是个不错的候选人,但是现在他什么也没做成。

“也许我们可以同其他人试试,”吉尼亚说道,“妈妈施咒编码也很厉害啊,我们也可以找阿尔韦恩。他也是很厉害的意念魔法师,所以也许他有办法。”

劳伦心想:她说的有道理,杰米看上去有点气急败坏。“听上去是个办法,你怎么不去找他们?”

“我们已经来了。”内尔说着从后院拿着一盒披萨走了进来,阿尔韦恩跟着。“我拿东西来是想换回吉尼亚,但是这应该够每个人吃了。你需要我做什么?”

他们都在草地上坐好,芳香四溢的干酪披萨让他们暂时安静下来了。劳伦解释了一下他们目前的工作。

阿尔韦恩嘴里都是吃的:“所以就像意念魔法一样,我们在打开它的时候不得不握着鼠标?”

杰米翻了一下眼睛,又拿了一块:“我希望对你来说那很容易。”

“先让你妈妈试一下。”劳伦说,她看着内尔,“我觉得要是让已经懂得怎么施咒编码的人来做会容易一些。我会先把你放进意念链接,这样你就可以见到吉尼亚了,然后我会慢慢地带你通过。”

内尔点了点头,很轻松就进入到了意念连接。看着吉尼亚几次尝试想要接近网络能量,她退了出来:“明白了,这有点像聚集能量然后施咒。”

“啊哈,”杰米说道,“但是可比看上去难得多。”

内尔假笑道:“老弟,学着点儿。”

成年的巫师并没有比小巫师们成熟多少,劳伦想。当吉尼亚准备好追踪扫描仪上的读数时,内尔闭上了眼睛,劳伦调整至监控状态,然后观察着。

几次尝试之后,他们弄明白了两件事。第一,内尔的确是比她弟弟好;第二,那也说明不了什么问题。她成功地让零零星星的火光出现,但是也

就只有那样。能量层级显示在吉尼亚的屏幕上不过是一个光标而已。

劳伦希望阿尔韦恩不要把她感受到的吉尼亚的自豪感压没了。

杰米用意念说:来吧,让阿尔韦恩向我们这些老人们展示一下到底是怎么做的。

内尔知道劳伦的担忧,向她发送意念:她会没事儿的。并轻轻向吉尼亚点了点头。我觉得,要是她出了什么事,我们会处理的。

劳伦擦掉超级男孩脸上的番茄酱:"阿尔韦恩,为什么不同我建立意念链接,这样我们都能看到吉尼亚在做什么了。然后我会慢慢带你通过的。"

"好吧。"他自己用衣袖擦了擦嘴,内尔白了他一眼。

劳伦很快又进入到熟悉的连接中,然后等着吉尼亚接近网络能量时所冒出的火花。

阿尔韦恩用意念告诉劳伦:我可以了。

啊,天! 让我们再试几次吧。我知道有点快了。

嗯哼,我可以。阿尔韦恩从魔法连接中退出来,从他姐姐手中拿过鼠标。劳伦困惑地看着她把自己的意念里的火花点着了。

内尔看着她露齿笑着的儿子,摇了摇头:"好吧,姑且认为他也可以吧。"

"对。"劳伦摇了摇头,"不好意思,我还没来得及让你们看到。"

吉尼亚看着电脑的读数,挥手让杰米过来接手:"嘿,阿尔韦恩,你能再做一次么? 这次用上全部的能量,好吗?"

阿尔韦恩又试了一次。第三次。这次他很稳定,也很快。看来吉尼亚是位不错的教练。几分钟后,他们都觉得他已经集齐了所有的能量。但是劳伦从脑海中还是读到了杰米的吃惊。

阿尔韦恩的火花没有吉尼亚的高。

啊,天,杰米发出了一条赞叹。他足够强大了啊,吉尼亚更强!

内尔看过她的一双儿女们的表现后点头同意。好!

埃罗伊走进后院,嗅了嗅:"那是吃的吗? 我快饿死了。"

内尔摇了摇头,笑起来:"巫师们总是很饿。幸好你收到了我发给你的简讯。阿尔韦恩,宝贝,车里还有两盒披萨。能去拿一下吗?"

杰米嘟着嘴:"还有? 你藏着!"

阿尔韦恩咯咯笑起来:“不好意思,我并不想砸到你的脚趾头。”

她揉了揉他的头:“宝贝,我都忘了你可以移物。在新斯科舍这儿可没人会那个。但是在我饿的时候还真挺方便,谢谢!”

杰米的声音在劳伦脑海里想起:我们要不要告诉她?

我们别无选择。她后天就走了。

“你们是不是还在那台新电脑上做实验?”

“可以这么说。”杰米说道,“我们想看看到底要怎样训练它。”

劳伦可以感受到这让埃罗伊的情绪变得很复杂,埃罗伊的大脑真的很容易进入。劳伦帮她把心里的屏障加强了。

“没关系。”阿尔韦恩说,很明显他也同劳伦一样很轻易就读到了埃罗伊的想法。他握住埃罗伊的手。“真的很容易,我教你。”

劳伦本想打断,但是又重新考虑了一下。埃罗伊或许会更容易接受这个小老师,她似乎真的很喜欢小孩子。去吧,超级男孩儿,她告诉阿尔韦恩。但是慢慢来,她还是个什么都不懂的女巫。

杰米意念里的声音很好笑。如果跟当初带你的时候那么慢,他肯定会吓到她的,笨蛋。

劳伦清楚地记得自己第一周的魔法训练感受。她同阿尔韦恩与埃罗伊联系起来,随时准备在需要的时候刹车。听到了杰米意念中的敲击声,她也把杰米加了进来。

阿尔韦恩对自己训练很负责,很认真,他帮助埃罗伊同吉尼亚接近了网络能量。然后,很漂亮的一个动作,他放慢了速度。

天,劳伦咕哝道,我怎么没有想到?

那就是为什么他是超级男孩,我们又老又笨。内尔冷冷地发送道。即便是慢慢地,我觉得我还是不会有他做得好。我们看看埃罗伊怎么做的吧。

看了几遍回放,埃罗伊的情绪稳定下来。好。吉尼亚把鼠标递给埃罗伊。很有趣的是,同其他人不同,她的大脑显示的是网络能量活动较低的水平,即便她没有用能量。

杰米:那就是为什么屏幕上出现了读数。她对网络能量真的很敏感。

那到底意味着什么呢?

我要知道就好了!

几个大人互相用意念交流着。

阿尔韦恩让埃罗伊慢慢地接近网络能量,同大多数新巫师一样,她的首次尝试并没有成功。

现在,劳伦把内尔同吉尼亚也加入到意念连接里面,当阿尔韦恩的首次尝试失败时,他们异口同声地发出了一声叹息。

劳伦觉得她发现了问题所在了,在这个节骨眼上埃罗伊犹豫了。

杰米:她不是第一个。我记得某些人最开始的时候也不是很开心自己是女巫呢。

劳伦朝杰米吐了吐舌头,然后她停下来。阿尔韦恩正准备让他的学生再试一次。直觉告诉他,他应该发现什么了。

埃罗伊陷入了困境,阿尔韦恩像闪电般快速移动着。

一阵震惊同笑声过后火花在埃罗伊的脑海里炸开了。

劳伦可以感受到在场的巫师们惊讶的表情,包括阿尔韦恩。

杰米:“天。现在我们可有重大进展了。”

“是啊,”内尔说,“四岁的导师同他的训练生。”

吉尼亚:“嗯哼!”

“嗯,我觉得你负责的话应该比弟弟好一点儿。”

到底谁来告诉埃罗伊她是整个西部最强大的网络能量女巫呢?劳伦问了问他们,突然想起每当紧要关头沃克这一家总是作为一个整体,而杰米加入他们也再高兴不过了。还能怎样呢,自己又得亲自出马了。

埃罗伊脱掉鞋子,开始享受脚踩沙子的感觉。大部分新斯科舍的沙滩鹅卵石多于沙子,这个有点奇怪,但是感觉还不错。

这清爽的空气可比展台闻到的爆米花同略微烧焦了的热狗味道好多了。

当她在这布满月光的沙滩上走的时候,她觉得自己的灵魂都在呼吸。杰米把她送到这里，然后自己开车去兜风了，答应一个小时以后回来接她。她有六十分钟可以充分享受。

坐在摩托车上的经历简直太棒了，但是她想自己安静一下。什么能比月光下静谧的海滩，海浪打着拍子，偶尔有海鸟飞过，更让人感到舒畅的？

她不觉得自己很孤独，但是连续三天待在人满为患的艺术展对她来说真的有点难受了，她已经准备好离开了。

她叹了口气。那些话在祖母听来就是废话。艺术展是一次奇妙的经历，这么多的人喜欢自己的玻璃制品。作为艺术家，她非常自豪。但是作为女巫，嗯，自己就好比是沙滩上搁浅的鲸鱼。

老实说，她现在还不能接受自己是女巫的事实。尤其是自己的魔法是那么奇怪又很没用。但是看着巫师们都尊敬地看着自己，感觉真的不错，虽然要她承认的确有一点害羞。

但是同奶奶长大的她，有很强的价值观，其中最重要的就是巫师的魔法没有用，还怎么能是个巫师。

当这个想法出现在她脑海里的时候，她问了任何由莫伊拉带大的巫师都会问的问题。"我该怎么做？"

阿尔韦恩的答案让她觉得心里空荡荡的："我不知道，但是真的很美！"

如果她想要漂亮的东西，她可以做一条项链。魔法的作用是使用，是给予。如果她的魔法没用，那她也是个很没用的女巫。

埃罗伊意识到她现在正像一个两岁大的发脾气的孩子一样在沙滩上走着。她停了一下，她知道她需要什么：家。

在艺术展的时候艾伦有给她留言，但是她现在真正需要的是奶奶的智慧。祖母说可以通过视频同她聊天，但是埃罗伊受够了电脑。她只想回家。

她意识到自己的眼睛正在到处打量这片沙滩。傻瓜，在这种地方怎么会有海玻璃。她像极了没了水的鱼。她不会什么编码，也不是现代女巫。她只是埃罗伊·肖艺术家、组织家、艾伦的妻子。

再过一天，埃罗伊·肖，艺术展期过后，她就可以回家了。

CHAPTER 8 第八章

莫伊拉姨母:内尔,早上好。我家姑娘怎么样了?

内尔:她在艺术展上很开心。我朋友们刚好路过她的展台,回来告诉我的。听上去她在那儿好像很受欢迎,是展会的明星之一呢,而且也受邀参加明年的展会。

索菲:我真为她感到高兴。

劳伦:这一点也不出人意料,她的东西真的很美,我可是平日对珠宝都不怎么感冒的人。

内尔:哈。她为宝宝做了一个吊坠。连杰米都有得到好处了呢。

莫伊拉姨母:她很有天分,我看到她能很好地利用她的天分也很开心。她的新魔法怎么样了?

内尔:有点麻烦。好多东西一下子要她接受有点困难。

劳伦:我也相当明白那种感受。

莫伊拉姨母:我本打算和她视频通话来着,但是我想也许她一直在躲着我。

劳伦:莫伊拉姨母,我想她更有可能是不想碰电脑。现在她可不喜欢它们。

莫伊拉:嗯,我可以理解它们都是邪恶的小装置。

劳伦:它们的确有神秘的地方,并且足以将她的生活颠倒过来。这也难怪她一下子接受不了。她其实也很想见你,她很想你,以至于我都不敢在她面前提这件事。她觉得安稳的地方就是你的厨房桌子旁边。

莫伊拉姨母:你似乎从她脑海里读到了很多。

劳伦:我不是故意的。她的大脑比我所知道的任何人都要开放。我不得不把自己的屏障完全竖起,这样才能接收不到她的想法,但是我在训练或者监控的时候做不到。

莫伊拉姨母:太奇怪了。马尔库斯什么都还没说,他是一个很可靠的意念巫师。小巫师们也接收到了她一些游离的想法,但是他们还需要更多的训练。

劳伦:嗯,说到那个,春天具体什么时候来我好像还没有告诉你们?但是我已经想了好些可能的时间了。

索菲:也许她的新魔法能够帮助她打开意念通道呢。你们不也说网络能量跟意念魔法有很多相似的地方?

劳伦:啊!索菲,我觉得你说得很对。如果她的能量可以像我上次那样打开她的通道的话。

莫伊拉:你可以帮她建立屏障么?

劳伦:我会试试的。今晚是唯一的机会,明天早上她就回家了。

莫伊拉姨母:试试看能不能让她开始。十岁大的孩子可没什么意念上的礼貌可言。劳伦,你还打算同内尔还有她的一窝蜂们待一段时间么?也许你可以帮我们训练肖恩同凯文。马尔库斯本应该是最佳人选但是他脾气可不太好。

索菲:他又把小巫师们弄哭了,是不是?

莫伊拉姨母:目前还没有,但是我们能免就免。

劳伦:我当然愿意。在埃罗伊回家之前,我们会试试看能做些什么。

内尔:莫伊拉姨母,我昨晚同老公谈了一下。鉴于埃罗伊就在我们这儿,而且我的两个孩子好像可以分享她的能量,我们在想是不是可以尽快开始。过几天我们全都一起过来有问题么?

莫伊拉姨母:那太好了。什么时候来都可以。我家大门永远向你们敞开。

内尔:索菲、劳伦,你们可以吗?

劳伦:过去工作可是我生活的重心。应该没有关系。如今我一半的客户都是巫师,所以我只用在门上挂一个“去巫师学校上课了”的牌子。

莫伊拉:巫师们也需要新家啊。我很高兴他们能让你忙起来。

劳伦:现在光是忙已经无法解释了。我都快觉得他们中有些人说要搬家就是一个借口。索菲,你能抽出空来么?要是能见到你同莫伊拉姨母就太好了。

索菲:我觉得每次到东部去,我都没什么理由不去。我会去的。

内尔:埃罗伊觉得回家了以后这一切就可以免了。我们应该让她知道我们会紧随其后的。

劳伦:哈,给她一个警告,在她的生活中有发言权?到底为什么你要那么做?

内尔:我们也不是一直都那么专制,只是大部分情况下是。

莫伊拉:我觉得埃罗伊会张开双臂欢迎你们的。她的内心可是很好客的。

内尔:我已经提前假设她会为我们大家在他们客栈里留房间了。艾伦说他们刚刚取消了一个盛大的聚会,所以我觉得要是能订到机票,我们应该周三就可以到那儿了。他说他已经准备好迎接大家了。

索菲:嗯嗯,艾伦做的早餐棒极了。好多巧克力。

劳伦:我在想,如果我们搞突袭的话,我觉得埃罗伊在自己的地盘上会做得好一些,也许这也是最好的办法。

内尔:劳伦,你终于“同流合污”了……哈哈!

劳伦哼哼地关上了电脑。真的,在不久前她还站在埃罗伊的角度强烈反对这帮人呢。然而,他们可不能让她带着一个意念松散的大脑和完全没有用的魔法到处走。啊,她现在怎么变得跟莫伊拉姨母一个样。

这种观念的转变也太神奇了吧。六个月前,她还觉得巫师根本就不存在。

现在在一年中最忙的时候,她居然要离开自己的房产代理工作,而且是为了同她十分想念的女巫们见面。她当然想帮着训练小巫师们，但是说真的，她更想看到莫伊拉安慰的脸，还有同索菲聊天说笑直到深夜。

她仅仅28岁就成了芝加哥市中心最年轻的房产经理人。下周29岁生日，她将在新斯科舍一个小村庄度过，帮助训练小巫师们的魔法礼节。

她都等不及了。

吉尼亚盯着自己的电脑监视器笑着。她刚刚为自己称霸整个“巫师世界”有了新的“邪恶”计划。现在她打算开始训练她的秘密武器。甘道夫肯定不知道是什么打败他的。

“所以，莫伊拉祖母，要记得保密哦。”

莫伊拉咯咯地笑：“小宝贝，我觉得没人会猜到是我的。”

但愿如此。吉尼亚真的花了好些力气才说服她的新训练生们加入进来。她还得打破莫伊拉一直坚信的“没有训练的巫师是很危险的”这一观念。就好像莫伊拉祖母是发明者一样，那些巫师们都很聪明。

吉尼亚看了看另外一个屏幕里她为莫伊拉新设计的头像。她觉得用它作为武士女孩的副手最好不过了，有点像猫女同莉亚公主的组合版。“你觉得头像怎么样？”

“很可爱，但是也许我还需要多穿些衣服？”

“啊，不。衣服多了打架的时候不方便。”

莫伊拉看上去有点失望：“巫师们尽量不打架的。”

吉尼亚笑起来：“如果你看起来像是会赢的，你就不需要经常打架。那就是为什么我取名叫武士女孩。没人想跟好战的家伙对着干。”

“啊！你真是个狡猾的小丫头。所以我要叫什么？”

“随便你。”吉尼亚鬼脸，“应该是听上去很强大又有点让人害怕的。”

莫伊拉笑起来，想了一会儿：“啊，我想到了。赫卡特怎么样？”

那听上去可不吓人,“谁是赫卡特?”

“孩子,你对巫师历史了解得不多。你来这儿的时候我再给你讲讲。”

吉尼亚真的不知道她们怎么从巫师王国的头像跳到了巫师历史的,但是她觉得方向不对呢:“莫伊拉祖母,我们要取个很吓人的名字。甘道夫可不是那么容易吓到的。”

“哈!”莫伊拉笑起来,“马尔库斯知道赫卡特。他一定会被吓到的,我保证。她是希腊女神,会魔法同巫术,还是一个很难对付的武士。她有一条大狗作为密友。你能不能也帮我弄一条,还有些小的箭。”

吉尼亚笑起来。嗯,她当然可以。好戏就要开场了。

“好,莫伊拉祖母。现在让我教你怎么将头像四处移动。”

埃罗伊看着劳伦、吉尼亚,还有眼前的一大碗汤,苦笑道:“怎么回事,巫师们搞突袭么?”

她可不是真的很开心见到这么多人,但是她的珠宝都卖完了,明天早晨她就回家了。现在什么也不能阻挡她的好心情。

吉尼亚递给她一片蒜蓉面包:“我用我种的大蒜做的挺好吃的。我们是要上一课,但是你可以先吃点东西。”

埃罗伊想,还是好好享受这些东西吧。她咬了一口蒜蓉面包,黄油似乎在她舌头上融化了。鬼才去上课呢。这个蒜蓉面包比得上祖母做的了。

劳伦笑起来,又递给埃罗伊一片:“你恐怕都没有意识到,你的大脑现在可开放了。我需要帮你建一个屏障,所以你可以保护你的隐私。”

她眨了眨眼。他们都在读她的想法么?

劳伦摇摇头:“不是所有人,只是意念女巫,我们真的有尽量不去读你的想法。”

她的想法就飘在空中么?天!同马尔库斯叔叔在一起的时候就这样,那时候她只是觉得他没礼貌。“我是一直都这样么?”埃罗伊连想都不敢想。

“我觉得不是。上次你来的时候就不这样。我觉得也许是因为你的魔法打开了渠道。上次杰米同我训练的时候也是这样的情况。”

新斯科舍的一些训练生也出现过类似的情况，但是同一个想法总在四处游弋的巫师在一起是很不同的。马尔库斯叔叔对那些没有规范的大脑很没有耐心。天，还有那两个双胞胎。她看着劳伦，试着平静下来：“告诉我怎么弄？”

劳伦握着她的手：“基本的屏障很容易，你现在需要屏蔽掉外围的想法，这也很容易。不用担心，我们不会就这样把你送回邪恶的马尔库斯身边的。”

吉尼亚笑起来，埃罗伊觉得她的脸都快烧起来了。她专心地喝着汤，想多聚集点能量来应对即将到来的训练。她要是不能保护自己的想法，那她就不会离开这个屋子。

一个小时后，她开始动摇了。劳伦真的是一个非常细致又耐心的导师，但是一个小时过去了还是没有任何进展。她的大脑就跟滤网一样，那些洞她一个也补不起来。现在，作为一个女巫真的糟透了。

她们三个靠在沙发上。“休息一会儿吧。”劳伦说，“我们过会儿再试试。”

“要是我们方法没对怎么办？”

埃罗伊禁不住抱怨起来。天，她听上去真像她的那些学生，遇到一点点麻烦就抱怨。

“什么意思？”劳伦拿出饼干，好像内尔家里吃的永远吃不完一样。

“嗯，要是网络能量同意念魔法有点相似，但是又不完全一样？打开方式是一样的，但是其他的可能就不一样了呢？”

“好……”劳伦想，然后耸耸肩，“所以，你觉得我们应该怎么试才好？”

大家仿佛都能听到吉尼亚大脑高速地运转：“我觉得她应该连着电脑试试。”

一片死寂，每个人都在想这么明显的主意，为什么大家都忽略了。吉尼亚站起来，拿来电脑同鼠标。

埃罗伊叹了口气。现在她可讨厌鼠标了。拿在手里，觉得更失败。“现在干吗?”

劳伦看上去很吃惊，但是又很开心：“你的大脑现在很平静。”

吉尼亚笑起来：“太棒了!”

埃罗伊害怕地扔下鼠标。一点都不棒。也许就是侥幸。

劳伦摇了摇头，轻声说：“当你同网络魔法联系起来的时候，你的大脑就有了保护。你一离开鼠标，我就又能听到你的想法了。”

拿起鼠标，埃罗伊尽量让自己平静下来：“我可不想走到哪儿都带着这个东西。”

“也许你可以。”吉尼亚转向劳伦，“你记得杰米叔叔做的那个iPod的小玩意儿吗？那个给你屏障的东西？我觉得我们也可以给她弄一个。有点像网盾。”

“想法太好了!”劳伦点点头，“为什么你现在不去叫他过来帮忙？我觉得那也应该是最容易的办法，埃罗伊回到家里也不用担心自己的想法会被别人听到了。”

吉尼亚飞奔出了房间。

“只是一个放在你口袋里的iPod。”劳伦说道，然后在埃罗伊的旁边坐下来，“相信我，我知道那种大脑不能正常工作时感觉被出卖的感受。但是会好起来的。”

感觉就像站在海边等着下一波恶浪打过来：“对不起，我已经见过很多刚刚获得魔法的巫师们，我也想相信很容易。”

劳伦将一条手臂放在她肩上：“你的路是不平坦，但是我觉得至少在你回家的时候不会那么坎坷。把杰米的小装置想成是你闪闪发光的Dorothy鞋，它能让你回家，那才是最重要的。”

埃罗伊可不想她下半辈子就得一直跟电子产品打交道了。很多人觉得它们很棒，但是她可不这样想。

她也不是生活在黑暗年代。电脑就是工具，她也很擅长。但是总要带着？囚犯埃罗伊·肖。太好了!

内尔瘫在椅子上，朝着杰米的方向挥了挥手："你可以给我瞬移过来一瓶啤酒或者拿根香蕉什么的吗？今天太累了。"杰米翻了一下白眼，顺从了她。他瞬移来了一串香蕉，上面有六个，啤酒也是刚刚温好的，但是她没有打算抱怨。有段时间，在巫师中心洗盘子可是个大活儿，尤其是当你想马上收拾好东西准备离开的时候。

杰米吃了剩下的香蕉："所以，你什么时候走？"

"两天后。埃罗伊明天早上去机场，我们周三早上。"

"要是把她们分开会很奇怪的。"

内尔点点头，她也有想过那个问题："我觉得这样对她们都好。吉尼亚在新斯科舍肯定会很忙。而且我不想米娅同谢恩觉得她们被遗忘了，她们也很期待同你还有纳特一起为巫师王国……老弟，那想法可真聪明。"

杰米耸耸肩："如果我可以，我觉得我只做了很少的一部分工作，但是荣誉却被我一个人得了。我们早就该找这些'童工'帮忙。"

内尔在意念里朝杰米扔了一根香蕉，她真的没力气扔真的香蕉砸他了。"纳特真的不介意她俩去吗？我觉得她的晨吐已经把她折磨得够呛了。"

"你真的觉得两个可以满足她每一个愿望的孩子会是负担么？"

他说得有道理。她的三胞胎都觉得纳特阿姨应该脚朝天坐着，天天吃糖直到宝宝出生。她不知道她们是从哪里想出的主意，但是也很棒，而且对纳特而言不是太糟糕。

"放松，"杰米说，"内森还在夏令营，你的女儿们会被移交去做苦力，我们也会偶尔喂喂丹尼尔的。况且两个捣蛋鬼是跟着你们的。"

"说得好！希望莫伊拉姨母真的会溺爱他们，然后他们就没机会找麻烦了。"

他哼了哼："好吧，好运了。我觉得住在海岸边的一些小巫师们肯定会很欢迎他们去的。"

内尔想起去年夏天的一些片段，睁开一只眼说道：“说不定现在他们长大了。”

“两个10岁大的双胞胎？是啊，可能吧。”

“我会让他们忙起来的。我觉得应该教他们怎么做施咒编码。马尔库斯拒绝教任何编码课程，尤其是在同莫伊拉度过了一个很糟糕的下午。”

“马尔库斯就是一个老顽固，但是他很喜欢吉尼亚。”

内尔笑道：“那是因为她将同他一起在巫师世界横扫千军么？你有关注么？”

“是啊。几天前的那个隐身咒语真不错。她好像最近有新的动向，她弄了一个新帮手的头像。”

那可吸引了她的注意：“她有帮手了？”你应该不会错过一个你密切关注的九岁玩家的动态，更何况魔法世界可是一个小世界，但是还是有疏忽的时候。

杰米越讲越大声：“是啊，你也知道，她把她的帮手是谁告诉我了，但是她让我锁住透露新玩家的身份入口，这样不会暴露新玩家的身份。你真的想知道呢我就告诉你，但是相信我，你要是不问将会有趣得多。”

内尔还是按捺不住好奇心，但是杰米没有告诉她，这样吉尼亚几乎没有受到什么威胁：“他们厉害么？”

“还不是很厉害，”杰米假笑道，“但是给吉尼亚一些时间，他们会很厉害的。”

一定是那些小巫师们，在新斯科舍的时候她也得好好盯着网上的动态了。

“另外，”杰米说道，“我们今天测试了好多人，但是没有人比你在激活网络能量方面做得更出色。”

内尔皱了皱眉头，旧金山地区有很多擅长咒语编码的女巫，杰米发出邀请的时候，大部分都跑着来帮忙：“有多少人试过了？”

“人多到可以吃掉三大锅意面。”

即便是按照巫师食物分配标准计算，至少也有12个人：“你找出其中最好的了吗？卡罗？高文？也许是麦克？”

杰米笑起来：“麦克又去索菲那里了。他俩一起来的。我觉得卡罗有些像意念巫师，但是真的没有。凯文倒是有点火花，而且像他那样的真没几个。”

“哈？也许是我们弄错了？”

“也许吧，”杰米耸耸肩，“但是你的两个小家伙同埃罗伊弄出来的火花像圣诞树一样闪耀。就好像那些会编码施咒的人能以不同的方式用网络能量。目前，吉尼亚是唯一例外的。”

“嗯，”内尔很高兴，“吉尼亚很棒，虽然施咒编码她接触的时间还不长，但对于编码，她操作很长时间了，不过加入魔法对她而言还是很新的。”

他拍了一下桌子：“对了！我真的没那么想，但是今天过来的都是已经进行施咒编码很长时间的人。”他停顿了一下，“我们怎么才能找到那些不会施咒编码但是又有网络能量的人呢？”

“去那些不是所有小巫师都用电脑的地方找找看？”

“新斯科舍，”杰米笑起来，“莫伊拉姨母肯定想不到自己将被技术入侵了。祝你好运吧！”

内尔退缩了。他们现在好不容易让莫伊拉姨母用视频聊天，但是杰米是对的。新斯科舍的巫师们更多是靠自己的能量，自己的魔法，莫伊拉姨母是他们的女族长。

一种新型巫师，而且以技术作为能量核心？真的一点都不传统。但那肯定会是一场有趣的旅行。

CHAPTER 9 第九章

埃罗伊走出哈利法克斯机场,吸了一口气。她喜欢哈利法克斯机场这种陈旧的感觉,他们现在仍然会在机场的柏油碎石路面把乘客放下来。加利福尼亚的空气中也弥漫着海的味道,但那不是她的海。她到家了。

她看着机场建筑,看到玻璃上贴着的三张脸,艾伦站在他们中间。

她很快就穿过柏油碎石路,进到室内。丽姿最先跑过来,挤过几个“禁止通行”的牌子。埃罗伊觉得也许她们不识字所以才没人追究。

“你回来了! 你走了好久!”

那时候感觉很真实。埃罗伊屈膝抱着丽姿,同时抬头看着肖恩同凯文,陶醉在他们熟悉的面庞里。如果他们现在不是10岁,她一定会像亲吻丽姿一样吻他们。

“呃呃呃,恶心!”肖恩说道,“不要,那太恶心了。”

凯文皱起眉头:“肖恩,读她的想法可不太好。”

就那样,她的回归出现了一些小裂痕。埃罗伊尽量赶走悲伤,把手伸进袋子里摸杰米做的小装置,然后开启自己的能量场。她还没来得及跟艾伦打招呼呢,要是两个小家伙能听到她的想法,她才不会那样做。

艾伦退后了一步,只有她同艾伦两个遵守了“禁止入内”的指示。

她专注地看着他眼中充满的平静与爱。

走完了最后几步。她伸手摸了一下他的脸:“嘿!”

他的笑容将她心中的悲伤一扫而光:“嘿,欢迎回家。”

家这个字就是能让你感觉良好的地方。她被小巫师们团团围住了,好不容易她伸手握住他的手:“我快饿死了。”

艾伦也抓着丽姿的手:“车里有野餐。我觉得我们可以在半路上停下来,让孩子们在沙滩玩一下。”

孩子们肯定很喜欢在沙滩玩,但是她知道半路上停下来肯定是为了她,给她一个机会让自己的灵魂在海风中平静下来。她的老公很理解她。

“我们可以帮忙找海玻璃么?”丽姿问道,“我想找一片漂亮的粉红色。”

埃罗伊笑起来:“很难找的,甜豆。”

“我会找到的。当我找到的时候,你可以帮我把它放在链子上。我想送给妈妈做生日礼物。我想用钻孔离心干燥机。”

埃罗伊尽量不去想自己的达美电磨落在一个6岁孩子的手上。“我们肯定会找到非常漂亮的玻璃的。先看看你能在沙滩上找到些什么吧。好的艺术家是需要随机应变的。”

她看着肖恩同凯文:“你们也想帮忙找海玻璃么?”

他俩看上去像是吓坏了。“不,”肖恩说,“但我可以练习投球。教练说把石头扔进海里是很好的训练。”

艾伦看上去对那个想法很感兴趣。埃罗伊把笑藏起来。他可不太赞成到海边找什么海玻璃,但是天晓得她已经让他做了好多次了。他可以同肖恩一起扔石头,还可以尽量让他保持身上不被打湿。她印象中每次去海滩,总会有个孩子全身都湿透了。

凯文会带本书读,她连问都不用问,但是她有让他更感兴趣的东西。

埃罗伊从肩袋里拿出三份包好的礼物。她也为艾伦准备了一份,但是她得等到就他俩的时候才给他。

丽姿首先打开了礼物,开心地挥动着彩虹丝带。埃罗伊在艺术展

上看到它们的时候，就想象丽姿裹着丝带在沙滩上跑的样子。对于一个喜欢明快漂亮颜色并且跑个不停的孩子来说，这份礼物再合适不过了。

她为肖恩买了一个棒球。这个礼物她可不那么确定，但是杰米告诉她，去年的世界职业棒球大赛冠军球队的签名球肯定会受肖恩的喜欢。从肖恩的脸上可以看出，杰米是对的。

凯文已经打开了他又小又平的礼物。当他意识到里面装的是什么的时候，他真的很平静，但是他脸上流露的欢喜让埃罗伊很是开心。他虔诚地用手指轻轻地摸着Kindle电子书。她告诉他怎么把它打开，里面已经下载了好多书，多亏加州那些人的帮助。

肖恩好奇地看着："那是什么？"

"是用来读书的，"凯文轻轻地回答，"世界上所有的书。"

肖恩反感地翻了一下白眼："书。"

凯文对肖恩对书的反感早已经习以为常，只是把Kindle抱在胸前。

车子重新开动后，艾伦笑起来："很好，你给我买了什么？"

埃罗伊向他眨了一下眼，什么也没说，那让艾伦笑得更厉害了。她很确定他肯定猜不到她包里是手工做的婴儿靴。

杰米把奶酪三明治放在他的两个训练生面前："好吧，孩子们，我们有事情要做。"

阿尔韦恩把三明治上的葡萄吃掉了。"我们是不是又要熔东西？"

杰米不由自主地想，看来以后得让他新买的电脑离训练圈越远越好。"不是，我们要解决一个谜题。"

"我觉得我们已经那么做了。"吉尼亚说，"我们找出了怎么打开网络能量的方法。"

"是的。但是我们得找出我们能用它做什么。"

来这儿吃午饭的家伙们一致困惑地看着他，"你不知道么？"阿尔韦恩问道。

杰米摇摇头："我不知道。通常情况下，当巫师们学新的东西的时候，已经有人知道怎么做，已经有人可以引导，可以教他们了。"

"就像你教我一样，除了有的时候我会让你吃惊。"

他当然有过："对啊，就是那样。虽然一种新的魔法或者新的咒语出现这样的事不是很经常，但是当它们出现的时候，巫师们就需要合作找出它的用途。"

吉尼亚把头斜向一边，深思着："嗯，我们知道可以用网络能量进行咒语编码。"

"是啊，但是可能并不是唯一的用途。我们确定的是它是这种能量的源泉，但是大多数能量源都可以用来产生各种各样的魔法。"

阿尔韦恩从他的座位上跳起来："我们是不是要找东西？"

杰米希望阿尔韦恩没有乱猜他的大脑里的想法："不光光是当侦探。我们需要做一些小测试，然后看看我们能做哪种魔法。"

阿尔韦恩的脸滑稽地沉下来："如果小的魔法可以，那我们可不可以试试大的？"

"当然。"杰米闭上眼，从地下室拿来一盒训练装置。他开始从盒子里拿出蜡烛，但后来又改变主意了。他想先让吉尼亚试试，于是他拿出一朵闭合的玫瑰花苞，递给吉尼亚。

她看上去有点困惑，然后点点头，很明显明白了他要让她做的。

他不知不觉用光监测接触来观测她的工作。吉尼亚握着鼠标，很快火花就从她的大脑里冒出来。杰米很吃惊，这姑娘一直在训练。

动作很快啊，武士女孩，现在让我们看看你能不能让它开花。只用网络能量，不要用你的土系魔法。

他看着她试了几次，发现了她的问题。她脑海里知道怎么利用大地的能量，但是不可以完全把它关闭。

嗯，那我们就试试基本魔法做不到的事情。

杰米往杯子里加了水，放了一根长长的吸管。你能让水沿着吸管上来吗？吉尼亚有很强的土系魔法，还会一点火系魔法，但是她没有水系魔法。

很明显她很难在几分钟之内仅依靠网络能量完成任务。吉尼亚睁

开眼,抱怨道:“没用。”

“好吧,让阿尔韦恩试试,或许我们可以试试别的。”

她摇了摇头,像一位身兼重任的小达人一般:“说不通啊。网络能量是新的,为什么要用旧的魔法呢?水系魔法是用来让水流动的,所以也许让网络能量……我不知道,或许是网络?”

阿尔韦恩的眼睛睁得老大:“那是什么?”

吉尼亚笑起来:“应该像某种看不见的超能力。所以会让那些看不见的东西起作用。”

看不见的东西,杰米大脑里的电灯灭了:“吉尼亚当你做咒语编码的时候,网络能量读数是最强的,尤其是你编码的时候。”

“是啊,那是最麻烦的地方。”

“对啊,”杰米想要在他杂乱的想法中理出头绪,“但是想想你现在在做的,你是把两件事连起来了。也许网络能量可以让魔法连起来?”

“像因特网一样。”吉尼亚吸了一口气,“网络把人、想法同……联系起来。她的……对,魔法有密切联系……火系魔法则同光和热……也许网络能量就是用来连接同联系的。”

他在大脑中构建了一幅想要做的事情的画面,然后发送给其他人。自己从盒子里拿出一根蜡烛,然后将闭合的玫瑰花苞递给阿尔韦恩。吉尼亚握着鼠标,点了点头。准备好了。

杰米用火系魔法点燃了蜡烛,阿尔韦恩用土系魔法让花儿开放。他可看到在吉尼亚脸上的专注神情,脑海里逐渐亮起了的光。

过了一会儿,什么都没发生。紧接着火光在阿尔韦恩绽放的花朵边上跳舞。吉尼亚已经完成了,她加入了他们。

杰米最喜欢的几个时刻之一,其中就有看着小巫师们第一次用魔法。她灿烂如阳光的微笑,他觉得他的魔法也汹涌地回应着。

杰米望着天花板上的痕迹,然后叹了口气:“你是不是觉得在室外玩火比较安全。”

阿尔韦恩看上去有点小担心:“不好意思,杰米叔叔。我不是故意的。”

“我知道你不是故意的。”他看着吉尼亚,她的好心情并没有受到火的影响。

要是有一天自己的女儿第一次用魔法他也在场的话，那该是多么幸运。

要是有那样的机会，他宁愿再刷一遍天花板。

莫伊拉姨母坐在厨房的餐桌旁，一杯热茶温暖着她的双手，她耐心地等着。其实这一点儿也不容易。她的心需要时刻关注她的孙女。

只身一人去大陆的另一端旅行已经很不容易了，而且埃罗伊还得接受从正常人到巫师的转变，那就更不容易。对于自己没能亲眼见到那一切，莫伊拉的心很痛。

无论如何，她很快就可以见到埃罗伊然后知道发生了什么。当巫师的日子也不总是阳光灿烂，如果马尔库斯说的是真的，那么埃罗伊肯定有点不好过。

她听到了花园小径上传来的脚步声，终于来了。

“祖母。”埃罗伊迈了最后几步，投进莫伊拉的怀里。

“欢迎回家。让我好好看看你。”只需一眼就知道马尔库斯所看到的的确是真的。埃罗伊的确是不太好。“我们到花园谈谈怎么样？我想采些花，你可以帮帮忙吗？这样我这把老骨头就不用老弯着腰了。”

“好吧！”埃罗伊碰到厨房剪切机的时候她笑起来了：“这些花看起来还是今天早上采的呢，我觉得你的老骨头还是能干这事儿。”

好吧，这才像她的孙女。莫伊拉把自己的满足感藏起来：“我们采些花送你家去吧。艾伦客栈的房间总会需要一两瓶花的。”

莫伊拉觉得在花园里才能够让他们的魔法进行得顺利，过去屡试不爽。如果还不行，那就用老办法，爱尔兰人管闲事的时候总有办法的。

埃罗伊剪下一些花，放进篮子里。她抬起头，缓缓地说道：“祖母，跟我想的有些不一样。”

莫伊拉的心一紧：“有时候是有点不一样。告诉我感觉怎么样。”

“我可以感觉力量在我身体里面打开的，但是没有魔法效果。”她拿起一朵花，“我总是梦想有一天我可以坐在你的花园里，看着一朵花在我手中开发，或者是点亮一支蜡烛。”

“宝贝，我知道。”莫伊拉把手轻轻地放在她的孙女肩上。埃罗伊不是唯一一个做过那个梦还迟迟未醒的人。“但是不管它是什么我们都得适应。有一天，你会坐在我的花园里，我们一起用魔法，我可以保证。现在，你需要做的就是好好了解你的天赋，知道它们到底能做什么。”

埃罗伊痛苦地避开了：“我的天赋就是把手放在鼠标上，然后屏幕上就会出现一些好的读数。但那又有什么用？”她踢了一块石头，“我是个怪人，才不是女巫。”

莫伊拉犹豫了一下，不知道怎么安慰：“你不是一个人在战斗。”

埃罗伊深吸了一口气：“我知道，对不起。我不想听上去像丽姿要零食没要到那样伤心。吉尼亚很开心拥有这个新的魔法，但是她有办法用它。我最不想做的就是把它用来打网游。”

“我们总会为你的魔法找到新的用途的，对不对？我们中不会有没用的巫师的。”莫伊拉提起花篮，“走吧，我们去喝茶。”

埃罗伊站在路中间一动不动：“我不是没用！”

莫伊拉差点笑出来，她给她的孙女使了一个严肃的眼色：“是啊，谁说你没用？你才刚刚发现自己的天赋，还不知道自己的真正用处。那可是同没用是有很大区别的，有很多人需要你的帮助呢。”

“我有用。”

“是，你一直在努力。你是这个社区的中流砥柱，你的工作干得不错。我们也因为你而变得更富有，生活也更丰富。有关电脑的那部分并不能改变什么。”

她觉得祖母的心里也是这样想的，也深深希望她所说的一切都是真的。有时候魔法会在已经存在的地方生根发芽然后锦上添花。有时候可能会把整个花园弄个底朝天，你得从零开始。现在，他们都在尝试最简单的方法。巫师很少有捷径可走，但是他们真的可以试试。

当埃罗伊把双手环着她脖子的时候，莫伊拉眼睛湿润了。“祖母，谢谢你。回家真好。”

杰米坐在他的电脑前面,登陆巫师王国。吉尼亚同马尔库斯都在线,所以他观战了几分钟。她正在部署一些咒语轨道,连他都能用肉眼观察到,他还是弄不明白她在干吗。小魔女。

过了一会儿,巫师王国的所有东西都变成粉红色,还闪闪发光。只有九岁的孩子才会浪费那么多的积分去装饰,杰米觉得执拗的马尔库斯有点可怜,他作为管理员给马尔库斯发了条瞬时信息。

马尔库斯:是不是武士女孩让你这么干的?

杰米:啊?

马尔库斯:你把我拉过来聊天,她就在那儿聚集人马准备用那些下三滥的招数对付我。

杰米:她让你紧张了,是不是?那闪闪发光的东西的确很吓人,我也明白你为什么害怕了。

马尔库斯:她可是多重咒语的大师。她貌似正在往我们的供给水里下毒。真丢人。老天,她才九岁。

杰米:是啊。真开心她的两姐妹没有魔法。但是她们编码一样做得很出色。

马尔库斯:有人看着她们对不对,好好教育她们对不对,良好教育?多亏有人看着她们,多亏有人好好教育她们。要不然她们肯定会成为最棒的黑客的。

杰米:是啊,丹尼尔一直看着她们呢。但是那不是我给你发短信的原因。我是想让你知道我们的网络能量发生了什么事情。

马尔库斯:我在巫师王国里也听到了一些风声。好像你们还没能找到足够成熟的网络能量巫师来驾驭它?

杰米:嗯,我们找的都是些会咒语编码的,但是只有吉尼亚、阿尔韦恩同埃罗伊有点眉目。但是其他咒语编码很厉害的人不知道是在这条魔法路上短路了,还是怎么的。

马尔库斯:真是有趣的理论。

杰米：我也不喜欢那样，但是我的大脑也跟他们大部分的一样，很明显老得适应不了了。如果我是对的，你的大脑也不例外。

马尔库斯：嗯，我们会知道的。我觉得呢，你们中肯定有人可以带我接触基础的东西，看我能不能打破那种模式。

杰米：阿尔韦恩可以。加上你的意念魔法，在测试其他人的时候你也可以进行监控。

马尔库斯：你是不是在想我们要挑战整条海岸线上那些大脑还没有短路的巫师。

杰米：我觉得我更倾向于说我猜你可以试试新的魔法。如果埃罗伊的潜力预示着什么的话，你那头的基因可能更强一些。

马尔库斯：啊，真讽刺。

杰米：谁说不是呢。但是，你可能对我们新做出的东西感点兴趣。我们还是去找武士女孩吧。

杰米退出聊天，又开始伸展他管理员的拳脚，把吉尼亚同马尔库斯拽到巫师王国里一个空旷的层级。他激活了三维视频聊天，那是谢恩同米娅新增加的装置。

马尔库斯赞同地往周围看了看："很好，而且没那么粉红粉红了。"

吉尼亚挥了挥手："嘿，杰米叔叔，你喜欢我的装修么？"

"你知不知道我会让你的姐妹去清理的？"

吉尼亚扬起一只眉毛："告诉她们好运了，因为这是诱杀装置。"

捣蛋鬼，她教他的。"你是不是想向马尔库斯秀一下你的新招数？"

她点点头，总是不断尝新："当然了，哪一个？"

"那个你让网络能量把两个咒语连起来的。我觉得可以在虚拟空间试一试。"

马尔库斯向前倾了一下，突然想说什么，但是什么都没说。吉尼亚的眼睛瞪得老大："噢！因为那是虚拟的魔法，对不对？你觉得我们可以在巫师王国不用咒语编码而直接使用魔法？"

杰米笑起来，将他的巫师王国头像移到附件的一座花园里。"我觉得也许你可以，马尔库斯同我就没那么走运了。我们还是先试试简单的吧。马尔库斯，你的魔法袋里有没有可以点火的咒语。"

“当然有。我有一个点火的球,如果那更合适的话。”

也许是的。如果不是特殊需要,他才不想让巫师王国烧起来。米娅同谢恩已经有大量的清理工作要做了,不是所有的编码工作都那么光鲜的。

杰米意识到他需要配合一下让花儿绽放的咒语。一个有自尊的武士是不会存储那种东西的,但某人可能有:“嘿,吉尼亚,你有没有那个可以让花儿开放的咒语编码借我用用?”

他的短信窗口一下子跳出来了:巫师女孩送给你一个礼物。

“太好了,谢谢小可爱。”

马尔库斯扬起一只眉毛:“好好看管着,说不定里面藏着些雇佣兵。”

吉尼亚咯咯笑起来:“不可能。我给杰米叔叔的可是安全的那个。”

至少希望不要让她惹上大的麻烦:“那么马尔库斯,这对我们来说就显而易见了。快点施咒,然后稳住力量流。我也会那么做,让我们看看吉尼亚能不能把我俩的魔法连接起来。”

屏幕上,马尔库斯的头像走向花园,他手掌里点燃了一个火球。杰米随便抓起一朵花苞,然后启动开花咒语。吉尼亚站在他们之间,满脸聚精会神。

她伸出她的手,一个慢慢开放的光球渐渐成形。

“哇!”马尔库斯虔诚地说,“她是不是要把我们都扫地出门?”

杰米看着武士女孩,能量在她手中闪耀,脸上充满愉悦:“老兄,我觉得还得找一些网络能量巫师,你需要联盟,并且得立马行动。”

马尔库斯只是将他的头放在电脑键盘上,嘟哝着。

CHAPTER 10 第十章

索菲:莫伊拉姨母,我在打包,你还要不要甘菊洗剂?水晶球什么的?我这儿还有一些你可能喜欢的花茶。

莫伊拉姨母:茶可以带,还要一瓶你的洗剂。你是不是也可以给埃罗伊带点礼物呢?下周可是她的生日。

内尔:多谢提醒,你知道她可能喜欢什么?

莫伊拉姨母:我希望有什么东西可以替代杰米给她的那个能量场装置。真的是一件很灵巧的装置,但是我可怜的孙女可不怎么高兴用它。

内尔:从长远上看,还是得让你的那些小巫师们接受完整的训练才是。我觉得劳伦很愿意帮忙的。

莫伊拉姨母:我肯定马尔库斯很感激她的协助。

内尔:我会警告她的。

莫伊拉姨母:我的侄子有点无礼,但是想法总是很开明。我觉得你的女儿对他的影响很有趣。

索菲:她都快将他赶出巫师王国了。

莫伊拉姨母:有时候男人是需要有人灭灭他们的威风才能引起他们的注意。马尔库斯有点老派,但是他也慢慢意识到了。

内尔:我要亲眼看了才相信。

索菲:我觉得带些水晶球可能对埃罗伊会有点帮助,但是好像她是要训练屏障对不对？

内尔：劳伦试了一下，但是好像网络魔法跟意念魔法有很大的不同。我们处在前所未知的领域。我觉得最终我们还是能找出些什么的，但是现在，杰米的装置真的比将每一个想法都泄露给马尔库斯还有那几个10岁大的小家伙，或者恰好处在旁边的意念巫师要强得多。

索菲：啊！上天保佑。我觉得我还得继续打包了。明天就可以见到你们，真是等不及了。好运！

索菲放下她的电脑，看了看卧室杂乱无章的状态，叹了口气。打包行李可不是她喜欢干的事情。她无法想象过去那些有医术的人是怎么扛着那些装着药草和药剂什么的帆布背包到处旅行的。可能他们不用带五双鞋。

她有一块芳香药膏、茶，还有一些从店里拿下来的分好类的好东西。其他的装着要还给莫伊拉姨母的一堆书，还有几双鞋，毕竟要在海滩边待一周照顾小巫师们，还有煮药剂的衣服。

天呐！她真的需要带个管家，或者学徒，或者那些帮你扛包的人。

"需要帮忙吗？"一个声音从门口传进来。索菲有点眩晕："麦克！你在这儿干什么？"

他伸出双臂，笑道："我来这儿可不是想你那么跟我打招呼的。"

她朝着他走过去，震惊慢慢变成了陶醉？愉悦？

麦克抱起她，深深地吻着她。跟大部分巫师一样，他知道怎么及时地享受时光。等他结束的时候，索菲的大脑一团浆糊。

他紧紧地抱着她，然后越过她的肩膀，笑起来："我觉得你见到我应该很高兴才对。"

索菲顺着他的眼睛看过去。卧室里的花盆中花儿开得相当繁茂、艳丽、繁盛。她们好像是在跳舞一般。哇！她有很长时间没有像今天这般失控了……好吧，除了上次麦克来看她的时候，但是那时候可不是一个吻就变成那样子的。

最近她可怜的植物们所受的训练太多了，她最近太虐待她的植物了。

她真的很开心看到他，但是，他们有个小问题。"我正打包准备去新

斯科舍，抱歉很明显我忘了告诉你了。有关这次的旅行的决定很仓促。”

他吻了吻她的头顶：“杰米也是那么说的。我有段时间没去巫师学校学习了，所以我想我们可以一起去。”

他要去新斯科舍？同她一起？索菲差点喘不过气来。那是个很严肃的决定。她翘起头看着他，眼里有个疑问。

他的答案很明显。是的，这是很重大的决定，他也知道。

埃罗伊接住快从桌子上滚下来的花瓶：“肖恩·詹姆斯·欧·莱利，什么时候抹灰尘需要把东西碰到地上？”

“没关系，”丽姿说，“他可会修东西了。我觉得要是打碎了他也能修好的。”

“那不是借口。”埃罗伊说，尽量隐藏起笑容。她用枕头打了一下肖恩的头，但是差点砸到花瓶，她的脸抽搐了一下。说实话，她自己也打打闹闹的话，要在打扫房间的时候做个好榜样就不容易了。这可是她回家后的第一天，她可没有打算打扫房间。

然而，明天开始巫师们就会陆陆续续来了。艾伦是完美主义者，他可不允许客房有什么瑕疵。不是她不同意他的看法，她只是对这些征用来的清洁大军有点小意见。

“丽姿，你是不是把枕芯都放进枕头里了？

“啊哈，凯文给每个人都带了一些好书。艾伦只有老人看的一些书，所以我带了些可以给孩子看的。”

是啊，吉尼亚同阿尔韦恩要来，这下客栈就真的可能到处都是孩子了。埃罗伊耸了耸肩，无奈地捡起花瓶。他们最好现在就开始。

艾伦带着一套新的亚麻制品走上楼：“有点小变化。我们需要再准备一间房，很明显索菲还带了一个客人，他们也要同我们待在一起。”

通常情况下，索菲只是待在祖母的小客房里，但是那可没吸引埃罗伊的注意力：“索菲要带个人来么？”

艾伦眨了眨眼睛：“一个叫麦克的。”

“所以她带了个男的来?”太难想象了!这些年来大家一直都在给她牵线搭桥,但是她对男人感兴趣的程度远不及对她的植物同药剂。“祖母知不知道?”祖母可不喜欢任何人抢走她的东西,尤其是她那么爱索菲。

“她是很爱索菲,”艾伦笑起来,“她说确保给他们准备好一瓶苹果酒。”

埃罗伊吃惊得下巴都快掉地上了。祖母每年只用她用咒语酿造的一点点气泡苹果酒,而且只有很盛大的场合才会开一瓶。她不但知道索菲带来的人是谁,而且还很赞成两人的交往。

太有趣了!

埃罗伊从艾伦手中接过亚麻制品,凯文抱着一摞书走进来:“我们会搞定的。这个床单可不那么容易坏。”她向她的巫师们示意,现在正好上堂魔法课。

“好吧,你们仨,我想你们把这新的床单铺床上。”她等了一会儿,刚好看到肖恩正变得闷闷不乐,“不许用手。让我们看看你们仨的训练圈是怎么做的。”

肖恩笑起来:“很简单!”

埃罗伊不相信,但是作为导师的首要原则就是要制定原则,然后由他们去遵守。“不许施咒,我希望你们像团队一样合作。念出来,念大声一点,这样我就可以听到,但是不许说其他的。”

她看到他们召唤了魔法,然后轻而易举地就联系在一起了。那也同她预期的差不多。她觉得接下来的工作可能会对他们的合作有一些挑战。

从外面看起来,凯文同丽姿好像自动地把能量转给了肖恩。那可能就会让他们陷入麻烦中,肖恩开始念起咒语。

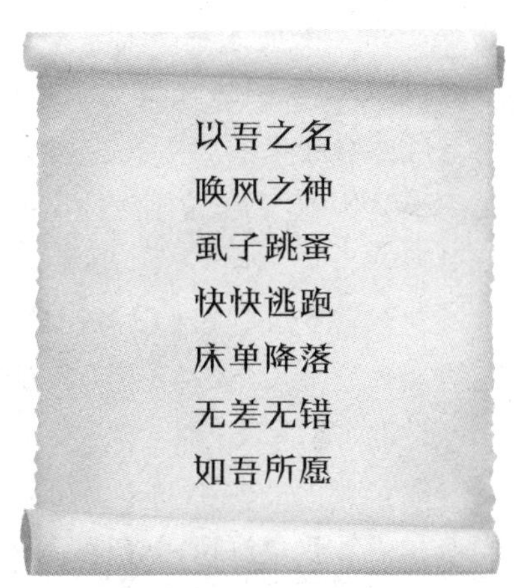

埃罗伊试着不要咯咯地笑。艾伦没有听到“没有虱子”那段真的是件好事。要小巫师们念出那些押韵

的咒语是有难度的，但是祖母坚持要那样。也不是所有的巫师们都需要押韵，但是对大部分而言，那可以增强魔法的。对祖母来说，那是一种传统，一种纪律。

她看着他们，叹了叹气。首先，选肖恩做三个人的领导是第一个问题；第二个问题就是他并没怎么铺过床。床单完全放反了，而且放横了。丽姿瞪着他，念了个咒语让床单横过来。

肖恩试着用新咒语把床单调回去，丽姿又把它调回来。气氛一下子紧张起来。结果就是床单成了一团，两个小家伙都很沮丧。凯文只是靠着墙盯着看。也许那是明智的，但是真的没什么用。

埃罗伊在丽姿快发火之前制止了她：“站着别动。”在训练圈的时候，她可是吃过不少苦头才学会不去掺和。他们仨停止了训练圈连接，然后站回各自的角落。

“一个一个来，我要你们告诉我刚刚出现的最大问题是什么。只说一个，不许说脏话。”

丽姿很快就撇清关系：“肖恩都不知道怎么铺床。”

很好。埃罗伊看着肖恩，脸红耳赤，生着气：“又没人帮我。丽姿在帮倒忙，凯文什么忙都不帮。”

那跟骂人没什么区别，但是现在她且睁只眼闭只眼。那句话可比肖恩平常说的话有见解多了。“凯文？”

“我们选错了头儿。”

好吧。不需要再深挖了：“头开得很好。现在告诉我你做了什么事，但是对整个团队又没有帮助的。”

肖恩看起来茫然若失：“我没有让丽姿停下来？”

埃罗伊叹了透气。为什么她这边的小巫师们都这么笨？“丽姿，你觉得呢？”

她双臂交叉，完全没意识到自己就像是祖母的翻版。“我原本可以拒绝加入这个没组织好的训练圈的。”

是的，但是不全对。“凯文？”

他看着他的鞋：“我本来可以告诉肖恩，丽姿知道怎么铺床，但是我们不知道。我也许可以让他听一下意见。”

啊，现在有点进展了。“你为什么没那么做？”

凯文抬起头：“为什么肖恩总是当头儿？即便是他不知道怎么做的时候也是，他的魔法也不适合这个。”

她轻轻地拍了一下他的肩膀，说道：“因为你总让他。”

肖恩看起来大吃一惊：“凯文，你想引导魔法圈？”

“有时候是的。”埃罗伊看到凯文内心纠结非常不忍：“但是这次丽姿是最适合的人选，她知道怎么铺床，她也有最强的水系魔法。床单跟水流有点像。所以她应该领导，我应该听她的，然后按照她所讲的做。”

短短的三十秒长大了很多。埃罗伊同意地碰了碰他的肩膀。

丽姿走近床，一本正经地站在那里。凯文同肖恩找到她指定的地方，肖恩仍旧满脸困惑。可怜的孩子，因为有施咒天赋，他们花了很多时间把他训练成头儿，但是还没有花多少时间让他去支持一个团队。

看着床上乱成一团的床单，丽姿闭上了眼睛。从双胞胎脸上的专注神色可以看出，丽姿正在将他们要做的视觉化。

凯文念了咒语让床单飞了起来，肖恩吹了一点风让床单重新平整。但是没有完全平整，接下来的几分钟，都是不太平整的床单。讽刺的是，还是横着的并且完全反了过来。

丽姿让床单在空中翻转过来，最后终于弄对了方向。然后她闭上眼睛，又一次召唤她的能量。

埃罗伊很吃惊，丽姿轻而易举就完成了押韵！

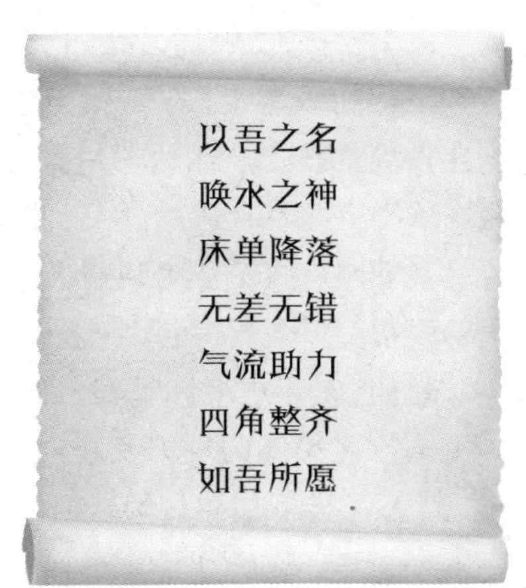

床单缓缓地飞向凯文，然后在床垫的一个角落停下来。接下来是另外一个角落，但是最后一个角落有点困难。几次尝试之后，丽姿放弃了，把重心放到了羽绒被上。

快速的团队合作将床单铺在了床上，床单的四角还是不平整，他们往床上加了两个枕头。

丽姿睁开眼睛，笑起来：“好了，

我们成功了!”

埃罗伊笑了。按照六岁孩子的标准,也许这也能接受。她过会儿再去弄剩下的那个角落。

艾伦来到门口:“如果有人饿了的话,厨房里有些烤饼同牛奶。”他朝着老婆笑了一下,以惊人的速度让了道出来。

“弄个床单需要这么多人,一定是个笑话。”

埃罗伊笑着帮忙把剩下的那个角落弄出来,这样他就可以看见丽姿他们偷工减料、偷懒、敷衍:“还没有雇佣他们呢。”

艾伦轻声笑道:“没问题。阿尔韦恩就睡那张床,他只有三英尺高。他不会注意到的。”

埃罗伊还是把床单弄平整了。

索菲坐在她的电脑前面,长长地舒了一口气。终于打好包了,她的房间又有了次序,麦克不期而至引起的骚动终于得到了平复。

他为他激增的荷尔蒙找到了最佳释放方法:出去小跑一阵。这样她可以忙着打包。麦克对跑步很执着,一时半会儿索菲不指望他会回来。

那么这个小时她就可以有其他安排了。九岁的吉尼亚想一举拿下巫师王国,甘道夫不是唯一想拿下她的人。索菲已经为突袭准备了两周了,她突如其来的旅行计划意味着今晚她就得开始行动。

武士女孩在线,而且在四处巡视。太好了,但也很奇怪。她竟然在巫师王国初级游走,还有人陪着。怎么可能?通常顶级玩家都待在级别比较高的地方。因为对付菜鸟没有多大意义,而且负责的咒语对初级区域来讲并不合适。

索菲跟着吉尼亚来到初级世界。也许武士女孩在没有她花哨的咒语编码帮助下会变得弱小一些。

起初,索菲想或许是哪个低级别的玩家犯了一个愚蠢的错误向巫师王国排名第四的玩家发起攻击。然而再仔细看看,一切都变得清楚了,武士女孩不是在打架,她正在训练。这在几个方面上来讲都很有趣,其中一个就是在接受训练的人有很奇怪的弱点,但是魔法技巧却很好。索菲看了一下用户名,赫卡特。这是怎么回事?

她不知道是什么泄露了她的行踪,但是赫卡特突然朝她的方向开火。索菲一下子就反应过来,及时地将咒语反了回去。

真是措手不及啊!啊!索菲摆好同赫卡特战斗的架势,同时还留意武士女孩的动向。

赫卡特有一些漂亮的动作,也用了起来。索菲左躲右闪,在适当的时候也予以回敬,边打边想怎样才能全身而退。

正当她有些眉目的时候,武士女孩施了幻象咒语让一切都变得有趣起来。索菲原本应该很欣赏她的公平竞争精神,但是赫卡特现在却有六只手臂。

要想结束战斗,没办法只好用这一招了,而且她得在武士女孩真的加入之前赶紧结束。赫卡特有些华丽而俗气的魔法技术,但是她真的战斗力很弱。索菲等到一个缺口,冲进去了。她用剑底部在赫卡特头部一记重敲,赫卡特就重重地躺在了地上,如死了一般。

吉尼亚快速地飞到她倒下的训练生那里。

"莫伊拉祖母!"

索菲的大脑突然一团浆糊:"莫伊拉姨母?"

吉尼亚抬起头,脸上满是痛苦的表情:"嘘嘘嘘,小声点。她是我的秘密武器,但是要是谁都知道她是谁,那就没多大意义了。"

啊,天!她敲了莫伊拉姨母的头!在网游里。这真是太疯狂了!感觉像是世界末日要来了。

她在吉尼亚身边蹲下来:"我们该怎么做?"

吉尼亚抬起头:"我不知道。但是在这个级别我没有安全区域。"

索菲叹了口气,然后从袋子里拿出隐身咒语。这可是要废掉她很多的线上积分。她开始念咒语,然后一个穹顶就出现在了她们头顶。"只能持续15分钟,所以快点想。"

"我都不知道你会那个。"吉尼亚看上去真的有些吃惊。

她当然可以。巫师王国里只有四个玩家有隐身能力。索菲现在才把自己也可以的秘密暴露出来。"所以我们怎么修复她头部的敲击?"

吉尼亚耸耸肩:“我可以给她弄个新的头像,但是我觉得莫伊拉祖母喜欢这个。但是,我没有治愈咒语。”她扬起眉毛看着她,“最近某些人可没怎么分享了。”

咒语编码只可以同现实中你有的魔法一起起作用,所以索菲是魔法世界里少数几个可以在游戏里也可以治愈的。有段时间她用那个交换其他有用的东西的时候可大受欢迎,但是过去的几周,她就不那样干了。治好你的竞争者从长远来看可不那么明智。

除此之外,在这个级别,用治愈咒语可不怎么厚道。从第一级开始,巫师们就不能用那种咒语,大多为了安全考虑。“我们的那些咒语在初级都不太好用,它们会打开咒语编码锁的。

吉尼亚看着仍旧昏迷不醒的赫卡特皱了皱眉头,然后又看看索菲,眼里满是伤痛:“锁只有在咒语编码时才会被解开。也许我们可以试试别的。”

“啊? 比如说?”

吉尼亚偷偷地看了看四周:“你的斗篷也能把声音隔出去么?”

差不多,但是没必要让武士女孩知道:“我看上去像不称职的女巫吗?”

吉尼亚翻了一下眼睛,然后从她袋子里拿出了她的招牌咒语集。它们可以进行远程控制,巫师王国的每一个人看到的时候都格外小心。她轻轻地把它放在地上:“现在,是不是完全隔音了。”

啊,怎么回事,秘密间谍对话吗?“小家伙,我们在干吗? 亡魂复活吗?”

“关上。”吉尼亚眨了眨眼睛,“我现在要你在赫卡特身上念一个治愈咒语。”

“在游戏里我怎么治愈,你知道我不可以。我们需要咒语编码才可以,如果我们试的话我们会把锁解开的。也许我们可以把赫卡特移到更高的级别。”

吉尼亚摇了摇头:“不,她就快通过第二级了,但是还没有。好像我教她把她的剑拿得高高的不太可能。”

索菲好想在莫伊拉姨母周围守着,她不想争论:“所以你觉得我们应该怎么做?”吉尼亚很有创造性,也许她可以想出怎么解决锁的问题。

“我想用用网络能量。”

“我觉得那只可以同编码咒语一起才会有用。”

“不是,它是用来连接两样东西的。咒语编码可以同编码连接起来,但是我可以把其他东西也连接起来。我昨天同杰米叔叔还有甘道夫试了一下,我们把真的咒语用到巫师王国里了。”

真是！那就是他们所需要的武士女孩,有其他人无法匹敌的魔法。

吉尼亚看着赫卡特:“所以我觉得如果你试着治愈她,我可以用网络能量把你现实生活中的治愈魔法同这里发生的连接起来。”

巫师王国里用真的魔法?

索菲十分确定她刚刚听到吉尼亚要称霸巫师王国的野心,但是她还是经不住新魔法的诱惑。她弯下身子,她把她的手放在赫卡特的头上同胸前:“你准备好了就告诉我。”

当吉尼亚点头的时候,索菲开始召唤能量,试着感觉莫伊拉姨母就在她的手下方,而不是在她的键盘上。真的是很奇怪的感觉。

当赫卡特咳嗽并试着坐起来的时候,那种奇怪的感觉就消失了。她看着索菲,眼里充满责骂:“索菲·艾伦·德兰尼,你到底在想干什么,你怎么能那样敲我的头?”

哦,是的,那是莫伊拉姨母错不了。“你的头现在觉得怎么样?”

“我的头还不错,但是赫卡特头上或许会有包。”

索菲自己笑起来。真是个很傻的问题,她并没有用真的医术。

虚拟治愈,或者说真的医术在巫师王国这种网游中使用。她们把真的魔法带到巫师王国里了。索菲看着吉尼亚,他们开始意识到刚刚所做的事情的重要性。吉尼亚冷静而成熟地看着索菲的眼睛。

现在有两件事情很清楚了。第一,网络能量是新的世界,吉尼亚正在进行初步探索。巫师学校这下有得玩了。第二,武士女孩快要把巫师王国搅得天翻地覆了。莫伊拉姨母还在背后支持她。

还是先做重要的事吧。索菲笑起来,武士对武士。“所以你要不要加盟？我也许可以帮你让她把手臂立起来。”

她们听到赫卡特的笑声后握了握手。

CHAPTER 11 第十一章

内尔从艾伦的车里爬出来后，顿觉松了一口气。在这个陌生的地方，她终于可以不用那么紧张了。同四岁大的孩子挤一个小时飞机还可以接受。但不幸的是，从加利福尼亚到新斯科舍省可不是一小时飞机就能到的。

安检的时候她也不很省心，她不得不在阿尔韦恩身上施下安静魔法以便能顺利通过安检。这个小家伙要是一不开心就真的可能在安检处横冲直撞，当然这点并没有必要让友善的安检人员知道。

“吉尼亚，别在晚饭之前就把弟弟弄丢了。”内尔冲着吉尼亚喊道。吉尼亚已经越过草坪同丽姿开心地打招呼，阿尔韦恩隔得也不远。

凯文挥了挥手：“别担心，内尔姨母。我们保证不让他掉进海里。”

很难相信一个裤子都湿到膝盖的小孩子能有什么保证。“你们保证能回来吃晚饭就好。”

一眨眼的功夫，屋子里所有的孩子都跑光了。

“他们多跑跑也是有好处的。”艾伦边说边拿起她的行李。

内尔笑道：“你只是不想他们把你的房子烧起来吧。”

“那个嘛，也是。但是埃罗伊保证不会有。”

“但是阿尔韦恩可保证不了。”

艾伦轻声笑道：“那你记得提醒我多收你三倍的保证金。”他拿起一个袋子:“这里面是什么？石头么?”

“那是吉尼亚收藏的药剂。她想给索菲同莫伊拉姨母看看她最近的发明。但不幸的是,药剂太重了,而且它们中有部分过安检也不太容易。”

艾伦小心翼翼地看了一眼:“我可以想象。有没有那种把我变成青蛙的药剂,或者它能让我对某位不该向其表达爱慕的女性表达自己至死不渝的爱?”

“别担心。我保证你在喝的时候你是对着你老婆的。”

艾伦笑起来,然后开始把行李拖进房间。内尔觉得她对埃罗伊的老公很满意。

如果你是同一位巫师结婚,那有点幽默感就是十分重要的了,尤其是还可能生个巫师宝宝的时候。埃罗伊在西海岸的时候,她的眼神在每个宝宝身上都停留过。要是她没有准备要个像肖恩一样的小宝宝的话,他会很吃惊的。

莫伊拉在酒店的客厅里等着:“见到你真是太好了。”她给了内尔一个拥抱,示意她坐到桌子旁边。“来这儿坐。我已经倒好茶了。我觉得你的孩子们同我们的那帮捣蛋鬼一定跑出去玩了。”

内尔深深地吸了一口气,迅速让自己调低到新斯科舍乡村的低频:“是啊,但是吉尼亚还是非常想见您同索菲的。她最近一直都在练习药剂,而且发誓要将后院变成花园。”

莫伊拉面带微笑:“很欢迎她来我的花园。我的花儿也需要一些年轻人帮帮忙。这些天都有些忽略它们了。”

“这儿的小家伙们都没有土系魔法么?”

“我们的肖恩有一点点,但是他更擅长石头跟土地。而且他对植物不感兴趣,我觉得他不会有耐心坐下来照顾那些花花草草的。”

“那是女人的事。”马尔库斯从门口走进来,朝内尔点点头。她都不确定他是不是在开玩笑。

莫伊拉朝天看了看:“内尔,你在这儿的时候要是能修理好我侄子,我将感激不尽。似乎他的好些想法都还停留在中世纪。”

马尔库斯给自己倒了杯茶:“我从来都没否认。欢迎来到我们的世

界。内尔，我都不打算问你旅途怎么样，我才带了两个小家伙，可是一点都不轻松。”

内尔都能感觉到一种妄图反抗的嘘声，即便马尔库斯是完全正确的。他说话就是不怎么招她待见。

“马尔库斯，放尊重点。”莫伊拉脸上挂着好笑的神情，“内尔，劳伦没有跟你一起来吗？”

“不，她还没有。她还有个生意要处理，就最后几步了，所以她选了一条穿越科罗拉多的航线。再有几个小时，她同索菲会一起来的。”

马尔库斯坐下来，递给内尔一碗浆果：“也许她是重新评估了一下同一个四岁大的孩子乘飞机的事情。”

内尔只是扬起一只眉毛，她知道怎么对付那些恶霸。然而，她简洁有力的回答却被阿尔韦恩飞奔回来打断了：“蓝莓！”

他径直朝着马尔库斯手中的碗走去，然后在碗差点在地板上撞碎的时候接住了，把它送到了安全的地方。每个人都屏住呼吸，每个人的大脑都被这种爱恨交织的感觉敲打着。马尔库斯脸色苍白，满是怒气。

“伊万！”他瞪着阿尔韦恩的脸，尖声嚷道。那仿佛刺透了内尔的灵魂。

她儿子轻轻地伸出手，放在马尔库斯的面颊上：“我可不是你的伊万，但是你也可以爱我。我不介意。”他爬到马尔库斯的大腿上，依偎在他大腿上。

内尔看着这个喜怒无常的老单身汉像抱着玻璃纤维一样抱着她儿子，脸上有种挥之不去的悲伤。

阿尔韦恩指着蓝莓，把它端起来：“来，吃点蓝莓吧。我可喜欢吃了。伊万是不是也喜欢吃？”

“是啊。”马尔库斯轻声说道，吻了吻阿尔韦恩的头底：“是的，他也喜欢吃。”

“他是你兄弟，还是你孩子？”阿尔韦恩问道，“你的大脑有点混乱。”

“他是我的同胞兄弟。他在比你大一点的时候死了。”

阿尔韦恩严肃地抬起头：“那让你真的很伤心。”

“是的。”

阿尔韦恩把头埋进马尔库斯的胸膛:“不是你的错。即使很强大的巫师也不是万能的。你那时候还小,就像我一样。”

莫伊拉的呼吸有些颤抖:“你一直在责怪自己吗? 真的不是你的错。如果真的要责怪谁,那就该怪我。”

她看着内尔:“早些时候伊万的魔法出现得很早、很难。他会火系魔法,而且很强大,每晚都会点火。我们不知怎的忘了他也可以星际旅行。”她的声音小到几乎听不到:“有次他离开了他的身体,却没能够回来。那时候他还没满六岁。”

内尔觉得整个房间充满了悲伤同内疚。她总是很好奇为什么莫伊拉那么坚持巫师要训练。因为魔法而失去生命是每个做父母的最大的噩梦。

“我唤不醒他,”马尔库斯说,“我可以感觉到他,但就是不能把他带回来。”

阿尔韦恩斜着头:“你还是能感觉到他。”

马尔库斯靠下来,又吻了吻他的头:“是啊,我还是可以。”

埃罗伊把最后一口三文鱼吃下去,然后满意地看了看餐桌。厨房是每一个新斯科舍家庭的中心,虽然她很享受她同老公两个人在一桌吃饭的时光,但是同一桌人吃饭的欢声笑语仍旧让她很开心。现在所有的客人都到了,饭桌旁的人满满的。

但是座次的安排却很奇怪。她挨着索菲同内尔坐:“马尔库斯叔叔什么时候这么吸引孩子了?”他一边坐着阿尔韦恩,一边坐着丽姿。通常情况下,他同孩子可是隔着桌子面对面坐。

内尔轻声地说道:“从今天下午开始的,至少同阿尔韦恩是那样。很明显我儿子长得有点像伊万。”

索菲倒吸了一口气,然后同埃罗伊交换了眼神。伊万总是一个任何人都不愿意涉及到的话题。

马尔库斯发送意念给埃罗伊:我更喜欢那样。我希望一直是那个

样子。

埃罗伊觉得有些脸红,不止一个孩子在盯着她,她不得不将自己的眼光移开。这桌可有好几个意念女巫。她偷偷地瞄了一眼她的装置,检查了一下是不是打开着。

你的大脑也许不像以前那么散漫了,但是你的脸就跟以前一样容易泄露你的想法。

那就说点其他的,你这个老家伙,埃罗伊想道。当马尔库斯笑起来的时候,她的脸红得更厉害了。该死,他怎么听到她的想法的。

我都不需要听。这52年来又不是第一次看到你那恶狠狠的眼神。

埃罗伊将她意念中的脚放了下来。够了,这是她的地盘,她的家,她的餐桌。她找到这桌最有同情心的人:"吉尼亚,我听说你有一箱子的药剂想要跟我们分享。"

那姑娘的脸一下子亮起来:"我同莫伊拉祖母网络聊天的时候试了一些。"

"太棒了,"索菲说道,"我觉得明天早晨可以开始药剂课,这对魔法学习来说是个好事情。吉尼亚,也许你可以帮我教教其他人莫伊拉祖母教给你的。"

埃罗伊将快要表现出来的醋意往下压。要是索菲能帮忙组织魔法学校就好了。这也许是她的地盘,但是她肯定可以分享。

肖恩抱怨道:"药剂很无聊。"

埃罗伊用肘部捅了捅他:"那是因为你的从来没有效果。也许你真正开始注意而且按照正确的方法把东西混在一起,你的药剂就会有点意思了。"

"不管怎么说,谁愿意为疼痛弄药呢?"他担忧地看着莫伊拉,"对不起祖母,我知道那些东西对你很有用。"

"医术可是很棒的天赋。"索菲说道,"可不是拿来被轻视的。"她的眼睛眨了眨,"我这儿也有小小的妙方可以帮助棒球投手的手臂恢复得快点。"

肖恩看上去好像真的感兴趣了。如果谁可以让他乖乖地上药剂课而又不抱怨的话,那一定是索菲了。埃罗伊有点怀疑治疗投手的药剂肯定跟祖母用来治疗她的伤痛的那些药剂有很多共同点。

阿尔韦恩和麦克从储藏室回来，拿着馅饼："还有没有人吃得下蓝莓派的？蓝莓馅饼？"

好像没人，四个小巫师都很安静，全部都看着吉尼亚。

"他们在干什么？"内尔小声地问道。

埃罗伊摇摇头："不知道。"

"他们好像是做了一个什么训练圈。"索菲小声地说道。内尔点头同意。

埃罗伊好奇地看着一盘蓝莓飞起来，不见了。然后径直飞到了马尔库斯面前。

他沉下脸，用手推了一下以免被砸到："小家伙，下次瞄得准一点。谁干的？"

阿尔韦恩疑惑地问道："你看不到吗？"

马尔库斯摇摇头："看不到全部，但是我看到你们都召唤一些五行魔法。"

阿尔韦恩笑道："那是因为我们是看不见网络能量的。那是一种没人能看到的超能力。"

马尔库斯朝着吉尼亚同意地点点头："可不简单，把四个咒语联系在一起。看上去你今天下午可不仅仅是碰巧掉进海里了，应该做了很多其他的事吧。"

吉尼亚笑起来。五个小巫师回来吃饭的时候浑身都湿漉漉的，而且都一脸无辜。"我们只是同石头玩了玩。我们可没有拿盘子来练习。最开始的时候可是摔坏了几个。"

埃罗伊觉得自己的世界开始颠倒了。他们用网络能量同真的魔法一起练习了？在海滩上？

内尔皱着眉头："你是用的什么能量源？"

吉尼亚从她的口袋里摸出iPhone，胆怯地说道："妈妈，我借了一下你的手机，然后用力拧了一下。触摸屏跟鼠标用起来是一样的。"

内尔翻了一下眼睛："记得提醒我跟你讲讲漫游费。你开了多久？"

"内尔阿姨，只开了几个小时。"肖恩很明显想帮忙，但让吉尼亚的

麻烦更大了。

马尔库斯突然插话:“既然你们已经花了那么多钱了,再多一点点也不是什么问题。再试试用盘子。我想看看。”

“等等。”埃罗伊自己听到自己大叫了一声都很吃惊。她这次可不想在巫师们都在用魔法的时候袖手旁观了。她的家,她的桌子,她的魔法。“吉尼亚,你用的是同我一样的魔法是不是?”吉尼亚点点头。

埃罗伊看着阿尔韦恩:“你能像在加利福尼亚那样把我连接进去么?我想看看你们是怎么做的。”

他笑道:“当然。但你能把杰米叔叔的小装置关上么?要是开着就不那么容易把你连接进去了。”

要把她的想法让大家都知道么?

马尔库斯冷冷地说:“不用担心。”他朝肖恩和凯文示意道:“他们两个都忙着呢,劳伦同我都不像你想的那么没有礼貌。阿尔韦恩是对的,你需要把装置关上才能看到你想看的。”他叉着手,好像是觉得她不敢。好像是看她敢不敢。

她想看看。

埃罗伊把杰米给她的装置放在桌子上,尽量把注意力放在蓝莓派上,然后把装置关闭了。

过了一会儿,阿尔韦恩就把她连接进去了。你现在可以放松一下了。我也可以让你的大脑不那么容易泄露想法。

她也不是那么在意了。意念连接让她的能量前所未有的强大。她生命中的第一次,看到正在运行的能量。在从外面看到过成千上万的魔法之后,这次自己终于能够置身其中了。

她可以看到五个小巫师,各自召唤着。她唯一认出来的就是烟火,那肯定就是吉尼亚的网络能量。她集中注意力,努力找出其他人的魔法。丽姿的一定是水能量,正放着光的一定是凯文的火系魔法,阿尔韦恩用的是土系魔法,剩下的肖恩是用的空气魔法。

埃罗伊的心都快跳起来。丽姿同肖恩的看起来都很简单,但是凯文同阿尔韦恩的就复杂得多。她真的好想明白。

真的不难。丽姿同肖恩是在一起让盘子飞起来。马尔库斯发送着。埃罗伊跳起来。她没有意识到其他人也在看。我们都在看。祖母的声音也加入进来。马尔库斯同劳伦把我们所有人都连接进去了。

凯文召唤火,但是他还是作为引导人,把所有的能量都连接起来,而且让它们达到平衡。真是很有技巧的工作,干得漂亮。

阿尔韦恩发送了一个远程咒语,内尔说,但是我真的觉得他应该用。快看。

埃罗伊看着吉尼亚的烟火一下子亮起来。四个咒语亮了一下,然后合并在一起了。

那是她见过的最美的东西。

该死,马尔库斯诅咒道。他们错过了!

埃罗伊感觉到当他们砰的一声从意念连接掉下来的时候,阿尔韦恩发出了笑声。她睁开眼看到马尔库斯叔叔大腿上躺着蓝莓派,他很是反感地盯着它,而桌子旁边其他人都露出不同程度的欢快的神色。

她自己的幽默感一下子就让她意识到他们没有打偏。

你们觉得我不知道吗？不知道你们是故意的？

埃罗伊想在她笑趴在桌子上之前把杰米给她的装置重新打开。

祖母靠过来,拍了拍马尔库斯的手:“是时候用用你的清洁咒语了。”马尔库斯只是嘟哝着。

“今晚的月亮好美。”埃罗伊说服她老公来海滩散步可不是经常发生的事情,所以她觉得今晚的月色也很赏脸。

当然,明天一大早不要她起来为一大帮巫师做早饭就好了。

艾伦将一只手臂搭在她的肩膀:“所以今晚晚饭的时候到底发生什么事情了？”

“你是说魔法么？”

“马尔库斯怎么弄得蓝莓派掉到他大腿上？”

埃罗伊石化了,站在沙滩上一动不动。是了,艾伦是整个屋子里唯一没有魔法的。“啊,对不起。我应该告诉你发生了什么事情的。”她很

长时间里也是对魔法世界里的事情一无所知。

他吻了一下她的额头："所以，现在告诉我。"

"我想今天下午孩子们一起训练了，然后用你的蓝莓派做了一些演示。每个孩子都念了一个咒语，吉尼亚把它们连接起来做了一个更大的咒语。"

"把蓝莓派倒在马尔库斯腿上是更大的咒语的结果？"

埃罗伊笑起来："我不确定是不是真的。"

"是阿尔韦恩干的，所以你可以看到到底发生了什么。"

"对的。马尔库斯叔叔同劳伦把每一个都加进去了，所以我们可以看到。"她说的时候有点退缩，"所有会魔法的，我是说。艾伦，对不起。我们真是太没有礼貌了。"

他笑起来。"不，我看到了蓝莓派掉到马尔库斯腿上时他的表情，你们其他人都没有看到。"

他沉默了几分钟，弯下身子捡起一块光滑的月亮石，递给她："我也看到了你脸上的表情。你很开心，埃罗伊，真的很开心。"

那一刻仍在她心中回荡。"我以前都没有见过魔法，看着它们是怎么用的，真的太奇妙了。"

"吉尼亚就是将所有的咒语集合在一起么，你是不是以后也可以那么做？"

埃罗伊突然脚一软。重重地坐下来，被震惊了。在魔法中，在笑声中，她好像错过了最重要的一点。"啊，天呐，那是网络能量让一切发生的。"

他点点头，很明显困惑了。

她觉得自己快哭了："我可以学着做她做的。我不会再是没用的女巫了。"

CHAPTER 12 第十二章

内尔看了看莫伊拉后院的四周，笑起来。看起来好像是被龙卷风扫过，把一堆废弃的电脑零件倒在了这里。围在他们周围的是一群很兴奋但又很困惑的巫师。

莫伊拉已经发话了，应该测试每一个人。很明显这里的所有的巫师都把此话当真了。后院里几乎有上百人，但是为他们做网络能量测试的巫师并不多。其中一个还只有四岁，他想睡午觉了。

更糟糕的是，许多刚来的觉得他们需要带些电脑零件来激活他们的网络能量。那倒不假，但是内尔肯定大部分倒在莫伊拉姨母后院的零件都是在电脑出现之前出现的古董。吉尼亚发现软盘居然真的存在，很是震惊。

内尔艰难地通过人群，边走边发饼干同蓝莓。是啊，吉尼亚看上去疲惫不堪。是时候救救她了。“嘿，宝贝，怎么了？”

“太疯狂了，妈妈。我正试着给每个人都做扫描，但是大部分人都不会施咒魔法，所以我得先教他们怎么做。”

吉尼亚现在的观众都超过了六十岁，内尔觉得肯定进展得不顺利。

她才不想花一整周的时间来教新斯科舍的巫师们怎么编码。改用第二方案。

“去找劳伦同你的弟弟。我有办法了。”

吉尼亚松了口气，飞快地跑走了。内尔拍了拍手，用咒语将她的声音传给了众人："各位，早上好！各位请坐，请看这边？"

劳伦拖着发脾气的阿尔韦恩穿过人群。内尔递给他一块饼干。巧克力豆对于安抚一个四岁孩子真的是灵药。

"我希望你真的有办法。"劳伦说道，"真是疯了。"

"我有。我觉得我们需要教他们怎么激活网络能量而不需要咒语编码。就跟你同阿尔韦恩还有埃罗伊做的一样，但是我们先得做一个集体示范。"

她转向现在都安静坐着的人群："没想到今天早上会来这么多人，很感谢你们耐心的等待。你们中绝大多数已经听说了，用网络能量的方法之一就是上网，同咒语施咒一起。但是也有其他方式激活，比如说像意念魔法。我们觉得那样的方法可能对你们来说更合适。"

"谢天谢地！"后座传来一个声音。从笑声听来，很多人同意他的观点。

内尔笑起来。看起来东部的这些巫师们是不太会加入到巫师王国的。"我们首先做一个快速的示范，吉尼亚会激活网络能量，劳伦同阿尔韦恩会把大家连接进去，你们会看到他们是怎么做的。"

马尔库斯站在她左边："我可以帮忙。人太多了。"

内尔确信阿尔韦恩一个人就能应付，但是她可不想同这个本地的天才争论什么。

吉尼亚拿出苹果手机，马尔库斯靠近内尔。

她女儿可没那么笨："她同杰米昨天晚上已经潜心研制了一些装置，并且成功地连接到她电脑上的无线网络。"

"有意思。"马尔库斯从他口袋拿出苹果手机。

内尔愣了一下："你一直有吗？"她可能要付上好大一笔漫游费？漫游多少钱？

马尔库斯扬起眉毛："你觉得这里坐了多少巫师，有多少苹果手机？不过我绝对不会付钱的。"

内尔差点儿崩溃了，真是自私的老头。好吧，也许她自己也有些古怪，但是巫师们是都有点古怪的。那是不言而喻的。

内尔觉察到劳伦的意念连接,意识到演示就要开始了。是时候停止同马尔库斯吵架了。

慢慢地,吉尼亚向大家演示了怎么激活她的网络能量,劳伦提供了一些意念备注。他们已经这样做过几次了。阿尔韦恩负责慢镜头回放。

然后就像疯人院被打开了一样。马尔库斯举起手。安静。

劳伦退缩了。下次要这样记得提前讲一声。

不好意思,我不知道你这么敏感。

内尔在劳伦同马尔库斯因小事爆发大战之前拉住了她。晚点再说吧。现在,现在,我们还有好多人要训练呢,我们需要他。

之前她从来没有见劳伦发过火。马尔库斯可真是妇女杀手。

你俩有完没完?马尔库斯冷冷地用意念说道。我觉得你们得挑个自愿的试试。

内尔看着正在等待的观众,想要找出最好的方法继续下去。吉尼亚碰了碰她的手臂:“妈妈,从孩子开始吧。我觉得凯文可能会是个网络能量巫师。”

这主意不错,但是他们真的不需要十几二十个巫师看着。“我可不可以请那些年龄在十二岁以下的过来这边?至于剩下的人你们可以分成五人组或者六人组进行练习么?我们会去找你们的,如果有需要我们也会尽可能帮忙的。”

后院的巫师们都有序地进行着训练。

几分钟后,在测试了几个十二岁左右的新斯科舍小巫师们之后,几件事情变得明朗起来。第一,有网络能量的小巫师很快就被辨识出来。阿尔韦恩已经想出一个办法,那就是连接到他们的渠道,像双手指引他们一样。结果很快就揭晓了。

第二,大部分人的网络能量都跟内尔的一样只有一两点火光,也就只有一两点火光,别的什么都没有。但凯文例外。他在阿尔韦恩帮助下进行的第一次尝试基本上同吉尼亚所造成的火花一样明亮。接下来他自己又试了一次。

他静静地咧嘴微笑。她仔细打量着埃罗伊,她正骄傲地看着这一

切。“看上去你有个一同训练的伙伴儿了。”

埃罗伊一把将凯文拉进怀里：“是啊。”

莫伊拉一边为她的客人备茶，一边满意地微笑着。很明显你也可以让上了年纪的巫师们学些新招。她也是网络女巫很难想象啊！而且还是很强大的，要是吉尼亚同劳伦都愿意相信的话。

但那又该是多么讽刺呢。终其一生，她都是一个这也会一点那也会一点的女巫，但是从来没有在哪一个领域有特别强的魔法。这让她成为了一名优秀的导师，并且她也以此为人生目标。现在，她似乎要同她的孙女一道，作为拥有新魔法的第一波巫师被载入历史史册。

她觉得十分自豪。

“别得意。”马尔库斯说道，接着进到厨房里来。内尔紧随其后，而且没有打算隐藏她的笑容。

“我才没那么做，”莫伊拉说道，“你从三岁开始就已经是很强大的巫师了。你当然不需要嫉妒其他人的一点小魔法。”

马尔库斯端起茶壶，放在桌子上。她很开心，友好可不是她侄子的优点。

“我不是。”他说道，“只是这一切都很不公平，我们中有网络能量的大部分实际上都是不怎么用电脑。”

“谁说不是呢，”内尔说道，“我觉得我的巫师王国里有了一帮很不开心的玩家。”

莫伊拉坐在桌子旁边，示意他俩也坐过来：“所以给我解释一下吧，我到现在也没真正弄懂。为什么我们中有部分人那么与众不同呢？那就是我没弄懂的地方。”

“我们也不知道，”内尔说道，“但是看上去我们中有大量使用施咒编码经验的人，网络能量却被限制住了。马尔库斯在施咒编码的时候，显示出的读数是很高的，但是今天我们试的时候他也只能接触到一小部分。”

马尔库斯愁眉不展:“就好像我们的大脑被短路了一样。”

“那样的事情不只是在那种魔法中才会发生。”莫伊拉沉思着搅拌着她的茶,“星际旅行也是一样。媒介同旅行者都是由同一种能量源提供能量,但是通常情况下,有天赋的巫师只会一种或两种,除非在他们魔法开始显现的时候就小心地进行训练。”

马尔库斯扬起眉毛:“那很有趣。所以如果两者很早就开始训练,那么小巫师们就会持有两种能力?”

“巫师历史就是这样告诉我们的。”她伸出手碰了碰马尔库斯的手,希望他可以接受她一点点的安慰,“你也知道,很多小巫师在很小的时候是星际旅行者,而我们却失去了他们,这带给我们的巨大伤痛。”

他什么也没说,但是她注意到他也没有把手缩回去。作为治愈女巫,对于这小小的胜利,她从心底感到高兴。

马尔库斯仔细打量着内尔:“如果莫伊拉姨母是正确的,我们需要好好想想怎么进行训练。”

“是啊。”内尔把所有人的茶都斟满了,“我们需要教所有的网络巫师怎么在线上及线下进行魔法训练。”她朝着莫伊拉露齿微笑,“我们得教您怎么施咒编码。”

吉尼亚已经教过她几天了,但是老女巫可是知道怎么保守秘密的:“我觉得你们还是教小凯文更容易一些。他可更喜欢接受新挑战。”

“她说的也有道理,”马尔库斯说道,“我们已经有七个网络能量巫师了,但是他们都没有施咒编码经验。我们可不想一次全部一起教。”

这个问题莫伊拉可以解决:“我们不应该那样做。在内尔的帮助下,我们可以先教那些从乡村来的,一旦我们有了进展,你可以帮我解决更遥远地方的巫师。”她可以看出马尔库斯正在进行自我斗争。一个离群索居的巫师从没享受过同一大群巫师一同训练的乐趣,但是没有人像他那样明白有魔法而没有接受正确训练的危害。他最终点头同意了,唯一的一次:“这想法很好。”

“所以,我们从谁开始呢?”内尔问道,“是有点儿疯狂,所以我也不确定我想到了所有的结果。”

马尔库斯开始数手指:“小凯文,当然还有埃罗伊,莫伊拉姨母,还

有你的吉尼亚同阿尔韦恩。我觉得那是第一批需要接受训练的。索菲同我都没有网络能量,但是我们可以帮忙咒语编码。”

内尔点点头:“吉尼亚同我也可以。”

有巫师可以训练了,莫伊拉觉得她的心都在笑:“你同索菲会很忙的。我们还有其他的小巫师们,以及其他的魔法需要训练。”

马尔库斯咕哝着说:“帮手也很多。劳伦可以上意念巫师课,麦克可以教肖恩一些不错的土系魔法技巧。”

“是啊。要是这儿的土地不是那么高低不平的就好了。”肖恩的土系魔法天赋可不是那种用来同植物打交道或者长东西的,那可是同石头同土地相联系的。

内尔笑起来:“阿尔韦恩在那方面也有些技巧,但是我觉得你应该想把他同肖恩放在同一个训练小组。”

有时候作为一位有智慧的老女巫也是很方便的:“这样麦克也可以帮帮忙了。我觉得他应该能应付两个小家伙。”要是不行的话,她自己对小巫师的调皮捣蛋可是挺有办法的,尤其是她不负责清理后果的时候。

埃罗伊看了看她的同学,靠向莫伊拉:“祖母,我觉得自己在这个班是不是太老了。我觉得自己太老了。”

莫伊拉咯咯地笑:“可爱的吉尼亚还要做我们的老师,你觉得我的感觉能好到哪里去?”

劳伦、马尔库斯同吉尼亚从房间的一角探出头来,凯文同阿尔韦恩端着一碗蓝莓坐在另一个角落。埃罗伊觉得有点没用,一周以前自己还负责训练小巫师呢。

索菲安静地坐在角落里,读着莫伊拉的植物标本集。出于某些埃罗伊并不想探求的原因,索菲的存在有点让人难受。“索菲为什么在这里?我以前认为她的网络能量是那种只会编码施咒的。”

“乖孙女,她不会成为你的威胁的。”祖母的眼里充满了安静与悲伤,“你真的不知道她为什么在这里?”

埃罗伊有些急促不安。她觉得自己仿佛只有十岁大,在历史课上睡觉被逮了个正着。明显她让祖母很失望。她只是不明白为什么。

他们的三个老师转过来，打断了她的疑惑。马尔库斯把阿尔韦恩同凯文叫过来：“让我们看看能用你俩的网络能量做点什么吧，好吗？”

这可太不像马尔库斯叔叔了。没有前奏，直奔主题。不是说她今天真的就介意。她全身心地只是想训练魔法。

劳伦笑起来，好像读到了埃罗伊的想法。她的小装置已经关闭了，那劳伦读到她的想法也是完全可能的。房间里四个意念巫师都能读到你的隐私，这感觉可不妙。

好吧，希望接下来的东西可以让他们把注意力放在除自己游离的想法外的别的东西上去。

埃罗伊站起来时被吉尼亚看见了：“让我看看你昨天做的那个，把咒语混合在一起的那个。我想试试。”

莫伊拉在吉尼亚正要说“好”的时候插了进来：“姑娘们等一下。我们需要计划计划。”在别人开始反对之前，她举起一只手，“我能感受到网络能量，我也很想试试。但是我们必须要谨慎些才行。”

她顿了顿，用严肃的神情环顾着房间四周：“我们是第一批。魔法有可能很危险，我们是在同一种全新的魔法打交道，小心为上。”

埃罗伊自己这辈子说那样的话也说了不少遍。但是现在她满脑子想的仍然是要试试魔法，她终于明白为什么只有极少数的小巫师们听进去了。

莫伊拉靠过来，轻轻地说：“我知道它在召唤你，我的孩子，但是你首先得学会控制。”

“我知道。但是我也不知道自己会有这样的感受。”

“我也没有料到。”莫伊拉的脸上闪过疑惑，“这是一种前所未知的魔法。这样的魔法在等着我们……”

“那就让我们开始吧，好吗？”马尔库斯朝着吉尼亚点点头，“你现在就试试把两种魔法连在一起。阿尔韦恩同我将给你两种简单的咒语。”他看着其他人，“劳伦会将吉尼亚在做的投影出来，所以大家都可以看到。一旦你们明白了，就告诉劳伦。”埃罗伊皱起眉头。她又不是意念广播员。

马尔库斯翻了翻白眼。侄女，相信我她不会错过你在想的一切的。

她同马尔库斯叔叔很快就要就隐私这事儿好好谈谈了。很快。

不过在那之前,她还是最好留点心。吉尼亚已经在召唤网络能量了。跟昨天差不多,埃罗伊从劳伦提供的意念窗口看到了,当跳跃的能量流逐渐形成咒语能量圈,然后成型。其中一些还能说得通,但是她还想看一次。

但是没有再来一次的计划。劳伦已经断掉了意念连接,凯文庄重地点点头:"我觉得我也可以。"

马尔库斯扬起眉毛:"你确定你不需要再看一次?"

凯文直视着马尔库斯:"是的,我想试试。"埃罗伊为他的自信而喝彩。通常情况下,肖恩都是这对双胞胎中喜欢打头阵的,而凯文总是安静地跟在后面。

阿尔韦恩同马尔库斯又开始了他们的施咒,这次埃罗伊靠自己的眼睛看着。马尔库斯在他的手掌中形成了一个跳动的颜色,阿尔韦恩则是一个旋转的小旋风。凯文集中精力,脸上露出全神贯注的神色。

那球一会儿就消失了,颜色在屋子中短短地跳跃了一会儿。紧接着所有的魔法迹象都消失了。埃罗伊屏住了呼吸。

凯文没有动摇:"请再来一次。"

马尔库斯同阿尔韦恩再一次施了咒,凯文集中精力。又一次,球动起来了。屋子里所有人都屏住了呼吸。

紧接着光点亮了整个屋子,一道亮闪闪的跳跃的颜色。

凯文满脸的自豪差点儿让埃罗伊哭出声来。

接下来就是莫伊拉了。她自信地重复了几遍魔法,脸上洋溢出如孩子般愉悦的神情。凯文崇拜地看着她:"哇,祖母,真是太棒了!"

莫伊拉摸了摸他的头:"小宝贝,我训练施咒已经七年了,现在我知道我为什么要训练了,这一刻总算值了。"

天呐!接下来就轮到她了,她有整整两分钟的咒语训练。

手掌中心的光球正在等待着,马尔库斯扬起眉毛,是时候了。

埃罗伊闭上眼睛意识到自己遇到大麻烦了。等到她睁开眼睛的时候,房间里每一个意念巫师都很明白。

"那真是个问题。"马尔库斯说道。

“什么？”吉尼亚问道。

劳伦解释道：“跟你们不一样的是，埃罗伊她没有任何的基础魔法，所以她看不到两种咒语的能量流或者形状。”

太棒了。现在她不是没用的女巫，而是有缺陷的女巫了。

阿尔韦恩看上去很困惑：“什么是‘有缺陷’的女巫？你能解密吗？”

吉尼亚笑起来：“那是‘侦探’[①]，捣蛋鬼。”

劳伦警惕地看了埃罗伊一眼，但是埃罗伊已经清楚地明白了发生的事情。小巫师们要是在听你的想法，可没什么同情可言。天呐，通常情况下她都不是这么无能的人。

她清了清嗓子：“所以，我们该怎么办呢？劳伦，你带我进去的时候我可以看到能量流，你可以再帮我一次吗？”

“不。”劳伦摇了摇头，眨了眨眼，“欢迎来到独一无二，有时有点不方便的，无基本魔法的巫师俱乐部。之前你可以看到是因为马尔库斯同我一起才可以，他可以将基本能量视觉化。我不可以。”

埃罗伊真的试过不让这个想法进入大脑里，但是她到底犯了什么错才要在她用魔法的时候必须同马尔库斯叔叔一起？

尽管马尔库斯很蔑视，她还是没能够有效地阻止想法的流出：“你也知道我没有自愿说要帮忙的。”

“你又不是这个海岸唯一的巫师。”莫伊拉干脆地说。

凯文挺身而出：“我可以，埃罗伊，我可以帮助你看到。”

马尔库斯看上去有些怀疑：“小子，从发现你有意念魔法到现在也不过才一周，他们都不强。而让能量流视觉化可是需要很稳定的手。如果你抖一下，埃罗伊的咒语就很容易偏离。”

凯文瞄了他一眼：“我觉得你还是弄一个训练圈吧。要是把祖母的家具弄坏了她可是会生气的。”

埃罗伊忍住笑，把所有疑惑都统统抛出脑外。如果凯文想试试，她会尽可能让它成功，其他的想都不用想。

马尔库斯同阿尔韦恩准备好了咒语。她看着凯文，觉得他的意念

---

① 注：英文中，缺陷(defective)与侦探(detective)拼写与读音都很相似。故4岁的阿尔韦恩将两个词混淆了。

连接已经准备好了。没有劳伦的快，也没有她的稳固，但是她可以感觉到咒语正在成型。

她暂停了一会儿，重新看了看吉尼亚的那几步，然后把手放在鼠标上，接触到能量，正如她一直所受的训练那样。能量朝她涌来，要靠着所有的意志力才能抓住正在等她的咒语。姑娘，慢点儿。为此你已经等了大半辈子了，不差这一会儿。慢慢来。

想象着吉尼亚的巧妙控制，她慢慢地将两种咒语包围起来，慢慢聚拢。连她自己都知道自己的魔法比其他人的弱太多，但是还是坚持着。要想成为好的女巫需要大量的训练，熟能生巧。当两种咒语靠得很近的时候，她找准了可以把两个咒语连接起来的点。当她看着吉尼亚的时候，符咒已经让光在这些点上跳动，但是它们现在却没有。

当她惊愕地盯着那些符咒，埃罗伊感觉到她的魔法正在牵引着她。这次不是强制要求，而是在征询同意。这跟她有时坐在工作室创作时遇到的瓶颈很像，那时一堆海玻璃同银线好像自己就知道要怎么搭配。这么长时间的训练，她很相信这种牵引，那让她成功地创造了非常好的作品。

慢慢地，她将一根手指的能量朝向阿尔韦恩的咒语。在他的咒语形中形成了小小的火花。接着又往马尔库斯的咒语上投入能量。当网络能量的小小火光变成第二个符咒时，她突然可以看到它们应该成为的样子。现在它们是她的咒语了，她知道应该怎么做。

她果断地将咒语能量流转向四周，挥舞着，转动着，直到它们完美地结合在一起。真的跟将海玻璃同银线穿起来一样。有这么多的方法，但是只有独一无二的方法在向她召唤。

接下来一切都准备就绪。网络能量伸出触须寻找联系。她深深地吸了口气。正如吉尼亚所做的那样，将能量慢慢地释放。

咒语慢慢沸腾了一会儿，然后融合在一起。当美丽的魔法完成时，能量跳跃、旋转起来。埃罗伊能感受到凯文的快乐。一会儿过后，她感受到了他的恐惧同意念连接断开时轰隆隆的声响。

她睁开眼睛，充满了惊讶，当凯文摇摇晃晃快要掉进椅子的时候抓住了他："怎么了？"

阿尔韦恩指着天花板，睁大了眼睛。埃罗伊悲伤地看着头顶大大的千疮百孔的训练圈："我干的么？"

马尔库斯点点头："是你干的。你同你的副手把我的训练圈破坏了。下次我会弄个更强的。"他看着凯文，"还不错嘛。下次别到最后关头放下她，但是你真的干得不错。"

埃罗伊顿时觉得心生恐惧，她把魔法推给了凯文？他还是个孩子。

"他也是很棒的巫师。"劳伦轻轻地回答道，"也是你的搭档。你们一起干得不错。"她朝凯文眨了眨眼，"今天晚些时候我会给你介绍一下非比寻常的意念巫师保护，你在同埃罗伊搭档的时候会用得着。我们都不知道她会有那么强的魔法。"

吉尼亚挥了挥她的鼠标："首先你得教我你是怎么做到的。那真是太酷了。"她抬起头，"但是我觉得我们得到室外去。"

埃罗伊再一次看了看天花板，还是没能完全弄明白她第一次真正用魔法干了什么。她已经跟训练生们宣扬了那么久的"不作恶"，自己应该记得很清楚才对。一只手搭在了她的肩膀上，她转过身，看着祖母得意地笑："你又不是第一个在我房子上留下痕迹的人，我觉得你也不会是最后一个。"

祖母的声音微微颤抖着，她一只手轻抚着埃罗伊的脸颊："我的宝贝姑娘。你的第一次魔法施展，我可等了好久好久。"

她另一只手握着静静坐在角落里的索菲，索菲手里拿着书，脸上也带着愉快的笑容。"她也等了好久。"

CHAPTER 13 第十三章

“大家过来吧。”莫伊拉摆出一盘糕点，“能面对面边吃点心边聊天是不是非常开心呢？这是艾伦刚烤好的。他真是一个细心的年轻人。”

索菲指着天花板说道：“如果你今晚要同埃罗伊吃晚餐，那我们就负责把天花板补好吧。麦克已经去丽姿家里拿油漆了。”

“亲爱的，太谢谢了。以前我还可以自己动手修一修，可现在觉得老了，干不动了。”

“你这儿可是有一大帮人替你做。干吗不用呢。”索菲脸上严肃的表情就跟莫伊拉年轻时照镜子看到的自己的表情如出一辙。这对训练那群小巫师来讲的确很有用，但是她已经很久没有再有那样的表情了。

“我是有用啊，但是我也不是一无是处。实际上，我觉得凯文肯定在训练完之后去睡午觉了，埃罗伊肯定也被逼着要陪着他。而我这个老女巫不是还站在这里？嗯，好吧，是坐着的，但是可远远没有到要睡午觉的程度。”

内尔笑起来，伸手拿了一个艾伦做的手指饼干：“你精力很旺盛吗？阿尔韦恩在爬苹果树呢，你想不想跟他一起？”

“我还觉得我真的可以。应对那样的能量我还剩余了相当一部分精力的。”莫伊拉轻拍着索菲的手，“我多希望你也跟我们一起经历了一场。也许你同麦克可以进展得快一点，给我多生点儿乖孙子。”啊，她今天的精力真的很旺盛。

索菲差点儿被她的蛋糕呛到，笑着说："你孙子孙女已经够多了，麦克才不想在那方面帮你的忙。"她的眼神变得很柔和，"再说今天又不是我用魔法。"

啊，是啊。莫伊拉想。索菲一直是以姐姐而不是女巫的身份坐在那儿，即使埃罗伊没有完全意识到那一点。

劳伦吃惊地看着莫伊拉："你在用完魔法以后还是会有那种精力？"她的脸颊变得通红，她只好用手掩住她的嘴："糟糕，不好意思。我完全不是那个意思。"

"是啊。"莫伊拉往前倾了一些，非常"淘气"地说："爱尔兰有种说法，就是谁娶了老女巫，谁就是最幸运的人。"

索菲咯咯笑起来："那完全是你编的。"

"我可没瞎编。你接触到的魔法越多，那就越真实。"她又看了看劳伦，"姑娘，没人告诉你？如果你还没能找到与你同床共枕的那个人，或许你可以考虑一下。他可能会觉得自己很幸运。当然，要是你们两情相悦自然是最好。"

现在劳伦的脸红得像刚摘的草莓："我真不敢相信我们在聊这个。"

"不好意思。"内尔轻声笑道，"应该有人告诉你一声的，那个在线聊天时很淑女、很礼貌的莫伊拉在她的厨房桌子旁边可大不一样。"

"可不是！"

莫伊拉把手放在劳伦通红的脸颊上："亲爱的，冰箱里有冰激凌。那也许可以帮你降降火。"

啊，感觉真像回到了年轻时候。厨房里充满欢声笑语，魔法一代一代传承着。

劳伦从桌子旁边站起来，内尔咧嘴笑着："你要是帮我也拿个勺子，我就不再提这个事情了。"

"成交。"劳伦说道。

内尔看着莫伊拉："现在回到今晚聚会的正题。除了网络能量，我们还得同这群小巫师们做些怎样的训练？"

"我们得同埃罗伊确认一下她现在负责大部分小巫师的训练。我

只知道我们想测试一下我们的肖恩是不是可以施咒一个完整的训练圈。”

内尔点了点头:“要是你同意,我很乐意同他一起先做点儿准备工作。”

“那就太好了。也许你也可以教教他在做完整训练圈的时候纪律的重要性。他还是有点儿太自我了。”

内尔翻了翻眼睛:“我可不想答应做什么不可能做到的事情。我会尽力做我能做的,但是像纪律重要性那样的东西可需要花些时间,你自己也非常清楚。你心里有没有为他做引导的人选?”

“我们希望他的双胞胎弟弟能有些引导方面的天赋。劳伦,也许你可以同凯文试试,看看他的潜力。我们这儿引导人不够,要是有个小家伙有那样的天赋就太好了。”

劳伦拿回了四把勺子还有一品脱冰激凌:“我觉得我们知道的也就那么多了。埃罗伊可不是一个人就把你的天花板烧个洞的,凯文对她的帮助可不小。”

啊,天呐。她还没有见过这种事情,这让她再一次为她孙女的第一次魔法实践兴奋不已。

内尔点头同意:“是啊,我也那样觉得。把咒语同网络能量联系起来很像施咒。当吉尼亚那样做的时候,她直接把那些首先施咒的人的能量吸了过来,但是凯文却把它交给了埃罗伊。”

“完全正确,”劳伦说道,“她在组织能量流的时候,他稳住了一切。干得真的很漂亮,而且同连接传统的训练圈很相似。”

现在,一切不都很有趣了么。“好吧。听上去这周的确很适合聚聚。星期天就是满月,那简直是天时地利。我觉得应该做三个训练圈,我们有好多小巫师都需要多些训练。我们会确保肖恩同凯文都有机会。”

“什么机会?”劳伦问道。

索菲咧嘴笑起来:“等着被入侵吧,新斯科舍风格。我会让那些小家伙把话传下去。”

“阿尔韦恩·沃克，把我放下来！”

索菲随着丽姿发怒的声音往周围看了看，看到她在空中四脚朝天：“怎么回事？”

“他先开始的！”丽姿只是个孩子，在匆匆忙忙间学了点儿管孩子的方法。看来进展可不顺利。

阿尔韦恩，很明显习惯了自己是五个孩子中最小的一个，尽可能摆出一副无辜的样子。看到他全身湿透的样子，丽姿又恰好是他们几个中间最会水系魔法的，索菲很确定绝不是阿尔韦恩一个人的错。

麦克从房子的一个角落走出来，抓住丽姿的脚踝，把她拽到了地上：“艾伦想找你们帮忙摘草莓，谁想去啊？”

丽姿一下就不生气了。她抓住阿尔韦恩的手，跟着他进到旅馆里。“快点。我可是很会摘草莓的，艾伦会让我们在摘草莓的时候想吃多少就吃多少。”

索菲把手搭在麦克的肩上，他的手臂正环着她：“靠草莓就化解了，真是多谢。”

“你将来还想自己要几个么？”

“嘘嘘嘘！”索菲咯咯地笑，即使她在让他小声点儿：“如果莫伊拉姨母听到你这样讲，她今天下午就会开始织宝宝用的毯子了。”

麦克的眼神突然变得意味深长：“那很糟糕么？”

有时候，在人生的某一刻，决定会悄然而至。站在莫伊拉的花园里，由于震惊而半张着嘴，索菲的眼神同她所爱的男人凝视相遇，当他问出那样的问题时，她接受了一切可能。

她听到自己的心里乐开了花，她已经做好决定了。

她伸手握着他空着的手，手心对手心，让她的能量流出来，这儿是她小时候的根，她向他承诺，无声但坚定。在莫伊拉的花园里，时间经常为她停留，现在为他俩停留了。索菲知道，不管未来发生什么，他俩都会共同面对。

“麦克叔叔，我们得走了！”他们朝着丽姿从街上传来的叫喊声向上看，艾伦的车在等着呢。

“不好意思。我还有些摘草莓的小细节要处理。”他弯下腰，为她摘了三朵花，“我会尽量给你留点儿的。”

当麦克慢慢跑开的时候，索菲看着她手中开放的花朵：一朵水仙、一朵大丽花、一朵雏菊，花语分别是：新生、愉悦、永恒的爱。这是一个承诺。

埃罗伊手里端着两杯柠檬水。当她看到花的时候眼睛瞪得老大。莫伊拉身边长大的孩子都知道这些花语及其传说。“有趣的花。”

“麦克送的。”

“啊，真的吗？他知道这些花语么？”

索菲轻轻抚摸着水仙花柔软的花瓣：“他知道。”

她看到自己孩童时的朋友眼里充满了泪水：“索菲，我真的很为你高兴。他看上去是非常好的男人。”

啊，现在她就像一个她思念已久的姐姐一样了。思念很久很久了。话语变成了感觉。她抱了抱她的朋友，握着她的花，闻了闻，太开心了。

平静的幸福过后，埃罗伊笑道：“你有没有警告他，莫伊拉可等着抱孙子呢？”

“他也想要宝宝呢。”

“嗯，那我觉得他知道自己在干什么。他看上去真的很全能，同小家伙们一起去摘草莓也确实很有勇气啊。”

索菲笑起来：“我很感激。我觉得。”

“可不是每个人都觉得植物同草药很有意思。”

索菲朝着吉尼亚同莫伊拉的地方点点头。“有一部分人喜欢，就够了，只需要一两个将这个传承下去。莫伊拉姨母知道的那么多我觉得我自己都不可能知道那么多。吉尼亚正在慢慢吸收，但是另外两个小家伙已经放弃了。”

“他们可不是唯一的。内尔今早可是……”埃罗伊打起呵欠，“凯文在沙发上睡着了，我觉得我也该睡睡了。”

"听上去是挺诱人的。进展怎么样?"

"现在我终于知道训练多么辛苦了。我过去经常想一个小时的训练通常就能让我的小巫师们想逃了。"

索菲咧嘴微笑,对这重燃的姐妹之情甚是欣慰:"至少你不用上巫师历史课了。"

"可别告诉祖母,"埃罗伊轻声道,"但是我希望至少可以把那变得比她以前更有趣一些。不是说肖恩就会同意,但是他可从来没有上过我们过去上过的那些课。"

肖恩,哈哈。索菲扫了一眼花园。

埃罗伊很明显注意到了索菲的眼神:"你是不是弄丢了一个?去海滩找找看吧。通常我都可以在那里找到他,尤其是当他擅离职守的时候。"

索菲皱着眉头:"他原本今天下午应该同马尔库斯一起练习意念魔法的。也许他们正在一起训练呢。"

"我可不那么想。马尔库斯叔叔正在旅馆后面的吊床上睡觉呢。"

"那算怎么回事,午睡时间么?"索菲喝完了柠檬汁。现在是时候去找肖恩了。"吉尼亚、莫伊拉姨母,这段时间你们有见过肖恩么?"

"去海滩看看吧。"莫伊拉说道,连头都没有抬。

埃罗伊挽着索菲同莫伊拉的手臂:"他们现在是麻木不仁的状态。别指望他们派上什么用场。我会帮你找找看。"

他们来到旅馆的后院,四处寻找。果不其然,马尔库斯正在吊床上酣睡。这让她想起了一个难忘的下午,就在不久前,一个让人难忘的小巫师恶作剧。索菲朝着埃罗伊咧嘴笑道:"你觉得我们是不是还可以整他一下?"

埃罗伊的眼睛放光:"如果你们让我去拿祖母的电脑同时把劳伦找来,我打赌我们这次可以搞得更有趣。"

索菲等着,咯咯声不断。这感觉就像是回到了小时候发现马尔库斯在后阳台上睡午觉一样。

埃罗伊出来了,手里拿着电脑。

劳伦跟在她的后面:"通常情况下只有阿尔韦恩才会给我找麻烦。"

索菲眨了眨眼睛:“要是我们没有被抓住,那就算不上麻烦了。”让天真的小巫师们干坏事儿可是巫师学校屡试不爽、正儿八经的传统。这让劳伦体验了一点自己没能作为女巫成长的经历。

好吧,也许也不完全是那样。埃罗伊也不是女巫,但是却参与过很多小巫师们的搞怪事件。

“那我们要干什么?”劳伦问道,“我是应该好好捉弄一下他。”

他过去真的很容易就把人给惹毛了。“嗯,上次我们这么干的时候,我们施了一个王子幻影魔法,结果让他捧着一束鲜花。但是我们是不是可以再弄一次?”

劳伦假笑道:“我可以让他觉得他就是王子,那样好不好?我也可以把埃罗伊同你的意念连接起来,这样她就可以接触到你脑海里那些邪恶的想法了。

现在她们终于有些进展了。索菲咧嘴笑道:“我可以给他长个花床出来,那花床就连睡美人见了也会很骄傲的。”

埃罗伊开始讲话,然后又停了下来:“哈,我不知道我可以干什么。你们又不需要我来施咒。”

女巫新手,索菲愉快地想到。她看着埃罗伊手上的电脑:“啊,我觉得我们可以做点什么。”她抓过电脑,很快就登陆到她巫师王国里的服装收藏,“给,王子的装备。你可不可以把那个弄出来给我们亲爱的马尔库斯叔叔穿上?如果你能把它同劳伦的意念魔法结合起来,还有我的装备。他看上去一定会像皇家女人的高贵。”

索菲知道这很挑战。只有吉尼亚才尝试过把两种咒语一下子结合在一起,而且其中一个还是看得见的魔法。

埃罗伊看着屏幕想了想:“你那里面有王子么?”

该死。索菲肃穆地看了她一眼:“大姐,那魔法可有点麻烦。你真的想弄得那么花哨?”

埃罗伊眼睛眨了眨,但是在幽默的背后她却是无比坚定的。

“只有一种办法能确定。”一阵快速的复制粘贴后,索菲有了全套的王子设备同一个英俊的王子头像。所有一切都准备就绪,就等着被带到现实中来。从劳伦专注的表情可以看出,她已经做好了充足的准备,她准备好了所需的意念魔法来使马尔库斯相信她真的就是睡美人。

面对着埃罗伊，索菲召唤了土系魔法，然后激活了咒语编码，点了点头。准备好了。今天她要同“姐妹”一同用魔法。

埃罗伊深吸了一口气，把手放在鼠标上，正努力聚精会神。索菲除了开花的魔法其他的什么都看不到。

劳伦，不好意思。那有点儿麻烦，让我也把你弄进来吧。

这样，索菲也可以看出埃罗伊所面临的调整。三个不断旋转的能量流。

意念魔法看上去很复杂。她到底要怎样才能把这些全都融合到一块儿呢？真后悔。这本来只是一个玩笑，没想到对一个新女巫来说是这么巨大的挑战。

有点儿信心啊，我觉得她可以。毕竟我们都曾是新手。

当能量开始闪耀火光，咒语开始移动的时候，索菲把怀疑统统抛到一边。埃罗伊以超乎寻常的速度把咒语编码同土系魔法结合在了一起，但是把意念魔法加进去看上去像是最不可能解答的谜题之一。也许有的魔法本来就不可能相容。

突然，埃罗伊把一个简单点儿的咒语雏形抛在一边，把意念魔法的雏形推到了中心。索菲没弄懂是怎么回事，但是劳伦的脑海中觉得非常的不可思议。

看看，她太棒了。

当索菲惊奇地盯着的时候，埃罗伊通过网络能量创造了一个影子形状，然后覆盖到劳伦的咒语上。两者闪烁着光芒，向外延伸，然后融合到了一起，接着当她开始操纵两股能量流的走向的时候又冒出火光。

当埃罗伊把两个很明显用来连接其他咒语的点连接起来建立起最后形状的时候，索菲由吃惊变得十分敬畏：很有创意，很精确同时又具有不可思议的美感，一个艺术家的魔法。

拿稳了，劳伦小心地说道，她快要释放了。火光跳起舞来，然后明亮的能量临风招展。

哇，真的只能感叹。

索菲让她的光释放，当她睁开眼睛看着她儿时的朋友，她刚刚会魔

法的“姐妹”，她们彼此感受到的敬畏被马尔库斯的怒吼打断了。

“肖恩·詹姆斯·欧·莱利，这究竟是什么鬼魔法？”马尔库斯一下子从吊床上跳起来，一把将王子推开了。索菲捂着她的肋骨，试图静静地笑。很明显刚刚被那温柔的一吻吻醒的马尔库斯并不怎么感激。那也难怪。

肖恩从草坪跑过来：“哇，马尔库斯叔叔，你弄的么？”他停了下来，用手捂住嘴，“算我没问吧，那真是个很傻的问题。”

马尔库斯看着自己身上的王子装：“的确是。但是我错怪你看来也很傻。你要有训练圈才能把我弄成这个样子，但是很明显你没有。”

“是啊，我没有。真的不是我。”肖恩开心地摇了摇头，四处找罪魁祸首。

当他注意到阳台上坐着的三个，他的眼睛瞪得老大。啊哈，索菲想道。被抓住了。她没有看她的同伙，尽量看上去很无辜。但是如果你笑得那么大声，那就很难让人相信了。

“埃罗伊·肖，”马尔库斯咆哮道，“赶紧把我变回去。”

埃罗伊看上去十分的痛苦，但是仍然不停地笑着：“我真的不知道该怎么弄。”肖恩假笑道：“通常情况下，解除魔法可比最开始施展魔法要耗费更多的能量。你最好还是记着。”他真是个模仿高手。索菲感觉仿佛是莫伊拉姨母在讲话。

埃罗伊脸红了：“你说得很对。”然后她看着马尔库斯又忍不住笑起来。“但是值得这么做。”

啊，天呐。索菲想道，看到肖恩脸上的笑容。这可怎么让小巫师好好地学习纪律呢。

埃罗伊想，世上可没几件事儿能比得上在床上吃巧克力了。嗯，也许有一件。她把草莓往巧克力里蘸了一下，喂给艾伦，然后靠回去继续享受夏日凉风轻抚着她的肌肤，还有远处传来的海浪声。他们睡觉的阳台是她最中意的地方之一。

他把她搂得更近了一点儿：“我们是不是终于可以不用……”

她脸红了：“我想是的。对不起啊，通常我也不是这么难伺候的。”很明显有关魔法的一些负面影响的谣言真的太正确了。

他笑起来:“男人守则,第一页。你从来不用为那种事情感到抱歉。你还是留着向马尔库斯道个歉吧,我觉得你可能用得着。”

她可没忘记她的第一次大的魔法行动居然更适合小巫师们用来搞恶作剧。她可不在乎。那感觉真的,真的……棒极了!

“我怎么也想象不到你会开始折磨小孩子。”艾伦冷冷地说道,“但是理智可能会那么想,如果你把她打扮得像公主一样。”

“要说公平,我本来应该整一下肖恩的,谁让他当时把我变成海盗来着。”

艾伦轻轻抚摸着她的头发:“我都没看到。也许我可以收买他让他再弄一次。”

她用肘碰了碰他,大部分是玩笑性质:“可不能再鼓励他了。经过今天这事儿,小巫师们可又得胡闹了。”

“是啊。我已经摆好野餐桌了,明天我们可以在外面吃。”

“你是不是打算让他们离旅馆远点儿。”她的老公可是个聪明人。小巫师们的恶作剧有时候真的很难收拾。

“对了。我希望有人会来参加集会,所以要是野餐的话,这样也更方便招呼他们。”

“你知道你可不负责让每一个人都吃到东西,对不对?”

“我很乐意这么做,你也知道。”他咧嘴笑起来,喂给她一颗草莓。娇嫩欲滴的草莓蘸着巧克力。“另外,楼下的冰箱里有足够的食物,整天都有人来来往往,丽姿的父母准备明天晚上到海滩上烤龙虾。那可不由我负责,有好多人愿意帮忙呢。”

“好。”埃罗伊打着哈欠。当她由魔法引起的亢奋慢慢消失的时候,她逐渐地陷入了疲惫。

艾伦吻了吻她的头:“真是够累的今天,你应该睡一会儿。这周末可有得忙了。”

可不是开玩笑的。人们排起长龙,吃不完的食物,还有分享着魔法的乐趣。那种忙碌可是她最爱的。

她的老公将一只手放在她的肚子上:“如果我们用那样的精力要一个宝宝的话,我敢打赌她会是一个很活泼好动的小姑娘。”

一个宝宝。在他们经历了魔法恶作剧之后，她忘了告诉艾伦一件很重要的事情："我们可不是唯一的。我觉得索菲同麦克也很严肃地在交往。他送了她一朵水仙花。"

艾伦拽了拽她的头发："请解释一下呗。《男人守则》、《男人指导》里可没有那一条。"

她咯咯地笑起来："看上去我们也许不是今晚唯一想要孩子的了。"

她听到从他胸膛传来的笑声。"莫伊拉一定会很开心。"

她慢慢地进入梦乡，埃罗伊在心里想到自己一定要问问索菲关于魔法同宝宝的事情。她不能问祖母，因为那样会没完没了的。

CHAPTER 14
第十四章

埃罗伊环顾了四周。为确保她是一个负责任的成人角色，她已经召集召开了后勤会议。艾伦已经在负责准备整个周末的食物，也负责招呼宾客。但是针对魔法部分，他们需要一个更加周密的计划。

莫伊拉啜了一口她的早茶："我觉得我们需要三个训练圈。"

三个？埃罗伊皱起眉头。一天之内弄三个是不是太多了："为什么这么多？"

"嗯，我们内圈有很多新巫师，而且还需要再帮助解决藻类繁殖过剩问题。"

埃罗伊点了点头。藻类过度繁殖扰乱了龙虾生活的海床，那可是这个村庄主要的生计。因此经常有人请他们去给海洋的自然净化系统做一些魔法调整。这也是费舍尔湾欢迎巫师们的原因之一。

"最好的时机就是早上了。我们可以让一些小巫师参加，但是我们需要一个有经验的施咒者那可不好找。"

索菲又将茶杯斟满了："麦克可以，如果你愿意的话。他的施咒很可靠。"

内尔哼了哼："他可不是一般的可靠。"

"我也觉得他可以做得很好。"莫伊拉说，"我们今天先让他同当地的引导人试试吧，看看谁才是最合适的人选。应对海藻过度繁殖这种

问题涉及到很多的水同空气魔法，所以我们需要保证那些训练圈的三人组足够强大。”

埃罗伊想了一会儿：“丽姿准备好了，她将为我们整个训练圈带来新的水系魔法。”

看到莫伊拉点头，她很开心：“是啊，她是一个很强大的水系女巫，这样的事儿不算太大。夏季可是她进行完整训练圈训练的最佳时机。”

“如果你需要找空气魔法的话，”内尔说道，“我有个小不点儿可以推荐。”

“阿尔韦恩可是能量场，他同马尔库斯叔叔一起合作得很好，所以那是个不错的选择。”

“所以，”莫伊拉开始掰指头，“马尔库斯负责空气魔法，索菲负责土系魔法。内尔，你就负责火系魔法吧？”

内尔点点头：“那谁又是水系魔法三人组的负责人呢？”

莫伊拉叹息道：“我负责吧，但是丽姿的能量还不错，应该不是件难事儿。”

“要是你愿意，也可以让阿尔韦恩负责。”内尔伸手拿了一块烤饼，“杰米有训练过他。他有水系魔法，但是我觉得你不应该把他同丽姿放在同一个组里。”

埃罗伊摇了摇头，想起昨天他们发生的口角：“不，那样的话肖恩就同马尔库斯叔叔在空气魔法组了，他俩可不怎么搭，尤其是今天早上发生的那件事情。”

“是啊，”莫伊拉说道，“小肖恩的第一次完整魔法圈还是先看看比较好，最好别参加吧。我们想让他多留心麦克的施咒。”

“所以那就是我们所有的三人组负责人了，”索菲说道，“我们也可以把吉尼亚加入进土系魔法，内尔，她以前有没有试过完整的魔法圈？”

“没有。但是她准备好了，她喜欢同你一起合作。”

一切都进展得很好。埃罗伊喜欢这样为集会做好准备，为有效的巫师做好幕后准备工作：“内尔，凯文也可以加入你的火系魔法组。他同肖恩已经做过几个完整的魔法圈，表现也很稳定。”

莫伊拉微笑道：“这么多小家伙加入进来。多么美好的一件事啊！”

索菲点点头:“让劳伦负责监控吧,我觉得我们都做好准备了。”

“艾伦已经准备好了一大桌早餐,所以我先告诉他给我们点儿时间为第一个训练圈做准备。祖母,另外两个训练圈你有什么想法。”

“一个是凯文同肖恩一起,凯文负责连接,肖恩负责施咒。内尔,你如果愿意做肖恩的后盾的话,我们可以让劳伦帮助凯文。”

埃罗伊点了点头。让有经验的巫师加入进来是很明智的,尤其是当事情变得有些棘手的时候。“我们应该可以让绝大多数巫师今天早上就明确他们的角色。肖恩的状态在晚上是最佳的,所以也许他的训练圈应该放在最后。”

“我们得保证有的小巫师可以睡个午觉。”内尔说道,“不然的话我的那两个小家伙可不耐烦了。埃罗伊你的训练圈就今天下午进行吧。”

她的大脑一下子停住了:“我也要加入训练圈?”

莫伊拉笑道:“你当然要。”

那到底要怎么弄?网线可牵不到沙滩那么远。

祖母一定是看了她的脸色:“姑娘,我有个想法。但是我需要先知道劳伦的想法。有谁知道她起来了没有?”

劳伦踉踉跄跄地走进厨房:“还没有。来杯咖啡吧,拜托了。”

埃罗伊站起来取出一个茶杯,她的大脑开始旋转。忘了海滩上网线的问题。训练圈可是巫师传统的核心,每一个训练圈都是以召唤四种基本元素开始的,网络能量又不是其中之一。祖母到底是怎么想的?

好奇的不止她一个。“为什么你不告诉我们呢。”内尔说道,“我们总可以等劳伦完全睡醒过来再试一次。”

“嗯,通常情况下我不会这么急急忙忙地让新女巫加入训练圈的,但是既然有那么多网络能量巫师在场,何不试试呢。我们正在开辟一个全新的领域,人多能量大,工作也会更容易一些。”

祖母准备打破巫术传统的核心?埃罗伊皱起眉头,觉得很不安。

劳伦同情地笑起来:“是不是有点儿怪,是不是?”

埃罗伊将手搭在她的电脑鼠标上。不是因为劳伦是没有礼貌的不速之客,但是天呐,她可真的很讨厌有人对她脑袋里的想法妄加评论。

她意识到内尔同祖母正在谈话,她错过了大部分她们的谈话。

不管想法是什么，索菲好像也同意了。

“我的大脑现在在快进，”劳伦说道，“有谁可以给我个简短的版本？”

莫伊拉放好她的茶，埃罗伊藏住她的笑容，对于总结这种事情，祖母可不在行，那有违她的爱尔兰直觉。“嗯，就像我们在每个三人组都加入意念女巫一样，劳伦，我们也要在埃罗伊的训练圈三人组里四基本元素中加入网络能量巫师。”

劳伦点点头：“那样他们就可以把基本能量同网络能量连接起来了，对不对？有道理，而且以前的那种方法对我来说很奏效。”

埃罗伊记得劳伦的第一次完整训练圈真的很有突破。那样应该让她值得欣慰才是，但是她并没有感到欣慰。加利福尼亚巫师更……更有冒险精神。祖母总是让新斯科舍的巫师们很传统。埃罗伊很喜欢这种传统并打算将传统延续下去。

她不明白为什么祖母坐在那儿点头微笑，因为连训练圈的最基本的东西都没有定下来。

“所以网络能量巫师们，我们可以让吉尼亚负责土系魔法，莫伊拉负责水系魔法，凯文负责火系魔法，然后阿尔韦恩负责空气魔法？”索菲突然停住了，“等等，我们需要凯文连接。我还错过了什么？”

“嗯，”内尔说道，“我们希望他可以把那些已经尝试施咒编码的多种网络能量的包含进去。所以，你、马尔库斯、我也会加入。”

索菲点点头：“有道理。那我们得需要很多的电脑啊。”

“马尔库斯同吉尼亚负责。”内尔笑道，“这儿可没有很多很现代的笔记本，所以你的同麦克的都得借来用用。”

“不。”埃罗伊站在那儿，坚定地说。是时候停止这场疯狂了。

莫伊拉看上去很困惑：“我亲爱的，到底怎么了？”

埃罗伊拼命想要说些什么：“训练圈是很传统的，那是我们存在的核心。这样做不对。我要做什么，坐在三人组中间，当我们召唤土地或者水系魔法的时候挥动鼠标么？”

她激情四溢：“我不否认我的这种新魔法，我们也可以找出使用它的方法。但是绝不是用于训练圈的。”她向祖母乞求道。当然，所有人中也许只有祖母能理解。“我们的传统很重要，我们同逝去的巫师们的联系。我可不想打破那样的传承，我不想仅仅因为你爱我，你想要我成为一员就那么做。”

她看着祖母眼中怒火中烧。“埃罗伊·肖，你听着，你听好了。你一直是属于我的，也属于这个巫师社区，从你一出生就是如此。我不想你因为你的怀疑就抛弃那一点。”

“这儿没有人比我更重视巫师的传统，也没有人比我更加为过去感到高兴。但是恐惧不能成为拒绝改变的理由！”

祖母的语气变得和缓了些，她伸手握住埃罗伊的手：“你的魔法是连接。你能想象出一个更适合完整训练圈的能力么？你天生就是做这个的。我们只是要弄清楚怎么样才能让它发挥作用。”

爱尔兰脾气完全爆发了，她的微笑是最温柔的：“我亲爱的姑娘，加入社区是最古老的巫师传统之一。你有这样的权利，可别白白浪费了。”

埃罗伊看着巫师们聚集在星空下，重复着世纪的语言。一个刚刚出生十分钟的魔法怎么能够成为其中一部分呢？她所知道的一切，所坚信的一切，都大声叫喊着：“不。”但是祖母还是相信了。

当索菲碰到她另外一只手的时候，她跳起来：“从你最渴望的东西身边走掉，躲进安乐窝再容易不过了。”她咽了咽口水，“我应该知道。”

埃罗伊摇摇头，但是还是不理解，可她感受到了“姐妹”的痛苦。

索菲的笑有一丝苦涩：“你祖母可没有养过怕事的女巫。”

她试图想说些什么，什么都可以，但她被老朋友的话触动了：“那么我应该在哪个三人组呢？”

祖母微笑着说道：“你负责施咒，我的孩子。要不还能是什么呢？”

她的大脑很明显又停止了——施咒？负责引领整个训练圈？所有人肯定都疯了。她做女巫才做了一周。

她觉得后背发凉。

“不要那么害怕。你在马尔库斯身上搞的恶作剧充分说明你已经准备好了。”祖母上扬的嘴角宽得跟芬迪湾一样，多么灿烂的微笑啊，“事实上，是他的主意。”

埃罗伊靠着门边，看着起居室的电脑同电脑线杂乱无章地堆在那里：“吉尼亚，如果你想吃东西的话，厨房里有零食。”

不管是出于饥饿还是礼貌，吉尼亚走出了房间，埃罗伊很感激能够这样自己待一会儿。让她的小脾气慢慢地发作，她盯着马尔库斯，他刚刚才注意到她的存在：“你选的这种报复形式可真有意思。”

“什么报复形式？”他继续在电脑上修修补补。

“让我作为施咒者负责整个训练圈。”

“对大部分人来说可是觉得荣幸之至。”

“也许对其他人来说是这样。”

他耸耸肩：“那就不要做了吧。”

埃罗伊哼了哼：“不太可能了。你都已经成功说服祖母那是一个好主意了。”

“她可没那么坚信，不过你要怪就怪我吧。”

埃罗伊停了下来，然后问是不是她真的应该找出真相：“你是不是等着看我失败？”

马尔库斯最终抬起头：“当然不是。我希望你能够将新斯科舍的优良传统保持下去，并且圆满地完成你的训练圈。”他斜眼看着她：“等等，你不会是认真的吧。”她沉默地点点头。

他在那儿坐了一会儿：“侄女，你那天搞的恶作剧可花了五个巫师两个小时的时间才解除。那可是不可思议的魔法。你拥有非同寻常的能量，那种能量可不能白白浪费了。”

他转头对着他的电脑：“不过，如果你告诉任何人我说过这样的话，我会重新考虑该计划，要不把你变成青蛙。”

她很确定他不会那么做。话又说回来，他同那个四岁大的阿尔韦恩关系可不错，那小家伙可真能把自己变成青蛙。

然而，他们交谈了两分钟她的脾气也没有爆发，尽管她很想那么干，但她很想让他帮个忙，帮个大忙，现在时机应该刚刚好。

“你可不可以教我?”她唐突地问道。

马尔库斯回过头来,脸上露出痛苦的表情:“到底教你什么?”

天呐!她觉得自己肯定会后悔说这样的话:“施咒编码。”

他看上去似乎比先前更痛苦了,如果那可能的话:“我还以为吉尼亚一直在给你同凯文上那样的课呢。”

“她有。凯文学得可快了。”

马尔库斯耸耸肩:“年轻人对电子产品本来就更熟悉一些,就像天生的一样。对我们来说,那就是第二语言,总要慢一点儿。”

“我真的不想一直这么慢下去。”

“那我可帮不上忙。你得有个好使的大脑,还有,如果你不那么恨你的电脑的话或许还能快点儿。”

“我不恨它。”埃罗伊停下来。最近,她还真的很恨。“好吧,我也不是完全那么恨它。我只是希望我要是有一半熟练,我也许就不那么恨它了。”既然看起来她似乎要永远做这个电脑的附属物了,她只是希望能够与它和平相处。

马尔库斯扬起一只眉毛:“我可不允许我的学生只有50%的熟练程度。”

她肯定会后悔这么做的。但是很明显如果她连试都不试着掌握她这方面的能量的话,那群还不到十岁的家伙们肯定会让她很难应对。电脑白痴、机械白痴。该死,她自己早意识到自己骨子里是一个争强好胜的女巫:“那你教不教我?”

马尔库斯笑起来,很不寻常但是又有点吓人:“我会教你。但是我只希望你能将这件事完全保密。”

埃罗伊皱起眉头,那真是奇怪的要求,但是考虑到来源,原本可以更糟的,她点头同意。

“太好了。”马尔库斯搓了搓手,“武士女孩肯定不知道她将面临怎样的挑战。”

天呐,谁是武士女孩?她刚刚答应了什么?

费舍湾烤龙虾可是一件大事，加上整个新斯科舍巫师社区，整个沙滩上有超过三百人。

沙滩上有三处篝火，一大锅烤豆子，一个用来煮龙虾的锅，所有当地微不足道的小天赋，还有一群孩子同浪花玩耍。目前看来，大海正处于上风。

内尔深吸了一口混合着烟同盐的空气，坐在莫伊拉旁边的椅子上。莫伊拉看上去很满足。“你很享受，是不是？”

“那还用说。这可让我想起了在家的大部分时光。爱尔兰那边聚会没有海滩也没有龙虾，但是感觉是一样的。”她眨了眨眼，“但是这儿孩子不够多。如果这群人都是爱尔兰人的话，那每个人的手臂里应该都抱着一个。”

内尔笑道：“现在谁又在嚷嚷着要抱孙子了？”

“可不是什么吵着要抱孙子，只是鼓励。我觉得埃罗伊现在应该快了，即便最近让她分心的事儿可不少。”

“就快有宝宝了，不管你是不是分心了。我都应该知道。”

“是啊。”莫伊拉把一条毯子搭在她肩上，“我们都知道有时候魔法可以打开一个女人与世界不止一种的联系。”是啊，她的三胞胎就是在完成了一个完整魔法训练圈后怀上的。丹尼尔现在都还在拿那件事逗她呢。阿尔韦恩，说来也奇怪，他可不是因为什么魔法训练圈后怀上的，而是一个很特别的周五晚上的约会。

她们静静地坐了一会儿，海浪拍打沙滩的声音为整晚的聚会奠定了基调。

丽姿的父母今晚负责烤龙虾，同时愿意帮忙的人还有很多。他们打开了一个浅浅的、下面用石子垒起来的坑备用，然后点亮篝火。熊熊地篝火蔓延至整个海岸线。多亏几个有火系魔法的巫师帮忙，这火越燃越旺。

内尔朝着火的方向看了看：“那些垃圾桶是干什么的？”那儿大概有

20个铝制桶排在火堆后面。

“那是吃的。待会儿会有玉米浸泡在盐水里。剩下的就是蚌壳同龙虾。”

丽姿的妈妈,之前还在拨弄火堆中的煤,现在正与她的女儿和阿尔韦恩深入交谈。内尔看到两个小巫师手牵着手,站在一堆巨大的海草面前。阿尔韦恩的手指微微扭动着,不管他们要做什么,这显然是一个相当棘手的咒语。

慢慢的,海藻堆悬浮起来,然后飘向坑里。内尔看了看四周,在这么多不会魔法的人面前用魔法还是显得有点惊讶。

“放心,亲爱的。”莫伊拉拍拍她的手,“在这里的人都习惯魔法了。他们会感谢这些小家伙为他们节省铲除一切海藻的麻烦,我们将会更快地吃到食物。”

一旦紫菜呈层状沉入坑的底部,帮忙的人们打开了“垃圾桶”,并迅速添上蚌壳和玉米棒。盖子叮当作响,蒸汽也发出嘶嘶声,烹调海藻的碘盐吸引了经过内尔椅子的一大群人。她也赞赏地嗅了嗅。

莫伊拉笑道:“要是阿尔韦恩不小心,龙虾可就要夹他鼻子了。”

她的儿子正好奇地趴在龙虾桶上面。“他们怎么让龙虾着火呢?”内尔想肯定不会是把手伸进龙虾桶里。

“嗯,有简单的办法,也有复杂的办法。”莫伊拉咯咯笑道,“看起来他们得先让小巫师们试试复杂的办法了。”

现在,吉尼亚、肖恩、凯文也都到了。内尔确定他们让吉尼亚先试试可不是出于礼貌。吉尼亚可不傻,指着阿尔韦恩。阿尔韦恩毕竟只有四岁,笑起来,准备好用魔法。

龙虾从铝桶里浮了起来,朝着锅飞去。不幸的是,锅所在的位置恰好又在自己站的方向,龙虾恰好打在他的脸上。真的很难辨认到底谁更吃惊:是差点儿没了鼻子的阿尔韦恩,还是被魔法飞起离地20英尺的龙虾。

剩下的小巫师们都停止了咯咯的笑,开始让龙虾一只一只飞起来。阿尔韦恩尽量不靠近他们的爪子。

内尔转向莫伊拉:“所以什么是容易的办法,可以让龙虾瞬移到火

上去呢?”莫伊拉轻声笑道:“干草叉。看,搞定。”

由于被滑稽的龙虾坑分心,内尔意识到自己忽略了海滩上的其他活动。她指着一个大大的舞台:“那是什么?”

“啊,等东西熟得花上一个小时呢。我们边跳舞边等着。”

上百人挤到那么小的舞台上?

莫伊拉从椅子里站起来:“那是为像我这样的老人准备的。年轻人就在沙滩上跳了。来吧,我们也坐得够久了。”

在加利福尼亚,跳舞通常是一大帮人挤在一个很狭小的空间里,扭动身体。内尔很快发现在新斯科舍海滩上完全不是那么回事。

她看着,当莫伊拉把搭在肩上的毯子扔在一旁爬上舞台的时候,内尔吃惊得下巴差点儿掉到地上。莫伊拉开始跳起某种快步爱尔兰舞。

她自己一个人跳了一会儿,她成了这个小世界女家长和大明星。然后她示意其他人加入她,加入这个临时搭建的舞台。她握着埃罗伊的手,用古老的爱尔兰人的方式庆祝了生命的可贵。

内圈的这些舞者、外圈的巫师同当地人随着音乐拍着手。那是独一无二的“魔法”。

他们结束后,有人搀扶着莫伊拉,她像是一位尊贵的王后等待自己的座驾一样。埃罗伊抓着吉尼亚的手,开始教她一些简单的舞步。

内尔走过去,又在莫伊拉身边坐了下来。莫伊拉只是笑道:“你还没到七老八十呢。快去跳舞吧。大家肯定都挺愿意教你的。”

索菲转过身来,抓起她的手:“我们会让你跳一整晚的。”

内尔在接下来的几个小时里学会了两件事。一、新斯科舍的人都会铁人三项。二、没有比月光下烤龙虾更美味的东西了。当然,要许多人在一起。

CHAPTER 15
第十五章

一群睡眼惺忪的巫师们聚集在一起，这时第二天早晨的太阳才刚刚升起。大海吹来水雾，一些人仍旧打着哈欠，但是不是所有人。埃罗伊递给他们咖啡，祝他们好运。小巫师们，很多只是在沙滩上睡了短短的几个小时，状态看上去却相对良好。不错，对很多人来说，这将是他们第一次参与完整训练圈。

麦克同早期观察到海藻位置的渔夫们挤在一起，他们的目的是为了让海洋的自然循环系统重新保持自主循环功能。要实现这个很简单，就是弄明白海藻可以过度繁殖到底出现在什么地方。

每一组有经验的巫师都把自己的组员聚集在一起。莫伊拉将丽姿抱入她长长的羊毛斗篷下；水女巫很容易就受凉，这与他们同冰冷海水的天然联系有关。他们同高文很融洽地交流着，他是水系魔法组里的第三位成员。

阿尔韦恩不知道怎么又把马尔库斯逗笑了，这本身也算是一种魔法吧。空气同水是今早最困难的工作之一，所以埃罗伊看到这样和谐的开端甚是欣慰。那可是马尔库斯啊，那个难缠的家伙可不是能想当然地对待的。

麦克示意他已经准备好开始了，训练圈开始聚集在一起。在今早外圈负责光的部分的好多巫师由于昨晚玩得太尽兴都还没睡醒呢。

内尔、索菲、莫伊拉、马尔库斯依次站立着,后面紧跟着自己的组员。小家伙儿们都很兴奋,但是让埃罗伊注意到的却是吉尼亚的脸,她是如此的自豪,站在土系魔法的一组,风吹着她的头发。这可是她的第一次完整的训练圈,她深深地沉浸在这个紧张而重要的时刻。终有一天她也会成为很了不起的女性。

“她当然会。”劳伦站在埃罗伊旁边,“她已经是很了不起的女巫了。我已经帮她训练了好长一段时间,她对自己的天赋很有信心。”

埃罗伊开心地说道:“要是导师很好的话,训练生自然就有信心了。”

“也许吧。内尔也不会养出胆小怕事的女巫的,但是吉尼亚身上有很特别的地方。有很多女巫都很反感她们的魔法,或者跟她们的魔法有些不适应的地方。但是她跟她的魔法是如此协调。真的很鼓舞人心。”

嗯。这感觉仿佛是有预谋的谈话啊。这谈话似乎话中有话。“我在用魔法的时候你从我脑海里感知到了什么?”

劳伦脸红起来:“还不够委婉么?不好意思。通常我才不管别人的闲事。”

埃罗伊哼了哼:“这儿的人才不管那么多。快告诉我你看到了什么吧。”

“你有一部分很排斥你所做的。不是能量本身,而是整个过程。我也说不好,但是那真的有碍你的魔法。”

“你说得很好。”她看着完整魔法圈说道,“我想拥有他们所拥有的,一个植根传统的魔法,一个代代相传的魔法。吉尼亚有做先锋的信念,可我没有。我感觉自己是被拴在了一辆被遮掩的马车后面,不管我愿不愿意都朝着某个方向前进着。”

啊,那样的想法是哪里来的?她叹了口气,不停地蹭脚下的鹅卵石。

劳伦安慰地拍了拍她的手:“如果我能够为你做些什么,请让我知道。”

她需要好好想想。她也许不具备先锋精神,但是她在履行魔法义务方面可绝不含糊。劳伦是这两天第二个指出她的抵抗心影响她的魔法的人了。

她看着聚集的魔法圈，叹了口气，仍然期待拥有她不能拥有的。必须得有所改变了，也许今天就是个可以尝试的好日子。

当祖母小声地召唤水时，肖恩站在埃罗伊的旁边："想看吗？我可以连接让你看看。"

肖恩本是好心，可是尽管能够看到他们怎么施展魔法的，但是她现在只想扮演她平常的角色，这样能使她觉得安慰："今晚你做训练圈的时候我会连接，到时候就可以看到你怎么施咒了。不过，现在我就通过我的眼睛看吧。"

她看着满眼的巫师，老的少的，正在进行着古老的完整训练圈。祖母穿着斗篷，索菲同吉尼亚穿着长长的绿色天鹅绒裙，凯文穿着牛仔裤和套头衫。阿尔韦恩脸上还粘着巧克力。都是很棒的巫师，所有人。

她又一次很感激祖母的出席。自从埃罗伊记事起，她就记得祖母经常负责水系魔法三人组。有一天她终将退下来，也许小丽姿会接替她，但是现在还不是时候。

内尔也完成了基本元素的召唤，丽姿的眼睛瞪得老大，尤其是当12个巫师组成了一个巨大的圆圈的时候。

埃罗伊看着凯文，默默地为他加油。他们所有人都很吃惊，也很开心，特别是当他同麦克搭档的时候。通常情况下，联系者只会同一个或两个施咒者合作得很融洽。但是他还太小，不适合联系整个训练圈。对那些更有经验的巫师而言，当要同整个训练圈的能量相连的时候，他们也很恐惧。

劳伦觉得他还好。他有点紧张，但是还控制得住。

在外圈有人看着，有人也担忧那些正在进行完整训练圈的人。马尔库斯也是位很有经验的观察者，但是他可不太管这种事情。

麦克将一只手轻轻地搭在凯文的肩上，是时候了。

凯文闭上眼，慢慢伸出手臂，当他把基本元素召唤进训练圈中心的时候，风同水雾一起拍打着他的身体。当埃罗伊的身体飞离地面的时候，她喘着粗气。

这边凯文干得漂亮，那边马尔库斯却还不习惯有阿尔韦恩在他的三人组里。

凯文双臂伸向天空，过了一会儿，麦克也将双臂伸向天空然后又放下来。现在能量在麦克手里，他可以让海藻移得更远。对有经验的施咒者来说对引导人很挑剔，但是施咒工作也比较直接。

埃罗伊静静地耐心地等着，她很为她的两个小巫师感到骄傲。

劳伦：他们都受过良好的训练。丽姿表现很平稳，凯文也干得很漂亮。我想，麦克就快完成了。

完成了？当然没有。过去那个移动海藻的训练圈要花近一个小时的时间。

一会儿，麦克放下双臂，闪着火花的能量逐渐消失。他把凯文高高举起，抱着他转着圈：“我的小朋友，那可真是了不起的引导。我想再跟你做一次，什么时候都可以。”

麦克笑着望着马尔库斯：“你是不是都想把我们吹上天去？”

马尔库斯羞愧地说道：“我很抱歉。我让阿尔韦恩多给了我点儿力量，但是我又控制不住突然增加的能量。”

阿尔韦恩看上去有点失望：“我是不是又过了？我真的很抱歉。劳伦告诉过我要小心的。”

马尔库斯挠了挠他的头：“你干得很对。你应该听从三人组负责人的指挥，你也这么做了。但是我忘了你的能量有多强大，是我的错。”

“都还好。”麦克说道：“凯文控制得也很好，阿尔韦恩同丽姿也很棒，我们以破纪录的速度完成了。”

每个人都抱起小巫师们，训练圈解散。

埃罗伊走过来，丽姿笑着问道：“我表现好么？”

莫伊拉靠过来，吻了吻她的头：“孩子，我好久没有试过拥有那么多魔法了，真的很美。”

丽姿笑起来，朝着她父母的方向跑去。莫伊拉握着埃罗伊的手：“我觉得今晚还是让她做三人组的负责人。她可以同肖恩一块儿，我也会在她身边，如果她需要我的话。”

祖母是想交接了，埃罗伊一想到这里就心痛。同时她意识到祖母脸上闪耀着某种欢喜的光芒:“我为此等了好久。现在我的宝贝,年轻又强大,可以接我的班了。”

埃罗伊紧紧地抱着她。她不确定自己可不可以以这样优雅的方式接受这样的改变,但是她应该试试。为了祖母,她应该试试。

劳伦回到她在旅馆的房间,轻轻地关上门。这地方现在满是巫师同他们的家人,可得好好注意隐私。

她拿起她的电脑,在心中又斗争了一次。她自己也才刚刚成为女巫,需要试着接受这样的改变同随之而来的责任。扫除埃罗伊成为女巫途中的障碍可不一定是最好的帮她的方式。

但是要是不帮忙,也不是要把很容易清除的障碍留下来。至少她希望这个“清除”会很容易。办法只有一个。她给杰米发了条短信。

杰米:你叫我了?

劳伦:嘿,你有空吗?

杰米:我有。肖恩同米娅带纳特去买婴儿用品了,只要你不让我买东西,我听你的。

劳伦:哈哈,你比纳特买的东西都可爱。

杰米:我只买需要的,她可买那些好看的。

劳伦:是啊。苹果音乐播放器对宝宝来说还真是必要啊,是不是?

杰米:音乐对宝宝大脑发育有好处。我从某个地方读到的。另外,我觉得米娅已经改进了那个苹果音乐播放器。她对红色的东西可没有抵抗力。

劳伦:说到苹果产品,想请你帮个忙。目前,埃罗伊的网络能量都没有什么进展,而且还限制了她的自由。

杰米:新斯科舍那地方没什么无线网络么?

劳伦:是啊。但是刚到这里的时候吉尼亚用内尔的苹果手机用了用。我在想我们可不可以也给她弄一个。

杰米:我觉得你说“我们”是指“我和你”。

劳伦:差不多。我回来给你烤饼干。

杰米:听上去不错。我应该可以试试,让它搜索范围更广一点儿。我需要几天时间。

劳伦:明天可以吗?明天是她的生日。

杰米:老板,那光有饼干可就不够了。

劳伦:成交。谢谢。我觉得那些东西让她没了归属感。

杰米:她住错地方了。这儿大部分巫师一辈子都在用电脑。但是,她还不习惯用那种东西。也许iPhone放她口袋里会让她没那么反感。

劳伦:就是。再过几个小时她就要负责训练圈了。前面的草坪看上去就像是游戏玩家大集会。吉尼亚正玩得很开心,但是我觉得埃罗伊可不怎么高兴。

杰米:她可是在莫伊拉的世界里长大的。传统对她而言意义重大。说到完整训练圈,你可是需要更多的iPhone才可以真正让埃罗伊从无线网络的牢笼里解救出来。网络能量巫师们都需要,他们可不单打独斗。

劳伦:天呐,糟了。我想都没有想过。

杰米:我就是来帮忙的啊。我会连夜快递一打过去,这样每个人都可以用了。我还要买个新的冰箱来放你要给我烤的饼干。可不可以弄些纳特不喜欢吃的口味?她现在可什么都吃。

劳伦:我还以为会瞬移术的你什么都能藏得住,更何况是小小的一块饼干?

杰米:是啊。我发誓她能闻到,真的,即使是我把它们藏在阁楼里。

劳伦:还有半年就好了。你会没事儿的。

杰米:也许吧。但是这么听起来我今晚还是得去买点儿东西。

劳伦:离苹果音乐播放器远点儿。你今天的任务是买苹果手机——最好注意力集中。

杰米:你什么时候变得这么专横爱使唤人了?

劳伦:哈哈,我一直都这么专横。只有女巫这块儿是新的,但是那也多亏了你。现在我得下了,有人叫我。杰米,谢谢你。你真是帮了大忙了。这次我欠你的。

埃罗伊坐在客栈后面的草地上,她多希望自己没吃这么多艾伦做的煎饼,还有香肠、浆果和奶油。现在它们都在她肚子里翻江倒海。

索菲也坐到了草地上,在埃罗伊的身边坐下来:“紧张吗?”

紧张这个词用来形容她现在的内心状态似乎不太恰当:“有一点儿。”

“我敢肯定你提醒过许多小巫师们不要紧张,那是完全正常的。这是你的第一个完整的训练圈,而你的施法没有问题的。”

她并不需要索菲的提醒:“大家是不是都能用他们的法术了呢,是不是都掌握好了?”一般的施法是施法者塑造了咒语,而这次不同。埃罗伊需要把合适的法术融合在一起以便达到预期的效果。这意味着她圈子中的每个成员有一个非常具体的工作要做。

索菲点了点头:“麦克正带着小巫师们再过一遍,但是,是的,我觉得大家都明白了接下来要做的事情。而且这个组里还有很多意念巫师,因此我们也可以在必要的时候施一个意念圈进行调整。”

埃罗伊皱起了眉头:“也许我应该先尝试一些简单得多的。”

“绝对不是。”索菲伸出手去,握着她的手,“一个施法者的第一个法术应该是难忘的。你们已经计划好的这个就是一个很美妙的礼物。是一个真正美好的想法,埃罗伊。莫伊拉姨母会很骄傲的。”

“她不知道我们在做什么,对不对?”

索菲摇摇头:“她应该不知道。所有的小巫师们都宣誓保密,要不然的话就要去厨房帮忙。劳伦也会确保莫伊拉姨母在你施法的时候弄不明白是怎么回事。”

“你们已经想出要放在哪里了?”

“是的。我们已经想出把花移到什么地方。把那么大的东西藏在你家后院可不是件容易的事儿,你知道的。”

呵呵,不过很值得那么做。埃罗伊抱住她的膝盖,笑了起来。他们的确用了很多心思想出那么一个特别的法术,以确保她的第一个完整

的训练圈施法能够成功。

她真的为她的想法感到自豪，她考虑到了她圈子的独特优势，并拆分成不同的任务，整齐地分配到每一个三人组。现在她突然唯一怀疑的就是自己。

吉尼亚的声音从她身后传来："网络都已经连接并准备好了。"埃罗伊深吸了一口气，然后她转过身来。她一直试图避免看着笔记本电脑和电缆在他们的草坪蔓延。那些东西完全是在提醒她，她即将要进行的是费舍尔湾历史上的第一个完整的网络能量训练圈，而在这片沙滩上从未发生过。虽然大多数巫师可以从任何地方得到自己的能量，但网络能量需要的无线网气泡连吉尼亚和内尔也不能让它覆盖到海滩。他们已经试过了。

时间差不多到了。

一大群巫师从客栈的后面涌进来。想都不用想也知道是时候了。

小巫师们在吃饱睡足后开始蹦蹦跳跳，看着吉尼亚已经设立好的酷酷的玩具。马尔库斯皱着眉头，试图保护尽可能多的设备，如果其他人也帮忙让那些小家伙们不调皮捣蛋的话，那可容易得多。

莫伊拉走到埃罗伊身边："我真为你感到骄傲，我亲爱的孙女。现在我把这个交给你。"她伸出手，手掌上有一个简单的银戒指，上面有手工蚀刻的凯尔特符号。

埃罗伊很清楚这枚戒指，从记事起她就记得祖母一直戴着它，那是一代一代传下来的，从什么时候开始传下来的现在已经不清楚了。但是那可是祖母最珍贵的财产之一。

另一个接力棒的传递。

当祖母将戒指戴在她手指上时，她的心怦怦直跳。不管她所拥有的魔法是多么特殊，多么现代，她都想成为祖母所赠予的这枚戒指所期待的那种女巫。

莫伊拉冲着埃罗伊点了点头，不管她从她眼中看到了什么。然后她转身面向人群,“训练圈开始。”

埃罗伊看着圈,她的圈子！开始成型了。

吉尼亚、索菲、麦克三人承担最重的任务,他们负责土系魔法的部分。他们的咒语是既复杂又费劲。阿尔韦恩同内尔一起在火系魔法组,他对自己接下来要做的事相当兴奋。

这次负责空气和水系魔法的三人组工作稍微轻松一点儿,这是一件好事。肖恩和马尔库斯在一起搭档总是有点儿紧张。祖母经过今天早上的训练也需要好好休息。

麦克帮助莫伊拉放好了椅子和桌子,以及该组的其余装备。所有的一切安在草地上,他们手中都拿着笔记本电脑和鼠标。天啊。这看上去是像上电脑课而不是什么魔法训练圈。

管他看起来像什么样子,马尔库斯咆哮着,重要的只是你可以用它做什么。

埃罗伊低头看着祖母给自己的戒指。管他传统不传统,这是她的圈子,他们有工作要做。她扬起头,笑着安慰凯文,然后朝着祖母示意:准备好了。

莫伊拉稳定而自信地举起双手,开始召唤各元素。三人组一次跟上,埃罗伊感到能量开始旋转上升。她朝着凯文点点头,觉得他的意念连接恰到好处。

就是这个时候她真正意识到了同朋友的恶作剧与一个完整的训练圈之间的差异。这感觉就像处在飓风眼里,他们还什么都没有做呢。

她觉得魔法在她身体里翻腾,现在可没有时间来担惊受怕,这是她与生俱来的,她打算好好利用它。

她左边正在起作用的是土系魔法。她惊叹于三个巫师意念中塑造出来的复杂而耐心的咒语,咒语看起来像是一个推土机。他们的咒语雏形里也渗出他们的信心和能量。

她右边正在起作用的白热的雏形,单一而简单。她确信阿尔韦恩可以把工作做好,内尔说了三人的其余工作也只是稳住。她很高兴是由有空气和水魔法的三人组来保留。他们的工作是确保每个人都安全。你把火巫师放出来的时候就不得不安排些灭火的人在旁边。

凯文碰一碰她的脑海，土系魔法终于完成了他们的咒语。埃罗伊最后一次研究了形状，她马上就要开始工作了。凯文稳稳地支持着，牢牢稳住能量线，她非常仔细地伸出手碰到了土系魔法三人组所完成的咒语。

当卷须伸到咒语雏形的外围的时候，埃罗伊震惊地跳起来。然后又平静地用手指轻松地把它们联系在了一起。啊，吉尼亚的网络能量，他们觉得把吉尼亚放在土系魔法三人组中会让事情变得更容易呢。这的确容易得多。

接着她接触到马尔库斯同祖母的魔法，里面三人组的法术已经准备好了。不，等等。那些需要在训练圈的外侧，凯文为她提供了非常清晰的可视化图像，她把这两个法术移往后面，然后准备接收火系魔法三人组的咒语雏形。

这不是炸弹，她不断提醒自己，直到你告诉它熄灭它才会熄灭。不过，她还是无比温柔地把它推向土系魔法咒语雏形。当两个魔法咒语雏形融合的时候，能量摇摇晃晃，清晰明亮。

这次又是阿尔韦恩，凯文发送到。显然凯文现在已经是应付那些拥有超能力的小巫师的老手了。

把融合法术包裹在外围是很快速和容易的。埃罗伊停顿了几秒钟，欣赏着。这一刻将永远不会再来了。

三人组的咒语雏形中都包含了一个触发器，埃罗伊开始让它们释放。对于这一点，至少她坚持要用传统的方法，她的第一个押韵的咒语。

以吾之名
召唤诸神
水火风气
融合成型
诸神之力
降临吾身
魔法引领
四三方阵
如吾所愿

当她说完，她松开网络能量，并推了它一下。这也可能会带走她所拥有的一切。

她不再是处于飓风眼，她现在

是飓风。能量绕着训练圈，穿过身处训练圈中心的她和凯文。而后在四周爆炸，并形成了一个巨大的包含着所有咒语的雏形——十四位巫师保持了稳定，并从他们的心中创造了一个礼物。

咒语变暗，埃罗伊觉得自己在摇晃。马尔库斯叔叔粗哑的声音又在她耳边响起："下一次，保留点儿体力，这样你可以站着。"要不是马尔库斯握着她的手从来没有如此温柔的话，他的那句话很可能就把她激怒了。慢慢地，她睁开眼睛，看着阿尔韦恩。他们做到了？

他的眼睛闭上一会儿，同劳伦进行着意念对话，就在已经形成咒语的地方，当他高兴地悬浮起来的时候。这是埃罗伊期盼的一切。

其他十三位巫师看起来非常高兴，莫伊拉完全被迷惑住了："你们做了什么，我可爱的姑娘？"

埃罗伊笑了起来："这是一个大大的惊喜。最棒的惊喜。但是，我们要晚上才能告诉你。

CHAPTER 16 第十六章

“哇，这是我经历过的最奇怪的热浴缸体验。”

“呃，”内尔说道，“等会儿索菲把三明治同柠檬水倒进空空的石纹桶里就更棒了。你只需要有一点点想象力。”

内尔继续笑着说：“得多积极才能把你变成一个热气腾腾的家伙啊。”她碰一碰埃罗伊，“你晚上可以同艾伦偷偷溜来这里。”

“他也是那么说的。我希望祖母会喜欢。”埃罗伊皱着眉头，四处看了看。“你觉得这有用么？我可不想给肖恩过多的压力。”

那是肖恩的事情，今天的最后一个训练圈，把这空空的水池变成一个美丽而神奇的充满温泉的自然泳池。

内尔笑了起来：“放心，姑娘。你同你的圈子今天下午已经完成了最繁重的任务了。”

索菲点头表示同意：“对啊。莫伊拉姨母同丽姿都去睡午觉了，阿尔韦恩在后面的阳台上睡着了，吉尼亚也在吊床上酣睡着。”

内尔拍拍她身边的岩石：“我的火系魔法捣蛋鬼把这些石头都熔到一块儿了，但是是负责土系魔法的三人组把那沉重的东西运过来的。索菲，你怎么没有睡午觉？”

索菲靠在椅背上，看着太阳温暖下的光滑，并咧嘴笑道。

“很明显，从地球表层拉些石头过来对某些人来讲就像催情药一样。”啊，真是。他们已经消耗掉了绝大部分能量，但是麦克还是靠他剩下来的能量再来了一回合。

“该死，”内尔说，“下一次我也选择在土系魔法三人组。”

埃罗伊咯咯地笑：“那你还是把丹尼尔带来吧。”

索菲挑了挑眉毛，很高兴看到埃罗伊能够轻松面对这么幸福简单的时刻。“你怎么样，施咒女士？我敢打赌艾伦现在也应该是非常开心才对。”

“他本来是挺高兴的，直到他发现有几个小巫师想在他厨房里煮药剂。现在我觉得他正忙着弄‘禁止入内’的牌子，还得说服那两个双胞胎帮忙施法弄个什么‘入内不吉利’的东西。”

索菲懒懒地想她是否应该同艾伦一起教麦克做饭。出于某种原因，她炉子上的所有药剂都让麦克有些紧张。傻傻的巫师！她可从来没有搞混过。

内尔看了看埃罗伊：“是啊，她是完了。”

索菲眨了眨眼：“谁？我吗？”当她俩都笑起来的时候，她也悲哀地笑了起来，“好吧，是的。但是事实上我现在想的主要还是药水。”

“是，没错。”内尔哼了一声，“不过说到药水，我的女儿最近训练得怎么样了？”

“她很有耐心同精准度。昨天，我们还完成了一批不错的魔法黄油，让她给纳特带回去。我们还把一个可以帮助宝宝安静睡眠的咒语加了进去。”

“太棒了。当纳特的那个小家伙的胳膊和腿变长，并让她彻夜难眠的时候，纳特肯定很感激的。”

索菲忍不住打了一个哈欠，也许她真的需要睡睡午觉。“阿尔韦恩还是肯定纳特肚子里只有一个么？”

埃罗伊差点儿打翻了她的柠檬汁：“阿尔韦恩可以看到怀着的宝宝？”

内尔点点头：“是啊。他在纳特受孕后几天就看到了她肚子里的小豆豆。这真是一个尴尬的天赋。虽然上个月他才把将这个消息向杂货店里一个完全不认识的人透露。”

索菲看着埃罗伊试图控制住的表情,瞬间明白了。她俯下身子,轻轻地摸着她朋友的手,希望能够安慰她而又不打扰到她:“那些会医术的也可以,但是需要扫描。我们比四岁大的孩子还是多一些自由裁量权。”

埃罗伊一饮而尽,点了点头:“还没有,但是快了。我希望你们先不要告诉祖母。她已经编织了好多婴儿用的毛毯了。”

索菲笑着把手伸向最后一个三明治,她能保守秘密。

她意识到内尔正在用十分审慎的眼神打量着自己:“这就像是你刚刚吃了让你赞不绝口的零食,即便是女巫也是如此。你上次扫描是什么时候?”

索菲快要送到嘴边的三明治停了下来:“不可能。”

内尔笑了起来:“可能。相信我,我可知道怀孕是怎么一回事。”

她的大脑仿佛突然冻结了一下,啊,天呐!接触能量,她需要进行基本的自我扫描,那是每一个有医术的人的第一课。

她发现了生命。

一个小小的生命深深地依偎在安全之中。她仔细地检查了她的血流量同供氧,组织的健康同激素水平,以及身体各区域细胞的健康状况。

当她睁开眼睛的时候,她们的热水浴缸边上镶上了水仙花。内尔同埃罗伊都各自摘了一朵。这是巫师社区欢迎新生命的悠久传统了。

埃罗伊咧嘴一笑,眼里含着泪水说道:“我知道你可以从哪里得到大量的手工编织的婴儿毛毯。”

内尔微笑着紧紧抱住索菲,然后递给她一朵水仙花:“快去告诉麦克吧,不然阿尔韦恩可就会泄密了。”

恶魔的翅膀和蝙蝠粪,这个小女孩儿是不是永远不会停止同他捣乱?马尔库斯怒视着他的笔记本电脑屏幕同他在巫师王国的高山装备。由于他的侍卫们目前都忙着清理粉红色的胸板同兔子拖鞋,很明

显这已经不是什么绝密了。

三个训练圈还不够武士女孩儿忙活的么？他刚刚看到她咯咯地笑，还有花园里的莫伊拉，无忧无虑的样子。也许是在讨论什么爱情药水之类的吧。

他可需要休息一会儿。今天结束后，他要回到自己舒适安静的家。不是什么隐居山，但是毕竟是自己独有的，而且很适合一个人喜欢独居的巫师。

埃罗伊潇洒地走进客厅，刚好遇到她要找的人。“今天下午干得不错，我还以为你要休息娱乐一下呢。我明天就回家了，所以还是让我们看看能否从你那笨重的大脑里看到点儿什么。”

她挑了挑眉毛：“这邀请真好。”

想让马尔库斯很有礼貌，就算等到死也等不到。他是个巫师，可不是什么社交达人。“坐下吧。我们有兔子拖鞋需要处理。”

“我们有什么？”

“邪恶的武士女孩和她的爪牙攻击了我的国王寝宫，我觉得收拾这种烂摊子是对你的施咒编码技巧的一个恰当的挑战。”他是这么希望的。武士女孩的咒语往往相当狡猾。

埃罗伊坐下来，嘴唇抽搐着，她瞥见了他的屏幕：“听起来像是很严肃的事情。”

他们听到一声巨响，都惊讶地抬起头。麦克站在那儿揉着额头，很明显刚刚撞到墙了。

马尔库斯只知道三件事情可以使一个成年男子忘记哪里是墙壁，这三件事情中最有可能的就是喝醉酒了：“门在你左边一英尺的地方。”

当麦克转身面对他们的时候，很明显他不是喝醉了。春光灿烂。这意味着这个男人要么被下咒了，要么就是傻傻地谈恋爱了。马尔库斯快速地伸出一个心理探头，叹了口气。小巫师的恶作剧可能会被逆转。但是麦克那种爱意来袭的感受却是无法逆转的。

又有一个体面的男人沦陷了。

埃罗伊压低呼吸用胳膊肘捅捅他说道：“你可真是个倔老头。”

马尔库斯哼了一声，朝着麦克伸出一只手：“恭喜你，祝你好运。你

需要些好运气。”

麦克咧着嘴笑，就像是一个男人迷了路那般迟钝的样子：“我就快有孩子了。嗯，索菲快有孩子了。我很快就有孩子了。”

任何一个把自己话重复讲上三遍的人肯定是已经不清醒的了。

当埃罗伊跳起来想要抱住即将当父亲的麦克的时候，马尔库斯还是试图保持他的优越感，而选择了忽视正在他心中蔓延的恐惧。大部分小巫师们都会快乐而长久地生活着。大部分。

这就是他不愿意走出自己的洞穴的原因。实在是有太多的东西揪着他的心了。

埃罗伊紧握着艾伦的手，匆匆走下海滩。两人少有的在午后小憩了一会儿，让他们迟到了，肖恩的训练圈已经开始了。

她简直不敢相信他们会真的将祖母后院有个大洞的事实隐瞒到晚上而不让祖母发现。当肖恩完成后，这将是个美丽又温暖的杰作。但现在，它还是花园里需要精心料理的一场可怕的骚乱。

她从来没有见过几十个巫师保密超过了十分钟，更别说一个下午。但是不知怎的，祖母却让他们都表现出了最好的一面，即便是她并不想的时候。

将鞋子甩在沙滩上，他们跑过去。那儿已经聚集了所有人，内外圈已经形成。莫伊拉抬起头，笑了：“人都到齐了。你看起来休息得很好，我亲爱的。让训练圈开始吧。”

埃罗伊靠着外圈的劳伦站着，拿起她的长笛，深吸了一口气。她开始对着月光吹奏起缓慢悠扬的旋律，这是每天晚上训练圈开始之前都要做的。令人难忘而甜蜜的旋律让在场所有人都情绪高涨。

在外圈的其他乐器也加入了这和谐与宁静的音乐中。这是和平与爱的祭礼，属于对魔法，对彼此的邀请。记忆随着笛声进入她的第一个完整的圈中。仿佛是犹犹豫豫的孩子的手指仔细地按照祖母所教授的方法吹奏着，当音符响起和放大时然后又惊奇地暂停下来。

不管她是否是女巫，这里一直是她的地盘。

劳伦握着她的手，这是最纯粹的魔法。你在心中编织的美丽魔法。

埃罗伊看着月亮、海滩、熟悉的面孔，她希望成为这群伟大的群体中的一部分。

现在她的学生也已经就位了。

她这颗作为导师的心很骄傲地跳动着，他们看起来很能干。凯文同肖恩，一个通灵一个施咒，都在中心做好了准备。那让埃罗伊的心突然波动了一下。紧接着她看到了祖母脸上骄傲的神情。有一些变化是让人快乐的。

以吾之名
唤水之灵
溪流净雨
生命之源
以吾之名
唤水之灵
西方之水
三音相应
如吾所愿

丽姿走上前来，捧着一碗水。埃罗伊似乎骨鲠在喉。当丽姿朝着月光举起碗时，祖母微笑着。丽姿开始用她年轻而清晰的嗓音召唤水。

许多人随着她喃喃地说着那些熟悉的话。埃罗伊感受到了聚集的能量。她看祖母瞪大了眼睛。

劳伦站在她旁边悄悄地笑起来。她真有威力，那个小家伙。这儿，阿尔韦恩把我连接进去了。我同你分享你就可以看到了。

埃罗伊感受到了劳伦的连接，看到水能量在流动。这跟以往的意念连接不同，现在她可以亲眼看到。不，等一下，是通过阿尔韦恩的眼睛。

是的，劳伦发送到。他是一个棘手的小巫师。你所看到的都是他看到的，不管是魔法还是非魔法。

埃罗伊迷恋地看着其他的元素也被召唤了，加入了一些火花，旋转着的空气同固体状的泥土也都进入了她的视野。凯文开始平稳而果断地把能量聚集到一起。在她自己经历了如飓风般的感受之后，她真的为凯文的淡定和自信拍手叫好。

当他已经很利落地收集好能量流的时候,他朝着他的弟弟扔了一个巨大的能量线。

当它被很利落地接住的时候,埃罗伊感觉到了劳伦的惊喜。我猜他们以前做过。今早他同麦克一起的时候可仔细得多。

一切似乎都准备就绪了。埃罗伊吃惊地顿在那里。然后她听到了凯文传来的意念声音:再多点儿。

水的能量突然翻了两倍。然后她感觉到了阿尔韦恩的喜悦,还有他留给凯文的极大的能量。天呐!

埃罗伊屏住了呼吸。劳伦捏着她的手:你的双胞胎处理得很好。你可以感受到凯文的意念吗?

她什么都感受不到,除了正在沸腾的能量。然后安静中传来一阵低音,军乐队中的笛声,她能够听到,就像一位正在创作的艺术家全神贯注工作时所体验到的喜悦。

凯文以让埃罗伊惊讶的超乎寻常的能量,顺利地接住了阿尔韦恩同丽姿扔给他的能量,然后把它输送给他的双胞胎兄弟。

然后他们都平稳地等着肖恩完成他应该做的。

现在她同咒语雏形熟悉了,埃罗伊更有理由为肖恩正在施展的咒语感到不可思议。主要是火与水,然后他编织出一幅正在舞动着的美丽的火光雏形。接着肖恩迅速弹着他的手指,把土与空气放在舞动的火光上面。今晚,那些五行元素变得更加可控和安全。

随着咒语准备就绪,每位巫师都屏住了呼吸。释放点对施咒者来说是最难把握的,肖恩从来没处理过这么多能量。埃罗伊真的有些绝望地后悔这么难为他。

能量随后爆发了,整个训练圈都闪耀着不可思议的光。

当她骄傲地跑过去时,肖恩正等着光线慢慢变暗。他巧妙地将那些松掉的能量端绑好,并检查了圈子中其他成员,然后才离开开始了即兴的水舞蹈。

埃罗伊笑了起来。只有一帮小巫师才有精力在做完像这样一个大规模的训练圈后跳起舞来。

她朝着莫伊拉走去:"你觉得怎么样?今天对你来说真是漫长的一

天啊,一天之内完成三个训练圈。一个就已经够让人筋疲力尽了,即便没人愿意承认。"

莫伊拉哼了一声:"孩子,我还没死呢。这是我用魔法这么久以来最简单的一天,丽姿是我这个三人组里负最大责任的。但是我必须说这已经是第二个我们做完后我还没弄清楚我们到底做了什么的训练圈。现在是不是该告诉我了?"

埃罗伊咧嘴笑了,她搬来一把椅子,示意莫伊拉坐下:"马上就要见到惊喜了,阿尔韦恩会载你一程。"

一群非常急切的人们涌进了莫伊拉的后院。

"小宝贝,你是要把我瞬移到后院么?"

他点了点头:"呃,呵呵。但我真的很小心那些花的,就像埃罗伊说的那样。她说,大家最好不要再乱碰那些花了,要不然你会真的疯掉。"

祖母的神色真的很吃惊:"你乱碰我的花了?"当阿尔韦恩把他们三人瞬移到后花园前,埃罗伊眼睁睁看着阿尔韦恩差点儿漏了馅儿。

真是一个完美画面的角落,紧靠着漂亮的温泉池旁边。

没人敢呼吸。他们还真动了祖母的花,埃罗伊希望这不算什么错误。

莫伊拉慢慢地站起来,她的脸色别人永远读不懂。然后她摘掉斗篷,脱掉鞋子,走进泳池。她还是穿着夏天的服装。她在泳池中心慢慢地转过身,然后让水没到她的下巴。

她脸上的神色说明她真的非常开心。

埃罗伊第一次知道魔法真正的威力是给予自由,她的灵魂都在歌唱。

肖恩跳到池边:"祖母,你喜欢么?"

莫伊拉看了埃罗伊好一会儿,眼泪充满了惊讶的爱:"你怎么知道?"

埃罗伊耸耸肩,突然被五十双眼睛盯着让她觉得有点儿不舒服。"我记得的。"祖母总给他们讲述她的爱尔兰童年还有那绿色山丘中美妙神奇的温泉。

"好礼物,孩子,好礼物!"莫伊拉感动地抚摸着水面。这些水中有

魔法,哦,还有满满的爱。她看着周围聚集的面孔,“谢谢你们,谢谢你们每一个人！谢谢!”

然后她转身面向肖恩:“乖孩子,这是我见过的最棒的魔法。施咒者的第一个咒语将是会被永远记住的,而你选择把它作为礼物送给我。好吧,我觉得自己是最受爱戴的祖母了!”

肖恩怯怯地低下头:“这是埃罗伊的主意,不是我的主意,但是我觉得这也很不错……”

莫伊拉拉着他的手:“想法是很重要,但是把想法变成现实也很重要。你今晚做得很出色,你应该感到自豪才对。”

“我们只做了一半。”肖恩说,“我们更愿意分享功劳。埃罗伊的训练圈把岩石熔化了。他们甚至还专门挑了那些会让你觉得舒服的石头,还把那些花弄好,这样你不至于太生气。我的圈子只是往池子里加了点儿水。我猜埃罗伊做了最困难的部分。”

马尔库斯走到他的身边:“我的孩子,不对。她的咒语需要绝对的能量,你的却需要很小心和优雅。想想如果你把莫伊拉姨母的水池弄得像煮了青蛙一样,那可怎么办?”

肖恩脸色变白了,但是很明显这种可能性并没有发生在他身上。

莫伊拉翻了个白眼:“马尔库斯,你给我倒杯茶来,别在这儿吓孩子。”她伸出双臂抱住肖恩,“真的很美妙的魔法,而且我每次来泡的时候都可以减缓我的关节酸痛。来吧,一起来。”

花园里的每一个小巫师都把那句话当做对他们的邀请,莫伊拉也许正是那么打算的。

埃罗伊不知道这个池子到底可以容纳多少人,但是她觉得他们不需要知道。

CHAPTER 17

第十七章

细腻的动作，可靠的手指，埃罗伊给她从加州回来后的第一件作品贴上了扣子。剪纸、魔法，还有来拜访的人让她好长时间没有进过自己的工作室了。

她的手指同心都需要创作，即便现在只有五点半。

在去工作室的路上她经过了祖母的温泉池。昨晚上还有几个巫师挨个儿等着，她还真有点儿奇怪今天居然没有人睡在温水中。她真的好想再爬进去，但是她的海玻璃也在召唤她。温泉还是等等吧，创作可不等人。

这一个还是从她最宝贵的罐子里拿出来的。她以前从未见过紫色的玻璃，也从未见过如此美丽的紫色。很明显是手工吹制的。玻璃深处有红色同蓝色流过，让它看起来仿佛是活的一般，不知怎的，海洋的礁石也未碰碎它完美的心形。

她把这一小块玻璃心握在手心里，感受着它，正如她平常所做的那样，就好像这颗心是在为她跳动。现在她为它在外面包裹着一层银色，同时给它穿上了一条手工做的链子。

通常情况下她做的东西都不是给自己的，但是这一个她会留着自己用，其实她一直留着。

她刚刚弄好挂钩，门后传来声响，她转过身。

“早上好。”索菲说道，手里端着两杯茶，“是不是打扰到你了？艾伦说你应该已经准备好吃早饭了。”

埃罗伊仍旧很渴望地看着她那装满玻璃的罐子，她还没有准备好离开。

索菲笑起来：“他真的很了解你。别担心，如果我几分钟后还没有离开这个房间的话，阿尔韦恩就会为我们瞬移来些早饭的。如果你把我扔出去，他就只送一个人的了。”

埃罗伊的肚子咕咕叫了，她笑了笑，指着旁边的椅子：“很明显早饭听上去不错啊。”

索菲咧着嘴：“早饭也可以被送到莫伊拉姨母的温泉池边。”

太棒了！她今早还真能泡一会儿呢。她端起茶杯，跟着索菲走出工作室来到祖母的花园。

温泉池还是雾气腾腾的，但是奇迹的是居然没有被完全占领。一些来访者已经回家了，但是还是有很多留了下来，住在附近的房子里。不是所有巫师都习惯早起的，她觉得这是一个泡泡温泉的好时机。

“早上好啊，美女们！是不是想来我这里泡泡了？”莫伊拉从后门走出来，穿着一件薄薄的睡袍。

她把她的茶杯随手放在一块光滑的石头上，解开她的睡袍。埃罗伊的眼珠子都差点儿掉下来了。祖母什么衣服都没穿！

莫伊拉笑起来：“尽管这儿气候不一样，我也没有像我还是小女孩儿那样光着身子，但是相信我，泡温泉最好的方法就是不穿衣服泡。内尔在厨房里当门卫。不会有人打扰我们的。”

索菲耸耸肩，脱下她的比基尼。埃罗伊顿了顿，想要知道祖母是不是也光着身子在月光下施过魔法。然而，当索菲同祖母慢慢进入温水中时，她也按捺不住了。

要是祖母还能裸泳，她也大可以那么干。

当她进入水中的时候，水池旁边突然出现一盘烤饼同草莓。真是多亏阿尔韦恩。要是她也有个会瞬移术的小巫师在身边也挺好的。

“艾伦真是个好男人。”莫伊拉说道，分给她俩烤饼，“给，索菲你先吃。我记得怀孕的肚子可没耐心等。”

索菲脸红了："我从客栈出来的时候已经吃了三个了。对于一个还只有针头大小的宝宝来说，这小家伙儿真能吃。"

"也许不止一个宝宝呢？你自己不是已经看过了么？我希望你看过了。"

索菲咧着嘴："当然，我可是训练有素的。"接着她伸出手，"你想看看吗？"

莫伊拉愉快地笑起来，把手移到索菲的肚子上。埃罗伊吃惊地看着她俩，几分钟后，祖母的另一只手摸着索菲的脉搏，然后摸了摸她的后颈。她好像见过以前看头痛是这么弄的，但是这么看孕妇她还是头一次见。

祖母读到了埃罗伊眼里的疑惑，笑起来："有点像宿醉了。"

埃罗伊很吃惊，索菲可不是什么爱喝酒的人。

莫伊拉笑起来："不是喝醉酒那种。宝宝接触到一点点酒是可以的，但是多了就不行了。也许是昨天使用魔法留下的后遗症。我们昨天都很努力。"

埃罗伊环顾温泉池四周，自豪感再一次油然而生。确实他们昨天干得很漂亮。

莫伊拉摸了摸索菲的脸颊："都弄好了。但是我觉得这些神奇的水也替你照顾了它。"

她滑向埃罗伊："亲爱的，你有没有感受到昨天魔法的后遗症？"

埃罗伊摇摇头，想要逃避扫描。她不很肯定祖母到底想从她身上找到什么，但是很肯定的是她还没有准备好答案。然而，她一直有个问题想问，现在是很好的时机："魔法会不会影响索菲的宝宝？"

"影响？当然会。"莫伊拉说道，眼睛闪烁着："宝宝是很基本的生物，我觉得他们比我们更能感受到能量的流动。但是有伤害吗？没有。若有的话索菲会先感知到，但是她经受过良好的训练，即便是在最恶劣的情境下也不会让那种事情发生的。"

她轻轻地碰了碰埃罗伊的手，眼神变得严肃起来："没有经受过严格训练的女巫得确保她的渠道是按照常规方式进行的。否则，能量残余就有可能伤害到肚子里的宝宝。"

埃罗伊点点头，听懂了，听得清楚明白。

马尔库斯看着客栈里的客厅，自己的学生真是杂牌军！他坚持还要上另外一堂施咒编码课。还有两天他们中的一些就要回加利福尼亚了，他想在他们离开之前尽可能地得到一些帮助。

还有就是，他让吉尼亚训练的时间越长，她在巫师王国给他制造的麻烦就越少。他觉得吉尼亚正在帮忙训练他的秘密武器很让他开心。这可不是什么容易的任务。埃罗伊也不是那么笨，但一涉及到施咒编码，她就真的笨得可以。

“侄子，快别抱怨了。”莫伊拉说道，“你会吓到你的学生的。”

“我也想。你的那个登陆魔法最近有用了么？”

“一点儿也没有。”她耸耸肩回答道，“其实也不是那么难，我觉得只是我自己年纪大了的缘故吧。”

吉尼亚从桌子另一侧钻出来，咯咯地笑。马尔库斯怀疑地打量着她，但是还是没有那么不道德地用读心术。她一定有什么阴谋，但是到底是什么他又真的猜不出来。

莫伊拉放下她的鼠标：“我们的吉尼亚可是非常棒的导师。小家伙们都学得不错。”

那倒是真的。凯文现在的施咒也变得更加沉稳，即使是丽姿，虽然只有点儿零星的网络能量，但是施咒编码这块儿天赋倒是不错。

莫伊拉姨母的训练却陷入了死胡同，埃罗伊又不太情愿用她的魔法。

“不是她愿不愿意的事儿。”莫伊拉随着他的眼神，轻轻地说道，“给她一点儿时间。昨天就很有帮助，但是她还有一段路要走。”

“她真是在浪费她宝贵的天赋。”

“不，我亲爱的。她只是正努力学着接受它。我们中的某一些人总会比另一些人接受起来慢一些。”

他的眼神很犀利。莫伊拉姨母总是喜欢用些乱七八糟的方式来阐明她的观点。她从来没有对他独居的生活表示认同。“有些事情本来就不能接受。”

她扬起一只眉毛：“噢，现在么。那是不是埃罗伊也可以这么想？”

那完全不同。他因为自己的魔法不够强大而失去了弟弟。埃罗伊是完全不愿意接受自己的天赋。

他觉得黑色的情绪在蔓延，真的是时候离开这个地方回家了。

一只小手伸进了他的手里，是阿尔韦恩，黑血一下子退回去了，只有那么一点点了。“我写了一个咒语。你要不要来看？吉尼亚说我需要有个人盯着。”

阿尔韦恩现在还不可以把三个可以用的咒语编码放在一块儿，马尔库斯怀疑根本不需要什么人盯着。但是出于某种原因，他不想拒绝这个长得很像伊万的小家伙儿。

他坐下来，看着阿尔韦恩的咒语。好吧，哈利路亚。五行登陆咒语，只有第四行有点儿小瑕疵。这个小家伙实际上也许可以进到巫师王国了。“来吧，试试看。”

阿尔韦恩集中注意力，点了点鼠标。所有东西都黑了。

马尔库斯有一种奇怪的感觉，好像是被吸进了某个空间，而后觉得一阵眩晕。“是谁？”一个熟悉的声音。他睁开眼，看到他在巫师王国的境界山的国王寝宫侍卫长，还是穿着他的兔子拖鞋。这个咒语好像比其他的更难消除。

“你到底是个什么样的入侵者？”

马尔库斯意识到自己正平躺着想着兔子拖鞋的咒语，一个男人拿着剑指着他的脖子。

他到底在巫师王国干什么？很明显他没有穿装备。

侍卫突然被掀翻了，蜷缩在地上，打着鼾。“我们在这儿可以用真正的魔法。”吉尼亚说道，拍拍手上的土，“至少我可以。我给他下了个睡觉的咒语。那么我们为什么都到巫师王国里面来了？”她看上去似乎不怎么担心。

“我觉得不止我俩。”马尔库斯说道，“阿尔韦恩激活了一个登陆咒语，之后我就被扔进这里了。”

吉尼亚的眼睛睁得老大:“阿尔韦恩有可以用的咒语编码?”

马尔库斯皱起眉头:“很明显是的。我猜那是你自找的,他那样高水平的能量,有五行可以用的编码。”但是第四行的小瑕疵可比他想象中严重多了。

“所有,他在哪儿?”吉尼亚看了看周围,脸上浮现出更多的担忧。

马尔库斯呼喊着阿尔韦恩,然后又闭上嘴巴,意识到只是在浪费唇舌。如果真的魔法是跟他们一起进来的,那么他同小巫师都会读心术。他寻找着他的意念:阿尔韦恩,你在哪里?

“我和一位公主在城堡里。她在喂我吃面包同蜂蜜。我是不是睡着了?”阿尔韦恩的意念很开心,很强烈。

我的男孩儿,别那么想。我觉得你们把我们弄到游戏里来了。

哇,那我们现在是不是都像超人一样? 太棒了!

真的一点儿都不棒。马尔库斯想。首先就是要召集好军队。你能把自己移到我在的地方么? 问公主还有没有面包可以带了。

一会儿,阿尔韦恩咚的一声站在马尔库斯边上,拿着好大一袋面包还有一罐儿蜂蜜。很明显这公主真是大方。

“我们是不是要去救公主啊?”阿尔韦恩问道,满嘴都是面包。

“哈哈,”吉尼亚说道,“我见过她。她才不需要人救呢。”

他们所说的公主正是马尔库斯的战斗发明之一,她有很强的魔法,还有一流的格斗技巧,同时也没有其他女性喋喋不休的通病。真是他心中完美的女人。要是她能够让武士女孩有些惊愕,就再好不过了。

阿尔韦恩吞下了他最后的食物:“我们是不是该去帮索菲? 她打得不错,但是又有两个大汉来了。”

马尔库斯反感地跨着步子,这就是为什么业余的不要搞什么施咒编码:“哪边?”

他们都跟着阿尔韦恩跑,索菲就在不远处,但是一个攻击者给她施了个沉默咒语,估计没人会去营救她。

马尔库斯花了几秒钟看了看索菲令人惊叹的功夫,然后借助吉尼亚的能量,用睡眠咒语把三个攻击者都击败了。

阿尔韦恩跳上跳下:“那两个可不可以让我来搞定? 求求你,求求你了!”两个强壮的巫师出现在山头,正死命地朝他们奔过来。

内尔准备隐藏小儿子的实力:“儿子,就用睡眠魔法就可以了。”

马尔库斯觉得那两个家伙可以睡上一个世纪了。阿尔韦恩兴奋起来能量可小不了。

“谢谢。”索菲说道,正努力喘着气,“我这儿都快没辙了。我们在这里干什么?”

“阿尔韦恩把我们拉进来了。”吉尼亚说道,“我猜马尔库斯没有仔细地检查他的咒语。”

阿尔韦恩咧嘴笑:“我告诉过你了,我需要有个人盯着。”

啊啊!这真是他的错。咒语的第四行的确有很大的问题。

“莫伊拉祖母同埃罗伊也在里面么?”吉尼亚问道。

“没有。”阿尔韦恩摇摇头。马尔库斯还是在脑海里到处搜寻了一下。好吧,那就少担心两个人了。

索菲拿起阿尔韦恩的面包:“那么,超级男孩儿,我们现在怎么出去?”

阿尔韦恩摇摇头:“我不知道。我猜妈妈知道。她知道所有的反咒语。”

索菲抬头看着马尔库斯:“内尔同艾伦、麦克,还有两个双胞胎一起摘草莓去了。他们要午饭后才回来啊。”

这真是越来越糟了。“那么现在我们去城堡吧,看看公主还能不能匀点儿吃的给我们。我们有得等了,我不想你们饿死。”

吉尼亚咯咯地笑,递给他一条面包:“甘道夫,吃点儿面包吧。”

他有点儿生气,没人觉得这事儿很严重:“我们可能要被困在这里好久呢。你们有没有想过?莫伊拉姨母同埃罗伊可不会来救我们的。”她俩谁也不会编码。

索菲同吉尼亚一起咧着嘴:“哦,我觉得你应该小看她俩了。”

“才没有。我自己训练的埃罗伊我还不知道?她连一个反咒语都不会弄。哦,是连咒语都不会,更别说反咒语了。”

“侄子,有时候啊,”一个奇怪的声音说道,“你也太小看其他人了啊。”他到处望。那个声音好像是来自齐娜,她同吉尼亚一起训练过。

吉尼亚跑过去抱住新来的这个人:“莫伊拉祖母,你真的太聪明了。”“莫伊拉?”

“我很抱歉把我俩的小秘密给泄露出来了,但是这也许是救你们出去最快的方法。马尔库斯是对的,我同埃罗伊都不会编码,所以我们想了其他办法。”

老天啊,真的是莫伊拉,而且很明显她也不是第一次来巫师王国的最高层了。

其中一个卫士开始动了,莫伊拉平静地用睡眠咒语将他封住。“埃罗伊可以用网络能量把我们弄出去,她需要我们为她弄一下咒语雏形。但是你们中不是所有的魔法都能用啊。”

马尔库斯还在想武士女孩的狡猾,让莫伊拉作为她的秘密武器真的很疯狂也很聪明。

索菲轻轻拍了一下他的肩膀:“集中注意力。你可以过些时候再想你输得有多惨。”

不可能。他才不会输给一个九岁大的孩子同一个七十岁的女人。他突然意识到索菲看到齐娜的出现一点儿也不吃惊。老天!他们想占领整个巫师王国。

吉尼亚看到他走神了,眼里充满自信:是啊,你就要倒了!

莫伊拉抱起阿尔韦恩,转着圈,很明显享受着她的齐娜头像带给她的年轻活力。“也许我们可以直接把你送回家,然后把这三个注意力不集中的都留在这里。”

阿尔韦恩咯咯地笑,摇摇头:“不,不,我喜欢这里。我想留在这里。

莫伊拉把他抛入空中,艾伦离开怪兽般的电脑,留下了奶酪给他们做午餐。

“好,”他说,“我会走,但是我以后还想回来继续玩。”

“我们还是看看能不能出去吧,我的宝贝,然后再说回来的事情。”莫伊拉转向其他人,“吉尼亚,埃罗伊需要你同她建立一个连接,用来连接真实同游戏世界,这样她才可以抓住。阿尔韦恩需要用瞬移咒语,能把我们四个人都弄出去的那种。索菲同马尔库斯,不管你们用什么魔法,反正只要能给他们其中任何一个提供点儿能量就有用。”

马尔库斯点点头，听上去挺合理的计划："我觉得我们还是传送能量给吉尼亚的外链部连接。"

阿尔韦恩皱着眉头，数着手指："莫伊拉祖母，为什么是四个？我是不是要留下来？"

她笑起来："宝贝，今天可不行。我的这个会留在这里。她不是真的。我还坐在外面的椅子上呢，看着电脑屏幕，想挠挠你的肚子。"

阿尔韦恩把他的肚子遮起来，咯咯地笑："好吧，但是我以后还要回来玩。"

不管马尔库斯对他的同伴有什么抱怨，他们都是训练良好的巫师。不一会儿，他们就准备好了所需的咒语。现在就看埃罗伊的了。她的天赋还是有的。只是有时候她的训练同意志力都有点儿瑕疵，尤其是涉及到电脑的时候。

慢慢地，吉尼亚手里的咒语雏形开始闪光了紧接着爆炸开来，形成了一个穹顶。马尔库斯朝上看着逐渐亮起的光，啊，那个女孩儿真能干。

当他的咒语雏形移到下一步的时候，阿尔韦恩稳稳地保持着。移动然后分开，最后把穹顶分成了成百上千份。马尔库斯摇了摇头。埃罗伊这个咒语弄得太过了，很明显就是没有经验的人弄的。

接下来就是一种黑暗的被吸释的感觉。当他睁开眼睛的时候，他的侄女的鼻子离他的脸只有三英寸，她看上去很不高兴："别老不相信我。不然会减低魔法效力的。"

他爆发的愤怒一下子消失了，紧接着就是惭愧，她说得很对。"侄女，我只是担心你的训练，但是那也不对。我道歉。不会再发生不信任你的事了。"

她非常震惊地看着他。

"那真是很棒啊！"吉尼亚说道，很明显想缓和房间里的气氛，"也许午饭后我们还可以再试试。杰米叔叔要是知道我们能把所有人都拉进去的话会疯的。"

"我们还是吃完午饭再想那些事情吧。"莫伊拉摸着马尔库斯的手臂，静静地说道，"对于一个从来不道歉的男人而言，那已经很不错了。

现在带着小巫师们出去,我要同我孙女说会儿话。”

马尔库斯照着她说的做了。

当马尔库斯离开的时候,莫伊拉轻声笑着。她在想他要花多长时间才能意识到他自己穿着兔子拖鞋。吉尼亚的杰作,她猜是的。

她转向她亲爱的姑娘:“亲爱的,吉尼亚是对的。做得真的很棒。现在告诉我到底是怎么回事。”

埃罗伊的脸上现出失望同受伤的神色:“感觉一点儿都不像我啊,祖母。我每次用魔法的时候,到处都是网线同电脑。”

“啊,孩子。你真的做了一件很了不起的事情。我的池子成了所有健在的巫师们羡慕的东西,也许死去的人也很羡慕吧。”

埃罗伊的脸色缓和下来,即便是眼泪就快掉下来了:“就是啊。帮你弄那个池子让我感觉很好。我也是其中一部分,我们做的都很有意义。”

她停下来,抽泣着:“但是我们在沙滩上看肖恩的训练圈,我的心总是希望自己可以做回那个在外圈吹长笛的自己,没有魔法的自己。”

埃罗伊知道自己的归属。莫伊拉坐在椅子上,这需要小心地处理:“我觉得我不想要魔法那年我只有九岁。我的朋友们都去沙滩玩儿了,我还得留在家里学巫师历史。”

莫伊拉握着埃罗伊的手:“其实做女巫也不总是那么便利的。我也希望你可以一直是那个吹长笛的埃罗伊。但是你是个女巫,而且责任重大,不能不承认啊。”

“我知道,我知道那些,你有教过我。”

真伤心,莫伊拉的心很痛:“好像我没有教会你怎么去享受魔法带来的快乐。你所拥有的是如此巨大的天赋,魔法可不是负担。”

埃罗伊摇摇头:“不是那样的。我可以承担。但是为什么我的魔法就只能在游戏中有用呢?你也听吉尼亚说了。我可不想成为别人可以进出电脑的穿梭机。”

啊,还是觉得那不是什么用武之地。莫伊拉忽略了埃罗伊的任性,直击要害:“你想要什么?”

埃罗伊说:“我想同你坐在花园里帮助花儿绽放。”

有些愿望可比其他的要简单。莫伊拉从桌子上的花瓶里取出一支花骨朵儿，准备好了一个简单的开花咒语。她递给埃罗伊。

她的孙女轻轻地摸着花儿，当它在她手中开放的时候，她笑了。

莫伊拉靠过来，把花儿插进埃罗伊的头发里："你本身就有这样的魔法。每位女巫都有自己的路要走。"

她顿了顿，想了想是不是该继续这个话题。"但是这么想吧，我都三十年没有把小巫师抛向空中了。你今天给我同小甜心带来了快乐。其实也不是都是网线同科技。心同意念和月光下的那些是一样真实的。"

她摸了摸埃罗伊的脸颊："我的宝贝，爱才是巫师传统的核心。其他的都是点缀而已啊。"

CHAPTER 18 第十八章

当她坐在客栈后面的阳台上时,埃罗伊尽可能地不去抱怨。魔法课程真的耽误了她不少工作,她待在工作室的时间越来越少,她的手指真的想好好做些东西了。她摸了摸脖子上挂着的心形吊坠。

一种沉默的召唤,一群小巫师们涌了进来,后面跟着麦克同索菲。马尔库斯、莫伊拉还有内尔都跟着艾伦出了厨房,手里端着牛奶同柠檬。艾伦手里有个巧克力蛋糕,大家的注意力都放在了那上面。现在她知道为什么那群小家伙儿们这么声势浩大地回来了。她在方圆三里内都可以闻到刚刚烤出来的食物的香气。

劳伦在客栈前面走来走去,手里拿着一个快递盒子。

"孩子,你手里拿的是什么?"莫伊拉问道。

劳伦笑着:"自由。"

从艾伦处借来刀,她打开了盒子,从里面拿出几个iPhone。埃罗伊努力不朝着越来越多的技术设备抱怨。她现在正在努力转变她的态度。她真的有努力。

劳伦看着她的眼睛:"你们中的网络能量巫师都可以拿一个。杰米已经改装过了,你们可以自己调节能量的大小。"

吉尼亚抓了离自己最近的一个,触摸了屏幕几次,然后闭上眼睛。一会儿,她笑起来:"太棒了。杰米叔叔真的完全把它们放大了。"

埃罗伊猜那应该是件好事。

马尔库斯把其中一个递给她，当她一片空白地盯着屏幕上的选择键出神的时候，悄悄翻了翻白眼，她的手机可没这些功能。很明显她的第一堂正式的魔法课应该是怎样将苹果手机连上电脑。

阿尔韦恩都比她掌握得快，这让埃罗伊很尴尬。而且祖母都试过，这就更让她局促不安了。

当吉尼亚让他们所有人都把手放在手机上，并召唤网络能量的时候，那一切迅速被遗忘了。埃罗伊感受到了大脑里冲击而来的一股力量流。她的眼睛睁开了，看到祖母脸上震惊的表情。

“啊，天啊！”莫伊拉敬畏地看着她的手机，“那真了不起。”

埃罗伊可以看到马尔库斯叔叔同内尔交换了一下眼神。她也不能怪他们。当碰到一大帮没有经过良好训练，能量却突然增强的巫师，任何一个有理智的导师都会变得非常小心谨慎。

然而，作为其中一个巫师，她为指印下的魔法所陶醉。好吧，也许她应该学习对这样的一款装置心存感激。它也不大，可以放在衣兜里。

劳伦摸着她的手：“可不仅仅如此。杰米以某种我无法理解的方式把它同电脑连接起来了，所以你基本上到处都可以用。”

吉尼亚咧嘴笑：“完全便携式网络能量。”

埃罗伊顿了顿，感受到希望的痛苦，希望自己完全听懂了他们的话：“即使是在沙滩上也可以？”

吉尼亚点点头，沉浸在她的手机里：“当然。”

真的是自由。埃罗伊虔诚地摸着手机。她可以在地海相接的地方召唤她的魔力，就像最初的巫师们一样。这真是个难以估量的礼物。

她抬头看着劳伦，心里像是着了火般沸腾起来：“是不是你的主意？”

劳伦点点头：“但是工作都是由杰米完成的。”

埃罗伊把手伸进口袋里，关掉了杰米的小装置，那可是让她的想法不外流的装置。她想让他们知道这对她而言意味着什么。当她的感激之情充满整个阳台走廊时，意念巫师们的头全都尽力探了进来。“谢谢，”她小声地说道，“真的谢谢你们。”

当阿尔韦恩把自己从大浪中弄出来的时候,内尔咧嘴笑着。看着他挽起的裤腿打湿的情况,他要么已经输了,要么没有尽力。

iPhone真是个好主意,但是有时候需要做母亲的提醒一些注意事项。现在所有小巫师们的手机都配了一个防水咒语。马尔库斯拒绝了那样的服务,但是如果他要在海滩上上魔法课的话,没有那个防水功能他可能要后悔。

劳伦同马尔库斯真的把网络能量的实验课同意念发送的课结合起来。他们在测试距离到底是怎样影响网络能量的,所以沙滩上都是分组在进行的巫师们。内尔自然就扮演起了救生员的角色。

每一组都有一个意念巫师,他们从劳伦那里接收指令并且反馈给劳伦。肖恩,即便他显得很冷漠,也可以在相当远的距离进行意念对话。他的双胞胎兄弟凯文同埃罗伊一组,很明显距离已拉伸到了极限。内尔很确定劳伦只是轻轻地增加分贝,这样她还是能听见他。

阿尔韦恩只需要隔着半英里就能把他们弄聋了,但是他给肖恩发送的时候却很有礼貌,并没有弄那么大声。最近她那个爱调皮捣蛋的家伙越来越有礼貌了,这让内尔倒有点儿期待了。他要是学着不那么无辜地调皮捣蛋,那也许就意味着他长大了。

内尔往沙滩上走了一下,靠近劳伦同马尔库斯。她自己的意念对话能量很弱,还不可以进行远程的意念交流。

埃罗伊看上去很开心。她发送道。劳伦,这些手机真是不错的主意。

更重要的是,她现在也不像以前那么抵触用她的魔法了。马尔库斯发送道。我们也许还可以成功取得一些进展呢。

还以为这个老顽固觉得幸福不重要呢,内尔想。她试图忽视他只比她大几岁的事实。

当埃罗伊试图将两个简单的咒语连在一起的时候,他们都看着她,一个咒语来自丽姿,另一个来自肖恩。他们调整了一下在沙滩上的距离,但是咒语并没有融合在一起。她还没有达到吉尼亚的能量范围,马尔库斯抱怨道。但是我真的不知道是为什么,吉尼亚居然可以从沙滩另一端把两种咒语连在一块儿,埃罗伊的却只有几英尺。

内尔很吃惊，这个问题对他而言还不够明显？凯文限制了她的能力发挥。她要是看不到咒语她就无法把它们融合在一起，但是凯文的意念魔法又不够强大。如果他们训练不进一步加深的话，他就不能很好地将这些咒语视觉化。

嗯，马尔库斯发送道。那这么说来凯文对她而言的帮助也就小得多了。

内尔咬紧牙关。她将给他看看什么叫凯文对她的帮助会小得多。关于埃罗伊的网络能量，内尔有自己的理论，现在好像是时候检验一下了。

她非常小心谨慎地给劳伦发送了一条信息，让她将它平等地分给每位训练生。当阿尔韦恩发出歇斯底里的笑声时，她很确定自己的想法又被听到了。

起初埃罗伊有些怀疑。但是一会儿以后，她看起来有点儿生气，但是更加专注起来。你到底告诉她什么了？内尔问劳伦。

马尔库斯认为她同凯文一组会很弱小。

内尔假笑道。劳伦现在是非常有效率的导师了。

马尔库斯还是那么健忘。这个男人对周围人的情感变化可没那么敏感，除非是有人敲着他的脑袋或者是他全神贯注的时候，但是现在，没人那么做，他也不是很用心在看。埃罗伊同凯文分别站在沙滩的两端，靠近其他巫师们所站的地方。当阿尔韦恩、丽姿、肖恩都边走边施咒的时候，内尔咧着嘴笑起来。看起来比自己要求的还要好。很明显他们在即兴表演。

他们现在要干吗？马尔库斯有点儿感兴趣了。我们这么近都试过了不行。那么远肯定不行。他们只是在浪费时间。

他们只是沙滩上的孩子。内尔发送道。让他们玩一会儿吧。她其实也是说真的，但是她还是需要分散一下他的注意力，好让她邪恶的小计划能够顺利实施。

劳伦我们准备好了！阿尔韦恩，作为最强大的意念巫师，很明显是负责信息的细节的。她希望他记得把马尔库斯排除在外。

妈妈！内尔听到阿尔韦恩的嘟哝差点儿笑出来。很明显他也在翻

以吾之名
唤水之灵
唤气之神
聚集神力
成积雨云
盘旋于头顶
使见幸福之能量
如吾所愿

白眼。如果我告诉他，就没那么好笑了，是不是？

劳伦从马尔库斯身边退后了几步，然后挥动着自己的左臂。内尔哼哼着。也许她只是想把马尔库斯的注意力从她的另一只手在她口袋里的iPhone上这一事实上吸引过来。接着劳伦就开始念：

内尔放弃了，笑趴在沙滩上，劳伦作为五行魔法女巫也尽情享受着这一刻。啊，该死的！真是好押韵的咒语。她忍不住笑，一团巨大的暴风雨云盘旋在马尔库斯的头顶，然后下起了暴雨。

马尔库斯看上去好像是在暴雨下咆哮着，但是没人听得清楚他在咆哮什么。

过了一会儿，云层散去，马尔库斯的衣服马上就干了。内尔翻了翻眼睛。阿尔韦恩看起来还是很喜欢那个男人的。只有她的儿子的火系魔法才能如此快速地把衣服弄干。奇怪的是，他怎么从来就没想过在自己的湿衣服上试一试。

马尔库斯瞪着劳伦："我猜你只是这个骗局的小噱头。"他转身趴在沙滩上咆哮着。内尔叹了口气，没理由让一群无辜的小巫师们背黑锅啊。

她朝着马尔库斯喊道："劳伦不是罪魁祸首。她只是用了魔法。"

他转过来，眼睛闪烁着："但是她又不会召唤基本元素。"

内尔保持沉默，让他自己理一理头绪。他也许真是很混蛋，但是却十分聪明。她看懂他想明白了。他的愤怒消失了，接下来是完全震惊："埃罗伊把咒语发送给劳伦了么？"

阿尔韦恩戳了戳马尔库斯的肘部，把在沙滩另一端的小捣蛋鬼们都弄过来了。"马尔库斯叔叔，她真的做到了。你喜欢打雷么？那是我的主意。"

肖恩戳了一下阿尔韦恩，虽然他只有四岁多一点儿，却也没有笨到这么快承认自己的魔法恶作剧的程度。

马尔库斯挠着阿尔韦恩的头，转向内尔："你怎么知道的？"

"甘道夫，这真的就是智商问题了。老实说，是我的女儿想出来的。"内尔耸耸肩，"我猜猜。如果埃罗伊可以下载，那么她也应该可以上传咯。"

埃罗伊看上去很困惑："什么下载，什么上传？我只是用了网络能量。"

"啊，侄女。"马尔库斯说道，"你这次可没有把魔法拉到你自己那儿去。你把它推给别人了。某些没有这种魔法的人。"

吉尼亚的眼睛瞪得老大："你是对的，太酷了，我想试试。"她跳起来，跟其他人说道，"让我们再弄些其他的魔法让劳伦接收吧！"

一大群小巫师们又都跑到了沙滩两端。埃罗伊从马尔库斯处立刻闪开："我怕你又被淋一遍。"

马尔库斯哼了哼，一只手在空中挥舞着："我才不这么认为。要是谁敢那么做，我就要他尝尝自食其果的滋味。"

内尔猜想埃罗伊是不是知道那是对她新发现的能力的暗示。

不知道。马尔库斯发送道。她现在还是觉得这是沙滩上一个很有趣的游戏。

你不这么觉得么？

当马尔库斯回答的时候，内尔的心碎了：如果有这样的魔法，我本来可以救我弟弟。我自己没有足够的能力，那时候也没来得及组成训练圈。

当吉尼亚完成了在一片绿玻璃上钻了一个小洞的工作时，埃罗伊完全屏住了呼吸。她原本就不确定给一个九岁大的孩子玩这样的工具是不是个好主意，可是吉尼亚一直苦苦地哀求着。

她的临时学徒抬起头来看着她："我现在要把其他的也穿个洞么？"埃罗伊点点头。吉尼亚在沙滩上发现了几片绿玻璃，想把它做成生日

礼物送给劳伦。

埃罗伊在她收藏线的罐子里找了一会儿。她有一些很细小的铜线,这应该同绿玻璃还有劳伦漂亮的头发很相称。

完成钻孔以后,吉尼亚取下护目镜,好奇地看着那根铜线。“现在做什么?”

接下来就很有趣了,如果你有艺术家的想法的话。“现在,你就发挥一点儿你的想象力。你需要想象玻璃同铜线,想象它们在一起怎么才好看。”她从她的架子上取下一些半成品,“你可以把玻璃放在一个简单的环里,就像这样,或者把铜线绕成一个弯曲的巢。那样看上去也会很好看的。”

吉尼亚想了一会儿,然后有点儿害羞:“你戴的那个心形的是怎么做的?真的很漂亮。”

那让埃罗伊很吃惊。她本来希望吉尼亚会选择弄弯曲的巢的。她的心形吊坠外围有一层银色的光圈,看上去很简单,但是需要花很长的时候,还需要很精确才可以。“我这个跟铜线不太一样,这个做起来很复杂,而且很花时间。但是我还是愿意教你的,如果你想学的话。”

“好的,请教我吧。”吉尼亚咧嘴笑道,“劳伦值得我花时间。”

埃罗伊发短信给艾伦让他告诉自己晚饭什么时候做好。她们得忙上一会儿了。

她从篮子里挑出几片玻璃。吉尼亚的主意不错,她的这些也需要及时补充了。吉尼亚在忙的时候,她也可以接着做一会儿。她的手指终于可以歇一会儿了。

当麦克朝着内尔的窗户扔鹅卵石的时候,莫伊拉咯咯地笑。她觉得自己好像又只有十岁,半夜从房间溜出来。

内尔从窗户探出脑袋,轻声说道:“他们一会儿就下来了。别错过了。”

麦克也笑起来:“我不会的。你得确保索菲不会在月光下的沙滩上漫步。”

“哈，我有巧克力冰激凌，她逃不出的。”内尔关上窗户。阿尔韦恩同吉尼亚蹦蹦跳跳地从客栈后面出来。

对一个小孩子来说，午夜的阿尔韦恩看上去可真清醒。“我真的很安静，我没有叫醒任何人。”她的姐姐摇摇头。很明显阿尔韦恩“很安静”的标准真的不是很安静。

埃罗伊紧接着出来了，打着哈欠，拿着一个袋子：“我有饼干，我们要出发了么？

三代人同时溜到沙滩上执行绝密任务。莫伊拉不知道他们要去干什么，但是她真的很开心。当麦克拉她加入的时候，她还专门美美地睡了个午觉养精蓄锐。谁说上了年纪的女巫就干不成什么了。

麦克把手臂伸出来借给她靠着，她不太情愿地靠在上面。去海滩的路这些天好像要远一些了。

当他们到达海滩的时候，她脱下鞋子。今晚真的很适合光着脚在月光下走。这么近，她感觉到麦克召唤了土。“今早我发现的非常好的地点，”他说道，“我还留了记号，这样的话我就能再找到了。”

75岁了，莫伊拉还是那么好奇。这个孩子要干吗？

他们沿着沙滩继续走了一阵，通过刚刚做完整训练圈的地方。麦克停下来，笑道：“到了。”

他在阿尔韦恩面前蹲下来：“记住，这是秘密，谁也不能说。”

阿尔韦恩神圣地点点头：“只是保守秘密到明天对吗？我可以做到。”

吉尼亚笑起来：“要是他做不到。我想我可以用妈妈的沉默魔法让他做到。”

阿尔韦恩看上去很不高兴。莫伊拉点点头，麦克在这群人反目成仇之前制止了他们。他会是一个好父亲。

麦克先是看着埃罗伊：“我叫你来是让你帮忙的，你来是作为可以将咒语融合在一起的巫师，同时也是索菲最好的朋友。”

接着他转向莫伊拉。她看着他的眼睛，闪烁着爱：“我让你来是想请你作为传统的守护者，还有索菲心目中的祖母。”莫伊拉听着觉得自

己的眼睛要湿润了。她现在开始明白他们为什么站在这儿,站在月光下了。

阿尔韦恩抓住麦克的手:“我同吉尼亚为什么在这里?”

麦克笑起来:“因为我需要你的火系魔法,超人小朋友。我们要给索菲做一个订婚戒指。”

阿尔韦恩皱起眉头:“一个什么?”

吉尼亚碰了碰他:“也就是你给准备同你结婚的那个人的戒指。”

“噢,”阿尔韦恩看着麦克:“是不是因为那个宝宝?杰米叔叔同纳特结婚也是因为纳特的肚子里有小宝宝了。”

麦克笑起来:“那真是个很好的原因,但是最重要的原因是因为我爱她。”

阿尔韦恩点点头:“好吧。那是不是也就是说你也会吻她?接吻很恶心。”

埃罗伊咯咯笑,靠着莫伊拉:“我觉得他同肖恩还有凯文混得太久了。”

莫伊拉笑起来。她看着一个十岁大的小男孩儿变成了一个年轻男人,并且要娶她们。

麦克让他们都把注意力转回来:“这需要很多土系魔法才能做出一颗钻石,我们三个就负责弄那个。”他说道,朝着两个孩子说:“你们能不能感受到?”

阿尔韦恩揉了揉他的眼睛。看了一会儿:“看得到,但是那用来做戒指也太大了,而且好丑。”

“傻瓜,因为那还不是钻石。”吉尼亚看着麦克,“我们要把它碾碎对不对?”

麦克点点头:“阿尔韦恩,你可以看到我脑海中的图像么?我们要把大石头碾碎成很小很小的形状,然后就会闪闪发光,也会很漂亮了。”

莫伊拉不知道还有这样的魔法。阿尔韦恩又闭了一会儿眼睛,然后点点头。很明显他没有其他疑惑了。

莫伊拉看着埃罗伊:“我希望你可以为这个钻石视觉化出一个模型。”他递给她一条很细的金条:“那是我祖母的戒指。我们会给你你需要的能量，但是我希望你可以把它变得很漂亮。我真的很希望。虽然我也不是什么艺术家。”

埃罗伊的眼睛闪耀着光芒，已经准备好为她心中的姐姐做礼物了。

啊，这个孩子还真传统。真是索菲的好伴侣。也许，她应该站在这里见证这一切。

麦克伸出手：“如果你可以的话，我希望你祝福这枚戒指。”

她当然可以，她非常愿意那么做：“亲爱的孩子，你完成的时候我就可以把我最真挚的祝福送给你们，送给这枚戒指。我有作为祖母发自内心深处的祝福。我想这枚戒指一定非常好。”

“我希望……”麦克顿了顿，脸上充满了感动，“我希望在我们做这枚戒指的时候，你可以施一个祝福的咒语。埃罗伊可以把它同钻石和金子融合在一起。”

当她意识到麦克的心愿的时候，莫伊拉的心快被融化了。最古老的传统，最古老的祝福，用最新的魔法融合在了一起。

她准备好了一个古老的爱尔兰祝福咒语，并吸收了一点儿月光。这会让索菲的钻石戒指看起来更加闪亮。

CHAPTER 19 第十九章

马尔库斯可以感受到从他意念渠道传来咯咯的笑声。这同他正在阅读的黑暗刺激的书有些格格不入，所以他迅速地伸出意念探头，想要看看到底是哪些开心的捣蛋鬼。

当他发现阿尔韦恩，这个四岁大的孩子也涉及到这件无论怎么看都很傻的事情中时，他有些吃惊，但是阿尔韦恩通常情况下有很强的屏障，很难看到他的想法的。他先前肯定是做了什么很费劲的事情，才让这咯咯的笑声从他大脑里跑了出来。

出于好奇，马尔库斯更近了一步，想要发现为什么阿尔韦恩的大脑“漏水”。这个小家伙正在窃听。内尔、索菲同埃罗伊在花园里喝着冰茶，两个小巫师们在看着什么。

要是不讲求什么礼貌的话，所有事情都是公平的。他选了两个比较容易一点儿的人下手，他同丽姿的意念连接起来，然后听他们的对话。

“看，”阿尔韦恩说，即便是悄悄话在马尔库斯听来也已经很大声了，“他俩都是一样的。妈妈就没有，因为她说我已经够她麻烦的了。”

“不是都一样，”丽姿可是个很注重精确度的小女巫，马尔库斯通常情况下是很赞赏的。“索菲的大一些。”

马尔库斯看着三位女士，想要弄清楚丽姿指的到底是什么。什么是索菲同埃罗伊有而内尔没有的？他唯一能想起的就只有比基尼，但是他确定泳衣肯定不是这两家伙讨论的东西。

“你可不可以再看看？”丽姿说道，“我也想看看是不是另外一个也有小弟弟。”

阿尔韦恩的咯咯声大得即便是在另外一个国家也应该能听到。“傻瓜，那不是小弟弟。那是尾巴。妈妈说宝宝在肚子里很小的时候都有尾巴。”

宝宝？马尔库斯完全忘了书的存在。他们在做什么？他从椅子上探出半个身子，想要同这群捣蛋鬼们一起闹事。他同丽姿的意念连接一下子着火了。阿尔韦恩将他连接进了他的大脑。

嘿，马尔库斯叔叔，阿尔韦恩说道，很明显不是很担心他偷偷地进入丽姿的大脑。你也想看宝宝吗？

什么宝宝？费舍尔湾这儿有很多宝宝，但是好像没有一个跟在座的三位女士有任何关系。

在意念连接中出现了一幅很清晰的图片。那是索菲的孩子。阿尔韦恩发送道。埃罗伊的宝宝更小一些，所以他们看上去还有点儿奇怪。

马尔库斯吃惊地盯着大脑里的屏幕，盯着这些完全陌生的生物。那就是宝宝？看上去更像他从船上拔下来的小虾米。他们是不是本来就看起来那个样子？

阿尔韦恩笑得更厉害了，马尔库斯后知后觉地意识到那是一个只有四岁大的孩子才问得出来的问题。

慢慢地一些理智逐渐回归他的大脑，他也意识到阿尔韦恩正在做一些许多有经验的有医术的巫师们挤破脑袋都想做的事情。据他所知，阿尔韦恩会的魔法中没有医术这一项。你怎么做到的？

意念魔法，阿尔韦恩说道。劳伦也可以，但是要等宝宝大一点儿的时候。她现在就可以看到纳特的宝宝了。你可以看到他们吗？

马尔库斯想都不想试。他知道他没那么高级。不，不用了，孩子。我还是等他们出来我再看看吧。可能也完全是那样，但是他肯定不想进到孕妇肚子里去看。他开始朝着藏在花床后的两个小捣蛋鬼走去，是时候阻止他们窥探别人的隐私了。

当他到的时候，阿尔韦恩咧嘴笑着:“让我们告诉埃罗伊有关她宝宝的事情吧。他们有点儿丑，但是我们不会把那个告诉她的。妈妈说那会让女孩儿哭的，所以我觉得还是应该有礼貌，不要说那部分。”

马尔库斯很确定那个让他对虾的同情心也没了。他叹了口气。“让我们先去找艾伦吧，好不好？我觉得他应该也想知道。”

埃罗伊笑着问索菲:“你觉得祖母会把她的毛衣针放下来么?”

“开玩笑吧?”索菲靠过来拿另外一块，“三个孩子呢。她还威胁说要教丽姿也织呢。给，吃块儿饼干吧。巧克力对宝宝有好处。”

埃罗伊:“这到底是医术女巫在说话呢，还是怀孕妈妈?”

“有关系么?”内尔坐在索菲旁边，接过饼干，“但是我觉得我怀女儿的时候比怀儿子更想要吃巧克力。也许男孩子本来就没有巧克力基因。”

埃罗伊咯咯地笑，指着阿尔韦恩，现在正在客栈的后院里满院子跑，脸上都是巧克力。她可不相信内尔说的。

内尔笑起来，“那也不是什么绝对的理论。”

麦克从院子里走出来，被阿尔韦恩堵住了，但是他巧妙地避开了巧克力的污渍，“伙计，我需要你帮忙。你可不可以帮我做我的巫师扩音器?”

“好啊，当然可以。干什么?”

“我想让你把每个人都叫回来。现在是发礼物的时候了，但是一些人去了海滩，一些去了村里。你可以叫他们回来么?”

礼物！快点儿回来！

埃罗伊用手捂着头，她的一侧耳朵都快被阿尔韦恩响亮的叫喊声震聋了。好吧，那应该把方圆百里内行动方便的人都叫回来了。

麦克站在原地，装作被声音震倒在地，在阿尔韦恩回来的时候一把抓着他。要是阿尔韦恩没有同所有人意念连接的话，挠痒痒可能更好玩儿一些。很多在埃罗伊周围的人发现，即使捂着耳朵，那么多人高分贝的笑声你也招架不住。

阿尔韦恩！劳伦的声音就轻一些，但是更持久。超级男孩，你把我们的脑袋都快震破了。

笑声一下子停住了,接下来是很轻柔的道歉的声音。"对不起,我有点儿兴奋。我本来应该好好学着点儿的。但是你们应该都回来,这里真的有个很棒的礼物。不是给我的,因为不是我的生日。但是这儿也有巧克力蛋糕,不是你的生日你也可以吃。"

莫伊拉朝着阿尔韦恩招招手:"你干得很好,小甜心。过来同我坐吧。我会把我的巧克力蛋糕都给你的。吉尼亚,你可不可以到里面把我的包拿出来?"

埃罗伊看了看周围。巫师们真的从树林里出来了。走廊上、梯子上,还有一片空草地上大概有一百号人。

都是她认识,她所珍爱的,她摸了摸自己的肚子,还有一些认识她、也很爱她的孩子。在新斯科舍,村庄还是会将孩子养在巫师社区,他们总是如此。

艾伦的手盖在埃罗伊的手上:"适应了么?"

埃罗伊吻了吻艾伦。适应了么?她已经想出怎么把两个摇篮放进她的工作室。不是说费舍尔湾的宝宝睡觉就一定要摇篮,有很多人愿意摇孩子,但是他们总让祖母来做。

吉尼亚从房间里走出来,手里拿着莫伊拉的包,等着的人群都鸦雀无声。祖母的能量总是充满传奇色彩的。她拿出两个盒子,把大一点儿的递给劳伦,另一个给埃罗伊。

你先,劳伦发送道。

埃罗伊摇摇头。她知道劳伦的盒子里装的是什么,也知道这一刻对祖母来说是多么特别。你先,我的新姐姐。

劳伦滑开她盒子的盖子,很神秘地看着盒子里面装的东西,却又默不作声。她看了看莫伊拉,满脸困惑:"这是我想的东西么?"

"啊,小姑娘,这是我曾祖母的水晶球。她穿越重洋才寄到我手上。已经等了快一个多世纪了,但是当你到来的时候它又发光了。这是命中注定的。"

劳伦看着大腿上放着的水晶球,好像里面有双眼睛正盯着自己。"索菲同我一起来的,也许是为她准备的。"她深思地看着莫伊拉,"我真的很抱歉我不能收。这是你们家族的宝物,应该属于你们家族。"

马尔库斯哼哼道:“他们没有教你新女巫什么什么的吗?”

“侄子,别说话。她不知道的也是我们缺乏的,不是她的错。”莫伊拉身子向前倾,握着劳伦的手,“这很重要,孩子,你也是家人之一。我真的很希望你可以接受这份礼物,因为它选择了你。”

埃罗伊看着爱同非常不自在的两种情感在劳伦脸上交织着。“但是水晶球不是可以预测未来么?那可不是我的天赋之一。”

“这只是一个工具,我亲爱的姑娘。没有其他什么。它只同有非同寻常的心灵感应能量和良好判断的女巫交流。”莫伊拉扬起一只眉毛看着马尔库斯,“你很久前就测试过了。”

阿尔韦恩抓住劳伦的手臂:“拿着,问个问题。就那么用,不要担心。这只是个小小的戏法。”

人群中传来阵阵笑声,劳伦的脸变得通红。“我猜水晶球只是一种传说,就跟坩埚还有尖尖的女巫帽一样。”

幸运的是她并没有抬头看,当时那些人都盯着她的眼神。埃罗伊可以数得出在座的至少有一打都是因为这样或那样的调皮捣蛋行径而受到了莫伊拉的处罚:擦洗坩埚。

劳伦把水晶球从盒子里取出来,当它发光的时候她差点儿把它掉在地上。

莫伊拉微笑着:“一个世纪了,现在终于在对的人手上了。曾祖母说当它点亮的时候很美,真的是很美。”

劳伦看上去完全目瞪口呆。内尔笑道,靠向索菲:“现代女巫,见识到了真正传统的魔法。”

埃罗伊吃惊地看着水晶球,还有一丝嫉妒。她在想象自己要是劳伦该多好。天,她也可以看到它在自己手中被点亮。“她真的一点儿也不舒服么?这些传统真让她不舒服?”

索菲笑起来:“我猜她有点儿像我认识的一个很传统的女巫,她第一次拿苹果手机的时候也是这样。”

埃罗伊好一会儿才把那同自己联系起来:“我那时候也像她现在一样手足无措么?”

“是啊!”内尔点点头,“就好像谁给你扔了颗小炸弹一样。”

埃罗伊记下她的话，准备回头再想。

阿尔韦恩又开始蹦蹦跳跳的了："劳伦，问问题！"

劳伦看着莫伊拉："我应该问什么？"

那就是为什么水晶球选择那些有心灵感应并且良好判断力的了。你有足够的智慧知道应该问什么样的问题。

劳伦闭上眼睛想了一会儿，然后很严肃地盯着水晶球。几十双眼睛也都专注地盯着，但是什么也没发生。埃罗伊听到了一些人失望的叹息，但是祖母却面带着微笑看着。

一会儿劳伦的眼睛噙满泪水，轻柔地对莫伊拉说着话。她又将眼睛闭了一会儿，埃罗伊可以看得出她专注的神色。

当劳伦把她从水晶球里看到的东西同大家分享的时候，大家眼睛都湿润了。祖母正坐在花园的摇椅上，怀里抱着个宝宝，脚边的篮子里还睡着两个。

埃罗伊觉得压着肩上的重担突然卸了下来，祖母会摇我们的孩子。谢谢你，劳伦。

索菲长长地吁了一口气："我猜明年我会还会来拜访的。"

劳伦小心翼翼地把水晶球放回盒子里，这次她触摸它时是那么的敬畏。

她看着埃罗伊，该你了。

埃罗伊看着自己手中的小盒子。

深呼吸了一口气，她打开盒子。是生日石。噢，祖母。她抓着石头，投入祖母张开的双臂，把头埋进她的肩上，那样总是给她带来安慰。

"该你了。宝贝。希望这可以让你的宝宝像我们祖祖辈辈的宝宝一样进入这个世界。"

埃罗伊紧紧地握着月亮石："索菲可能先用得上。"

祖母摸着她的头："孩子，我可不这样想。"

双胞胎总是会早一点儿的。

双胞胎。天啊。面对现实，埃罗伊瘫倒在走廊地板上。她到底要怎样应付两个宝宝呢？

她看着越来越多的礼物被分发出去。劳伦收到吉尼亚花了好多小

时才做好的生日礼物时非常开心。祖母收到一件粉红色的T恤,上面写着“世上最好的祖母”,她咯咯地笑起来。当阿尔韦恩把花朵弄成生日快乐图案时,每个人都唱起了生日快乐歌。

突然,吉尼亚递给埃罗伊另外一个小盒子。这让她觉察到肯定是重要的东西。

埃罗伊觉得自己快要控制不住了。祖母拍了拍她的手:“上吧,宝贝姑娘。这是最好的礼物。”

再一次,她打开了盒子。然后皱着眉头。这是她的心形吊坠。那困扰了她一整天了,她不知怎么弄丢了。她用手摸了摸颈子,阿尔韦恩笑起来:“今天早上我弄丢的。妈妈说如果理由正当,那么我可以那么做。”

埃罗伊开始明白为什么有的人看上去有点让人怀疑了:“小甜心,你还做了些什么?”

“不止我一个人。”阿尔韦恩不知怎的找到了另外一块饼干,“很多人都帮忙了。我们需要一个完整训练圈,把东西缩小可真的太麻烦了。”

但是这个心形跟她之前的心形大小是一样的啊。她困惑地环顾四周。她所有的小巫师们看上去都很骄傲。肯定有什么事儿。

吉尼亚站起来:“让我帮你戴上吧。”

埃罗伊挽起她的头发,吉尼亚扣上项链,然后往后退了些,眼睛放光:“现在开启网络能量。”

埃罗伊把手伸进口袋里,摸了摸iPhone,然后发现它也不见了。阿尔韦恩又笑了笑。这下他可有新的魔法能力了。

吉尼亚摇摇头:“你不需要你的手机了。我们把它放进你的项链里了,还有其他几个很酷的咒语。”

阿尔韦恩还是很兴奋地跳着:“是的,我们的想法是从……”吉尼亚突然用手盖住了他的嘴。

内尔打破了这突然的沉默:“杰米说要把iPhone那种东西缩小到那么小,但是你现在脖子上应该可以永远有网络连接了。”

埃罗伊艰难地想象着自己的海玻璃里面有iPhone。内尔的话再次在她耳边响起。永远的网络连接？她的眼睛瞪得老大，希望与担忧同时袭来。她觉得应该先面对担忧：“这会对宝宝有伤害么？”

内尔摇摇头：“不会。吉尼亚已经对着你的心形玻璃施咒了。而且还有莫伊拉最好的咒语保护，还有一个可以让你看到基本元素魔法的咒语。你现在可以看到能量流了，即使凯文不在你的身边。”

埃罗伊点点头，试图明白这一切。她的宝宝将会是安全的，她自己脖子上也戴着个小小的电脑，或者类似的东西。如果内尔说的都是真的，那细节就不重要。

埃罗伊闭上眼睛，触摸到网络能量。当她的魔法有反应的时候，她的心都快飞起来了。真是随时供她召唤，她什么时候需要都可以。

跟其他巫师一样！

她握着她的吊坠，看着周围的脸。只有这些神奇的人才想出这样的方法将自己的最后一道障碍扫清。他们让自己自由了。没有比这更伟大的爱了。

索菲靠着莫伊拉温泉池旁边舒服的岩石上，叹着气。真幸福，她一直等着这一天呢。

月光倾泻在花园上，薄雾在四周舞蹈。真是一个奇妙的夜晚。或许还有些什么不同。她将麦克搂得更近了些。

他将她紧紧抱入臂弯里，把他另一只手放在她的肚子上。索菲笑起来：“我们的后代很好。你十分钟前才检查了一次，这次也没什么差别。”

麦克轻轻地笑起来：“我不是在检查，我就是感觉一下。每次都觉得像是个奇迹。”

他们得谈谈，两个就快有孩子的人了，可不能总是相隔千里。但是要她离开她在科罗拉多的家，她还是有些心痛。但是如果她不得不那么做，她还是会的。

麦克将一只手指放在她嘴唇上：“嘘，我知道我们得计划，但是我这

里有东西要给你。”

她笑着，他递过来长在旁边的一朵花儿。蓝色风信子，花语说那代表持续而稳定的爱。那总是让她觉得很吃惊，这么脆弱的花儿居然代表这么坚韧的感情。这让她想起她爱的这个男人也有这么一颗坚定的心。

索菲接受了他的礼物，将花稳稳地拿在手里，然后召唤了一丝土系魔法。当花瓣渐渐绽放的时候她靠回他的肩膀。

好一会儿，她对麦克突然加快的心跳感到很吃惊，然后其中一片花瓣闪烁的亮光让她几乎停止了呼吸：“啊！啊！麦克。”

她轻轻地伸进去，把一颗简单而熠熠夺目的戒指取了出来，月光下钻石闪耀着动人的光芒。

麦克将它戴到索菲手指上：“索菲，嫁给我吧！”

她想试图说些什么。

他的手轻轻地罩住她的脸：“小树苗需要根，需要坚实的土壤才能生长，我们也需要。同我一起创造吧。我爱你。”

索菲朝着他微笑着。根同土壤这些可不是平常人求婚能听到的，但是一个土系魔法男巫对土系魔法女巫的求婚，那些就意味着一切了。

她将手盖在他的手上：“好！”这是她唯一能说的一个字，也只需要这一个字。

CHAPTER 20

第二十章

埃罗伊呆呆地在走廊上荡秋千,深吸了一口气。真是死一般的沉寂。艾伦送客人去飞机场了,丽姿的爸爸也带着小家伙儿们出去了。

祖母在她的花园里忙着,麦克求婚所带来的鲜花丛生。埃罗伊咧嘴笑到。索菲的魔法可不是肆意横行的。祖母今早走进花园里,那惊叹声差不多新斯科舍一半的人都能听到。

这事实上也成为一种可以驱逐离别伤痛的快乐。

埃罗伊轻轻地荡着秋千。再过几分钟她也许就有精力去她的工作室了,或者拜访一下祖母了。但是现在,她的力气只够荡荡秋千的。

“侄女,可别太懒了。”马尔库斯从客栈的门走出来,手里还端着一杯茶,“我可准备了施咒编码课程。”

她扬起一只眉毛:“即便是小巫师们,偶尔也可以休息休息。”

“要是他们导师过几天就要走了,就不可以。你要是学得快点儿,我也能早点儿走。”

那真是够有动力的想法。“我们可不可以等到吃过午饭之后?我正打算去工作室呢。”其实也只是很勉强的事实。

马尔库斯摇摇头:“杰米会加入我们的,他在线等着呢。快点儿进来,我把我们的电脑已经弄好了。”

埃罗伊摸了摸她的心形吊坠,叹了口气。即使是这么疯狂的新能

力也不能把她从电脑的诅咒中完全解救出来。她进行了一会儿思想斗争,意识到自己对电脑的讨厌是不明智的,她从秋千上下来,跟着马尔库斯进到屋子里面。

等完事儿了她就去海边找海玻璃。那是她能想到的最有效的奖励自己的方式,要是她得长时间坐在椅子上执行马尔库斯的那些计划的话。

当她看到两台电脑上,巫师王国的登陆界面的时候,她又觉得除了找海玻璃外,自己还应该吃些巧克力。一整条巧克力真的是很好的东西。

她坐在屏幕前面,看到巫师王国只有一半,而另一边却是杰米的视频,这还不错,即使是在那样的情境下。

"杰米,早上好啊。纳特怎么样了?"

他咧嘴笑道:"还在睡觉呢。怀个孩子真的不容易。噢,顺道恭喜你啊。我听说新斯科舍最近宝宝大爆发啊。"

埃罗伊笑起来:"我觉得索菲的孩子是在科罗拉多怀上的,但是祖母还是觉得是在她这儿。她说自己的花园今年很肥沃,充满生育能力。"

突然,马尔库斯的脸出现在杰米的下方。他俩同时出现在自己的电脑上很怪异。"你们聊完孩子的事儿,我们可不可以开始今天的课了?"

杰米翻了翻白眼:"马尔库斯,友好点儿。要不我就把你在她秘密花园外面弄睡眠咒语的事儿告诉武士女孩。"

埃罗伊完全不知道那是什么意思,但是那却让马尔库斯的态度一下子好了很多。也许巫师王国还是有点儿用的。"那我们今天做什么?"

"我们今天要试试你在沙滩上做的。"马尔库斯说道。

埃罗伊的眉毛挑起来了:"你有带雨伞么?"

"不是说那个。"杰米说,"马尔库斯说你可以远距离把能量传送给劳伦。所以我们想看看我在巫师王国里的时候你可不可以把能量传给我。我们知道你可以从电脑里吸取能量,所以理论上讲这应该也行得通。"

"好吧,但是我需要一些推动的东西。"

马尔库斯笑起来真不是什么好兆头:"我亲爱的,那就是咒语编码部分了。为什么你不再试试保护咒语呢?"

埃罗伊叹了口气。有好一会儿她还以为他们会有什么好玩儿的呢。埃罗伊把手指放在键盘上，开始写编码，以便用来施咒。

杰米难以置信地看着：“你教她从零开始写编码？马尔库斯，你太邪恶了。”

埃罗伊愣住了：“还有其他的方法？’

马尔库斯生气地反对着：“是有些捷径，但是我觉得以适当的方式学习咒语是很有意义的。”

杰米朝着埃罗伊眨了眨眼睛：“好吧，既然你的方法都让她把半个海洋的水都浇你头上了。我们就试试我的方法吧，好不好？”

埃罗伊屏幕上的一些图标开始闪烁。“看到了么？它们会带你进入一些菜单，你就选择一些已经编好的咒语就可以了。把它们放到正确的位置，你就可以施咒了。”“或者造成火车事故。”马尔库斯边哼哼边插话道。

杰米笑起来：“其实靠手写编码也不是不容易出现火车事故啊。用这种方法，你可以先学习咒语的逻辑。等你想要更复杂、更好一点儿的编码的时候，你就可以自己动手了。”

她得同马尔库斯好好谈谈那件事儿了。跟着杰米清楚的步骤，埃罗伊几分钟就弄好了一个保护咒语。两个战士出现在屏幕上。“我的戴着蓝色的帽子。”杰米说道，“当我看上去要输的时候，我要你激活保护咒语，然后保护我的士兵。”

当屏幕上双方开战的时候，埃罗伊跳了起来。她怎么知道如何判断哪边要输了？说不定一剑下去就已经死了。

即便如此，虚拟的砍头也不是她真的愿意看到的。

“快点儿输，”马尔库斯冷冷地说道，“要不我就把我的人派过去帮忙。”

突然杰米的头像倒地了，剑掉在一边。埃罗伊抓起鼠标，施了一个咒语。那个戴着红色帽子的战士的剑不可抗拒地往下掉然后在碰到保护咒语的时候变成了一朵花。

杰米看上去很吃惊，马尔库斯以埃罗伊从未听过的笑声说道：“你可别太相信她的咒语，没认真读吧？她用的可是吉尼亚的一个咒语。你没像精灵一样着火就已经很不错了。那个小家伙把所有的这些傻傻

的魔法到处放，还坚持要把大部分加到咒语图书馆里去。”

也许她应该从吉尼亚那里学习有关巫师王国的东西，那听上去可有趣多了。马尔库斯听上去一点儿也不尊重吉尼亚的技巧。埃罗伊看着花儿：“现在那把剑可没什么威胁了，是不是？”

杰米笑起来：“只是有点儿伤害男人的自尊。你能将咒语返回去么？”

埃罗伊摸着鼠标，大脑里很快就出现了咒语雏形的影像。她把它推向戴红色帽子的士兵。当血从杰米的无头头像中迸出来的时候，埃罗伊捂住了眼睛：“啊，真恶心。你有必要把它弄得那么真实么？”

她睁开眼睛，看着两张完全吃惊的脸正盯着自己。“啊，不。我做错什么了？是不是起作用了？对不对？”

杰米看着他无头的头像，慢慢地点头：“是啊。就好像是魔法一样。我只是希望你可以把咒语返回去，可是你怎么做到的？”

她眨了眨眼：“嗯，其实就跟第一个施咒编码的雏形差不多啊。我只是小小修改了一下。”

杰米皱起眉头：“什么雏形？你可以看到咒语编码的雏形？”

不是每个人都可以么？当然，就跟其他咒语一样。

杰米看着马尔库斯，他也正摇着头。

“老天，等一下！”杰米开始在键盘上狂敲。几分钟后，他抬起头，以胜利的眼神看着他们。“我刚刚给吉尼亚发信息了。马尔库斯，她也可以看到施咒编码的雏形。那就是为什么她能同埃罗伊一样用网络能量，但是我们却不行。他们可以看到咒语的形状。”

马尔库斯抱怨道：“武士女孩也可以？上帝保佑啊。”

为什么她总是房间里最后一个明白自己能量的人？那有什么重要的？

杰米咧嘴笑着：“嗯，对你同吉尼亚来说，至少，不管是虚拟的还是现实的你都可以看到能量流，而且可以用同样的方式控制它们。”

她耸耸肩，她本来就是一个虚拟的女巫，又不是什么新闻。

马尔库斯叹了口气：“我希望吉尼亚可比你更加珍惜这份天赋。”

埃罗伊的不满又倒了出来：“我都不知道那到底是什么意思我怎么

珍惜？这种在线游戏，可不是什么值得兴奋的事情。”

啊，天啊，魔法王国可是杰米的宝宝，她刚刚在脑海里侮辱了它。她的脸烧得通红，她看着屏幕：“我很抱歉。真的不是游戏的事情。我肯定它很有趣，但是……”她不再说话。没必要让自己越陷越深。

杰米很严肃地看着她：“你可不可以再为我试一次？我敢确定那可以帮助我们知道这为什么很重要。”

他拿出一朵花骨朵儿。

杰米假笑道：“阿尔韦恩觉得我要让他干啥事的时候也是那副表情。”

埃罗伊想要控制好她的情绪，小巫师们的表情她再熟悉不过了。当然她肯定会比一个四岁大的孩子表现得成熟点儿：“你要我做什么？”

“你的屏幕上有个开花的咒语，你可以把它激活然后传给我么？”

很简单。埃罗伊拿起她的鼠标，点了一下。杰米笑着看着花瓣从他的花儿上掉下来：“我还是会觉得这是已经绽放的。”

埃罗伊脸红起来。

马尔库斯在掌心弄了个咒语雏形：“我猜这就是你想要的第二步？”

杰米点点头，拿出第二个花骨朵儿：“再试一次，但是这次把马尔库斯的开花咒语传给我。”

好吧，她还是很想发脾气。下次如果她要让花朵绽放，她打算在一个恐怖的花园里。看着马尔库斯下线的头像，她召唤了网络能量，抓起他的咒语，把它通过电脑传给了杰米。当花儿在他手里爆炸的时候，杰米尖叫了一声。

天啊！当她意识到自己都干了些什么的时候，脾气突然没了。她到底怎么了？对每一个小巫师来说，学会控制魔法是第一课。“杰米，对不起，我今早上很累，但是那都不是理由。你还好吗？”

他的笑容充满了同情：“小姐姐，你有个更好的理由。问问莫伊拉怀孕女巫的乐趣吧。内尔怀三胞胎那时候可真是太要命了。”

他看了一眼马尔库斯：“教她如何掌握对一个训练圈吧。怀孕妈妈的魔法有时候是很难预测的。但是也没必要把家具给烧了。”

她的宝宝是造成这一切的原因么？已经是了么？莫伊拉将一只手放在她的肚子上，很难控制情绪。

杰米咧着嘴笑道:“是啊,纳特的情绪波动也很大啊。”

她抽泣着。从十三岁起她的情绪就很少有波动的时候了。“我们现在弄完了这些魔法。”

“是时候回到那件事情上了。”马尔库斯说道,“姑娘,你是怎么做到的?”

她也不是什么彻头彻尾的笨蛋:“当然,我从你那儿拿的魔法,传给杰米了啊。”

当她意识到的时候,她自己惊呆了。她推送了魔法——真正的魔法——推送到了千里之外。

杰米眨了眨眼。

她慢慢地摇了摇头。“我可以为魔法创造一个通路。”

“是啊。”马尔库斯说道,“你可以推送魔法,不管是现实中的还是虚拟的,也不管距离多远。”

在祖母的世界长大的巫师都知道那意义深远。魔法只有在能到达的地方才能有效。如果马尔库斯叔叔是正确的,那么小巫师社区所影响的范围可就比那大得多了。

她的血液突然加快了速度。她可以将魔法推送给任何巫师,不管他们在哪里。跟任何网络巫师一样,埃罗伊觉得真相就在她的血液里流淌。

终于,她的灵魂都感到很快乐。祖母总说巫师们其实没有魔法——他们只是用魔法。现在,她知道她该做什么了,现在她知道她为什么会有这样一种新形式的魔法了。

她知道她要成为的那种女巫。

现在,她的魔法的基础是她的弱点,而且跟她所相信的东西格格不入。但是这里有一个理智的她,作为祖母的右手,她天生就是个组织者。

她朝着马尔库斯同杰米笑道:“我们需要召开一次会议。”

杰米看着魔法王国新的、匆匆建起来的巫师会议室。没有城堡,也

没有青苔,只有舒服的沙发,还有一些很酷的艺术品。还好他不负责装修。

他已经听说埃罗伊对同她的魔法相关的技术很是反感。要是有人真的那么想的话,那他一定还没见识到过去几个小时埃罗伊所下的命令。以前杰米觉得说到召集巫师,内尔可是不二之选,现在他才发现他错了。

他朝内尔靠过去:“这就是那个害怕虚拟世界的女人?”

内尔耸耸肩:“两天前她还不知道怎么打开iPhone呢。”

杰米哼了哼。埃罗伊已经接管了魔法王国,下令召开一次在线会议,而且还把48个巫师都弄进了虚拟现实里。这个女人可不厌恶科技。

或者至少说让其他的人都帮她用。谢恩同米娅已经花了三个小时帮忙编码这新的巫师在线交流模式。尤其是当吉尼亚同阿尔韦恩一下飞机,他就把他们绑架过来,以便可以尽快弄出一个转移编码。还好他有好多帮手。

一旦正儿八经的事情干完,他就会因为自己在魔法王国游戏水平而开心不已了。

然而现在,埃罗伊有个会议室,还有巫师穿梭服务。他都等不及想看看她到底要干什么。

对此充满期待的还不止他一个。莫伊拉坐在一张舒适的蓝色沙发上,阿尔韦恩依偎在她大腿上,三胞胎则待在她脚边。莫伊拉骄傲地看着埃罗伊。

杰米对那种神情再熟悉不过了——就像所有导师的神情一样。就是当你看到你的训练生开始自由飞翔时所有的那种表情。不管她经历了怎样的艰辛,也不管道路是如何的坎坷,埃罗伊现在是对自己的力量同目的都充满自信的女人了。

她站在房间的前面,每个人都朝着她的方向看。“首先我谢谢大家的到来。我知道这次召集大家来很仓促,而且情况也没有说得很明白。”

索菲笑着说道:“你要我们来,我们就来了。”

杰米点点头,好多人也点了点头。这就是巫师集会日。埃罗伊已

经召集了那些会编码施咒的。没人有疑问。

“你们中许多人应该知道,我们已经发现了一种新的力量源泉——你们中会编码施咒的都可以用。”

“但是我们不能像你那样用它。”高文说道。他是魔法王国里面顶级的玩家之一。

“是的。我们中间有些人使用网络能量的力度跟其他人不同。过去的一周我们一直在寻找那些可能的方法。我觉得杰米同马尔库斯已经把我们找到的用途简短地告诉你们了。”

高文向前倾了一下:“你可以通过网络向我们任何一个人输送魔法,对不对?”

埃罗伊点点头,人们开始窃窃私语。她举起手:“我们也可以将魔法从网络中吸取出来。这给了我们很大的自由,可以把所需的魔法送到需要的人手中。我今天让你们来就是要谈谈我们怎么才能最好地利用它来为我们服务。”

高文想了一会儿:“我觉得这对小巫师的训练是极其有帮助的。通常小巫师在魔法刚刚显现后能力属性不明显,我们最经常犯的错误就是给他们匹配不适合的导师。”

莫伊拉笑起来:“高文,你说得太对了。而且还可以用来协助你的气候工作。”高文同他的同伴已经花了不计其数的时间来减少地球上一些灾难性气候模式的毁灭程度。

接下来索菲开始说话了:“因为我一个人住在科罗拉多,很多事情我都不能做。”她碰了碰麦克的肩膀。“至少我以前是一个人。上个月,一个小家伙在我所住的街上走丢了。要是可以求助杰米或者阿尔韦恩让他们发送一个搜索咒语的话,那事情就简单多了。我可没有那样的本事。”

内尔点点头:“加利福尼亚州的医生不是很多。有时亟需的时候要是有更多的医生就好了。”她皱起眉头:“但是这听上去像是个非常大的组织性挑战。”魔法师不可能随时待命来施咒。

埃罗伊的眼睛突然一闪:“对了。你们所提到的那些,我们真的没办法做到让所有的魔法师都24小时待命准备好所需的魔法。但现在我们只需要他们的咒语。”

啊！杰米一下子明白过来了。现在他知道为什么她要召集编码施咒的人了。她真是太聪明了。

她的活力在整个屋子里舞动着。“像阿尔韦恩、吉尼亚同我，我们三个可以将魔法传送给需要它的人，但是我们不需要真正的巫师来施咒。我们可以用一个已经弄成编码的咒语。那就是我希望你们可以做的事情。”

杰米点点头，他已经在脑子里想计划了：“你需要我们建立一个咒语库。”他可以看到周围急切的脸。要找愿意帮忙的人并不是件难事儿。他感觉到一场持久的建立咒语库的计划正在酝酿之中。

高文咧嘴笑道：“我们已经有一个非常好的储存库了，但是我觉得把护城河的水变成熊熊燃烧的火苗可不是你所想的。”

埃罗伊笑起来：“要是你们中谁真的有护城河，那我们也可以试试。但是我没有那样想过。我想的是基本上每天都会用到的一些咒语——简单的治愈术，呼风唤雨，搜索魔法——这些我们大多数人用来帮助朋友同邻居的咒语，但是我们可以想得更宽一点儿。”

麦克看上去很严肃：“这些可不单单是日常用的。我们可以用它救命。”

埃罗伊慢慢地扫了一眼整个房间：“是的，我们可以，我们也会那么做。我希望从日常的咒语开始，等有了一定的储备，它可以帮我们找出作为一个社区新的不同以往的方法。”

她深深地吸了一口气：“要是我们可以带来小的魔法，大的魔法也应该可以。”她直直地看着马尔库斯。“我梦想有一天我们不会因为没有及时地得到魔法帮助而蒙受损失。”

她将手伸向人群：“我们是巫师，服务就是我们的义务。我想请你们每一个人，尽你们所能来帮忙。”

马尔库斯是第一个站起来的人。

CHAPTER 21 第二十一章

一大清早,莫伊拉就从屋子里出来,来到还笼罩在晨雾中的花园里。睡眠让她全身无比的放松。当她发现她侄子一身都被晨雾打湿的时候她有点儿惊讶,而让她最吃惊的还是他笑着站在那里要帮她的忙。

“我亲爱的,你今早上看上去精神很好啊。”

马尔库斯耸耸肩:“我醒得很早。我也不知道为什么。其实大半夜我就醒了,还同杰米一起弄了弄新编码的咒语库。已经有相当多的巫师质疑那些咒语了。巫师没那么有组织有纪律。”

莫伊拉藏起她的微笑:“他们只是很想帮忙罢了。”

“他们要是帮着分类就算帮忙了。”马尔库斯哼哼道,“也可以动动脑子帮帮忙。肖恩已经把海盗幻觉咒语同窃听咒语上传上去了!”真是可爱!面对满脸愁容的马尔库斯,莫伊拉笑起来。这才是她所熟悉同喜爱的马尔库斯。“你可保不准什么时候那个海盗幻觉咒语就派上用场了。”

他的眉毛差不多快皱一块儿了:“你不是说真的吧。”

“我们的目的就是要让小巫师们参与进来,帮助其他人,那是很美好的一件事。窃听咒语只需要一些小小的改动就可以变成用来寻找走丢的孩子的搜索咒语。你怎么不让肖恩帮你改进一下呢?”她开始嘟嘟哝哝。

她觉得还有希望,进一步说道:“他是一个很强大也很有想象力的施咒者。当然也就需要很有创造力的导师来带他。”

“嗯。也许将他同凯文分到一组会有帮助。凯文好像还靠谱一点儿。”

莫伊拉这次不得不转向看着她的花儿来隐藏她的微笑。最近变得开朗起来的可不止埃罗伊一个。马尔库斯在训练小巫师,而且只是象征性地抗拒着。这样的转变,谁又能想到呢?

“埃罗伊现在的责任重大。”马尔库斯说道,“你已经帮她准备好了吗?”

“我只是帮忙让她成为了她应该成为的人而已。”她现在对埃罗伊所做的一切都感到非常骄傲。昨天巫师社区有了一位新的领导,一个用她自己新魔法来加强旧魔法的领导。

“她有根深蒂固的传统观念,但是对她周围的人也有很强的责任感。”

莫伊拉的心揪了一下:“你说是因为责任感,我倒觉得她做这一切是出于爱。她真的有一颗很高尚的心。”也许一两束那样的爱也可以射进马尔库斯心中筑起的防线。

很久以来,他一直就是个多愁善感的男孩儿。伊万死的那一天,马尔库斯身上仿佛有什么东西破碎了。作为医生的莫伊拉对失去伊万已经心痛了差不多50年了。即便是一个传统观念根深蒂固的人,也很难在那么长的时间里还抱有希望。

他今早对她笑了。对这样一个美好的夏日而言,那是一个良好的开始,她将会倍感珍惜。

她也不会瞎干预。“我听说杰米同阿尔韦恩今天下午会在网上起居室里弄一个警报系统。我觉得他们会很欢迎你这样一个意念巫师的加入的。”

即使是马尔库斯也无法抵挡阿尔韦恩的魅力。这个小家伙的魔法能量就是他对生活的热爱,而这种热爱是会蔓延的。

内尔:同我们新的巫师王国会议空间相比,这个感觉好像真的很老

式。

莫伊拉:是啊,但是我们还不能那么大张旗鼓地用传输咒语。也许弄好几个以后,可以试试看。

内尔:我的三个女儿、阿尔韦恩还有杰米都很努力。吉尼亚说他们正在想怎样更多地依靠编码,更少地依靠传输魔法,这样巫师王国的传输服务很快就能建立起来了。

莫伊拉:我很期待。小家伙依偎在我大腿上的感觉真是棒极了。他很快就会长大了,那样抱着他的日子也就不多了。

内尔:你很快就可以抱更小的宝宝了。

索菲:是啊。我需要在那个房间安上一张摇椅。莫伊拉应付爱挑剔的宝宝可是有一套。我个人而言可是想要好好借力一下。

内尔:天,要是我的三个女儿还小的时候也有人可以这么照料一下该多好。

莫伊拉:我那时候要怎么进去。

索菲:好吧,埃罗伊同我都将很开心地从现代科技中受益的。

埃罗伊:是啊。不好意思迟到了。艾伦正同他朋友商量准备装修我们的新房子。我可不能待太久,否则他们会为每个孩子都加上好几千英尺宽的空间的。为什么男人们总是觉得越大越好?

内尔:那个问题,嗯,我想是同年龄有关的。

索菲:你们打算建在哪里?

埃罗伊:就在旅馆同祖母的小屋之间。孩子快要出生了,我们想要自己单独的空间。我觉得人们可不想在度假的时候听到孩子的哭声或者是受惊吓的小脚步声。

莫伊拉:我亲爱的,你也许会感到吃惊的。但是我觉得同你和艾伦住得更近一些更好了。我一点儿都不介意听到小宝宝的声音。

索菲:接下来的一个月左右艾伦可以应付两个怀孕的妈妈么?

埃罗伊:先喂饱我才行!开玩笑的,应该可以吧。我突然觉得好饿。是不是正常的?

内尔:啊,是啊。能吃就好好吃吧。希望你不会有什么呕吐之类的麻烦,但当宝宝足够大的时候,你就没啥空间用来装食物了。

莫伊拉:我过去经常想我的宝宝肯定把我吃的东西偷走了,然后喂给精灵之类的了。我刚刚怀孕的那个月吃得很多。索菲,你这个秋天要来我们这里么?

索菲:算是吧。麦克同我还在计划结婚的事情。

埃罗伊:啊,你们是想着这儿结婚么?

索菲:也不全是。等等。

内尔:姑娘,打字打快点儿,不要那么神神秘秘的。

索菲:不好意思。问题是我们到处都有家人,很多地方对他们对我们而言都很特别。麦克的父母在墨西哥有一处很美的地方,海洋之角。我们在那儿进行了第一次完整的魔法圈。当然还有你的花园,莫伊拉姨母。我们想从中选一个,但是很难选。所以我们打算先不选了。

内尔:什么?

埃罗伊:你已经结婚了?

莫伊拉:啊,我的姑娘。祝福你。

索菲:我们在我的花园里进行了结婚仪式。很小,但是很甜蜜。现在我同你们分享我的喜悦。我们是想通过旅行来庆祝我们的婚礼。我们先从墨西哥出发,去那儿见见麦克的父母,然后去伯克利,当然内尔要是你方便的话。

内尔:我们从来不对派对说不。索菲,恭喜你。他是一个很不错的男人。

索菲:我知道。我们最后一站是去新斯科舍,莫伊拉姨母,我们最后一站去你那里。

莫伊拉:孩子,我们会准备欢迎你的到来的。这是爱尔兰传统,这是真正有意义的派对。

索菲:没人生气么?

莫伊拉:亲爱的孩子,你一直都是一个人。你当然可以享受你自己的幸福,现在你同我们大家分享。除了感到幸福以外,我们不会生气的。

埃罗伊:索菲,我真的太为你开心了。真的。

索菲:我爱你们,很爱很爱。

内尔:我那三个女儿要是知道她们这次不能穿褶皱裙了也许会生气的。

索菲:作为新娘的我觉得派对的裙子也可是有很多褶皱的,她们当然可以穿。

内尔:好。阿尔韦恩可不希望他自己穿着那些褶皱的东西。

索菲:就这么说定了。这个新娘的规矩很简单。你们最近怎么样啊?我知道吉尼亚在魔法课程结束后,很想念她的姐妹。

内尔:是啊。她们之前可没有像那样分开过,所以现在又在一块儿了,可开心了。杰米现在正让她们为新的咒语库忙着呢。

索菲:那个进展得怎么样了?我接到了最新的任务看上去组织得很好。

埃罗伊:你可以谢谢马尔库斯。

索菲:真的吗?杰米说马尔库斯这次真的很积极。

埃罗伊:他已经想出了一个绝妙的标签系统,你可以通过搜索来匹配你最需要的最接近的咒语。杰米都对那个赞不绝口。

内尔:我的女儿们觉得他就是个天才。

莫伊拉:他可是把那些才能隐藏得很深啊。也许我不得不让他帮我整理我的那些书了。

埃罗伊:凯文也会很愿意帮忙的。他也许不怎么愿意出来,你得隔三差五地看看他,确保他没有被饿死。

莫伊拉:我会的,但是我会等等看。他同肖恩在为你的小项目准备一些很有意思的咒语。

埃罗伊:哦。我上次看到的那个是清洁咒语,一边清洁,一边还放着鲍勃·马利的歌。

内尔:太棒了。我要一式三份!

索菲:我也要。

埃罗伊:我觉得你们还是等它可以真正完成清洁工作的时候再要吧。但是唱歌的那部分真的很不错。

索菲:清洁咒语的部分有被分类么?

内尔:我想是的。武士女孩给马尔库斯好好上了一课。

莫伊拉:发生什么事情了?

索菲:马尔库斯把清洁咒语放在“女人的咒语”一栏里。当我把减轻女性经期痉挛的咒语放进去的时候发现的。

莫伊拉:啊,他真的那么做了。

埃罗伊:祖母,不要担心我们都给他上了一课。我觉得那不会发生了。吉尼亚说要建个“抱怨的老男人”咒语库,要是那样的事情再发生的话。

莫伊拉:好吧,我觉得我也许还是应该再提醒一下他。我的坩埚也是到时候有人擦擦呢。

索菲:太棒了!要是你愿意,我还可以把它弄脏一点儿。

内尔:阿尔韦恩加入的那个唤雨咒语就可以做到。马尔库斯就是个呆子。

莫伊拉:你们觉得我没有很方便的清洁咒语么?你觉得这些年我怎么想制造麻烦的家伙忙起来的?但是让所有的小巫师都参与进来真的是件好事,要是有唤雨咒语那就再好不过了。

内尔:当然是好,但是你得在接触的时候坐在外面。巫师王国的一些玩家对现实生活中的咒语还有些不是很适应。我觉得高文的起居室现在还是湿的。

索菲:糟糕!

莫伊拉:我想提个要求,要是可以的话。亲爱的索菲,你可不可以给我弄个睡眠咒语?我自己弄现在有点儿困难了,我真的很想每晚好好睡一觉。

索菲:那主意不错。我已经上传了几个治疗关节痛的咒语,你可以用来治治你的手。我想知道你用过以后效果怎么样。

埃罗伊:哈,下次要是我在工作室里弄了一整天,我也去试试。我的手每次弄完就会很痛。

莫伊拉离开电脑去拿她的茶。巫师们互相帮忙也不是什么新鲜事儿而是最古老的做法。但是现在可以有效地帮助到那些需要帮助的巫师,而且更加容易了。现在她看到的是大家慷慨地分享。

一些小小的礼物,免费赠送给别人,这就是魔法的根本。现在有了

新的生命，现在由她的孙女掌舵。

有时候作为长寿的回报真的是很丰厚。

“啊！”杰米痛苦地叫道，“哇，还是太大声了。阿尔韦恩，老兄。我们需要把音量再调低一点儿。”

埃罗伊看着电脑屏幕上的滑稽动作咯咯地笑，很开心他们最近不把自己当做实验的小白鼠了。他们在安装一个警报系统以便在紧急情况出现的时候通知网络能量巫师们。咒语库可以用来满足很多需求，但是总有需要现实中活生生的网络能量巫师的时候。

想出一个警报咒语并不是什么麻烦事儿。要说服阿尔韦恩火警报警器不需要弄得那么大声可比想出那个主意困难得多。

吉尼亚摇摇头：“杰米叔叔，我觉得我可以控制这个编码的音量。我们弄那么大声也许是想吸引某些人的注意。”

杰米想了一会儿。“你发警报时，发给谁来控制音量？”

“有道理。”埃罗伊摸了摸她的心形吊坠，“一旦每个人都戴着吊坠而不是手机的时候，我们也许也需要调节音量。”

那天早上她把一大包海玻璃寄给了杰米。他同阿尔韦恩会想办法把手机缩小到海玻璃里。这种方法更可靠，尤其是对小巫师而言海玻璃还可以防潮。手机可没有那么耐用。

吉尼亚抬起头：“好。我要发给你了。让我知道声音是不是太大。”

埃罗伊眯着眼睛。上次听上去像是一个巨大的钟撞到了她的脑袋。幸运的是吉尼亚有关声音的控制可比阿尔韦恩精确得多。“好多了。要是再轻一点儿对我而言就更好了，但是还能接受。”

杰米咧着嘴笑道：“看上去我们已经可以用了。你的队伍有可以用的紧急情况么？”

埃罗伊翻了翻眼睛：“他们从天亮就准备好了。”没什么比让丽姿同那两个双胞胎故意捣蛋更开心的事情了。

她将身子探出窗外，按了“启动”按钮。马尔库斯，躺在吊床上，手伸向天空,听到了从空中传来的刺耳的声响。老天!需要上上音控课的可不止阿尔韦恩一个。

过了一会儿,丽姿尖声叫起来。埃罗伊看了看她的电脑:“紧急情况正在进行中。”

吉尼亚咧嘴笑:“太棒了。我准备好了。”

埃罗伊走了出去,决定亲自监控。马尔库斯还是躺在吊床上。“你不是应该照看好他们吗,那样肖恩不会把被冲到海里去。”

他拍了拍脑袋。“我同凯文是意念连接的。一点儿问题都没有。丽姿爸爸的船出海了。肖恩什么地方都没去。”

埃罗伊摇摇头。她知道肖恩即便是你看着他,他也能给你闯出许多祸来。

在沙滩,他看到肖恩在轮胎内,随着海浪开心地漂着。当他看到她的时候,他尖声叫起来:“鲨鱼!救命啊!”她忍不住笑了。因为新斯科舍从来没有过鲨鱼。

凯文同丽姿都在沙滩上,充当营救者的角色。凯文手里有个手机,拍了一些视频这样吉尼亚就可以看到发生的情况。聪明的家伙。他们还没来得及讨论怎样最好地应对突发情况,怎么保持联系,但是通过视频可比短信和通话快多了。

过了一会儿,丽姿手里也拿着手机,慢慢摇了摇。她只有在用魔法的时候才那么做。埃罗伊摸了摸她的吊坠,启动了一个新的视觉化的咒语,这让她可以看到基本魔法的能量流。

天!吉尼亚把一堆咒语雏形都推给了丽姿。许多空气魔法,也有道理,那是将肖恩带到岸上的最简单的方法。但是她到底要拿火系魔法干什么?还有第三种,混合的魔法雏形,她都识别不出来。

丽姿,她只有三英尺半,应对着这种全新的魔法。咒语雏形堆中包含最多的空气魔法咒语雏形首先伸向肖恩,把他吹到了岸上。管用的营救方式。真棒!

刚回到一半,丽姿咧嘴笑起来,开始挥动她的左手。突然,肖恩又朝着海水的方向退了回去,而且速度非常快。那个轮胎在海上翻滚。埃罗伊可以从丽姿的脸上看出这次转向是故意的,而轮胎的翻滚却是意外。

还不算真正的紧急。肖恩可是游泳健将，丽姿爸爸的船也在不远处。这次精心策划的演习现在正一丝不苟地进行着。

她与凯文、丽姿同时聚集在一起。一双手快速地停在了他们中间。他们都清楚要是打扰一个手上有大堆魔法的施咒者会惹来什么样的麻烦。

丽姿接住了埃罗伊没能识别的魔法，慢慢地激活了。突然空气中传来一种奇怪的音乐。凯文全神贯注地听着，然后咧嘴笑起来："是海豚的声音。她在召唤海豚。快看！"

他指着海面。果然，三只海豚从北面朝肖恩游过去。

丽姿开心得跳起来，但是还是没有放松。当海豚靠近肖恩的时候，那奇怪的音乐发生了一点儿小小的改变。

埃罗伊敬畏地看着肖恩抓着两只海豚的背鳍。她可以听到他疯狂的笑声盖过了海浪声。三只海豚中最小的那只在跃出水面在前边引路。埃罗伊笑起来。又是一个不知道紧急情况不应该这么好玩的小家伙儿。

丽姿开心得转起圈来，音乐第三次发生改变。海豚拉着肖恩绕了一大圈，然后把他送到了离岸20英尺的地方。

肖恩玩了一会儿水，将手高举入空中。

凯文靠向丽姿："你不打算救他么？"

丽姿耸耸肩："他会游泳。"

"是啊，但是我们是在演习呢，记得吗？要是他不会游泳怎么办？"

丽姿嘟哝道："好吧。"

两分钟后，肖恩就出现在了岸上，吉尼亚提供的火系魔法一下子就帮他把衣服烘干了。现在埃罗伊知道火系魔法是用来干什么的了。

她前面都不是很确定这些小家伙会如此认真地对待演习，但是吉尼亚已经展示了她的创造力，还有在将魔法传送给丽姿之前的深思熟虑。真的干得很不错，而且埃罗伊也学到一些东西。很快她自己就要开始这样做了。

当他们的咒语库项目很快建立起来的时候，分享日常的咒语真的是巫师网络的核心。运用网络，运用这样的能力，他们可以拯救生命。

然而他们的应急小组首先还是需要更多的实践。

CHAPTER 22

第二十二章

埃罗伊看着手中的花儿慢慢地开放,开心地笑起来。理论上,她同祖母都在测试吉尼亚最近为网络能量巫师想出的咒语。

现实是,很多时候,每个早晨她都觉得自己像是实现了儿时的一个梦。那时候祖母总是说:有一天,你会同我坐在花园里,我们会一起用魔法。

她等这一天已经等了很久了,但是这一天终于到来了,就在今天。他们只是分享了几句爱抚的话。知道她们携手做了几个世纪以来巫师们都在做的事情。

从她开始记事起,祖母就常常坐在她的花园里。埃罗伊早期的记忆也是在这里,她也坚信魔法是用来治愈的,用来创造的。

那个小小的魔法,做了很多次,很有用,也是一个巫师真正的能量。

莫伊拉站着伸展了一下身子,然后朝她招手:“来吧,孩子。这片甘菊需要吉尼亚传送的魔法。”

埃罗伊举起手,努力把效能咒语同其他魔法分开。刚开始的时候很困难,有一些咒语雏形已经模糊不清了。那就是他们想知道的事情中的一件:多久那些咒语雏形就会消失。

大概20分钟,她觉得她解开了效能咒语。慢慢地她碰了碰甘菊。当它开始摆动的时候,她笑了:“我觉得不是这个。”

莫伊拉得意地笑:“我觉得也不是,但是这个咒语还挺好的。”

埃罗伊感觉自己像是某个夏日的小女孩儿。她走进了一个很小的圈子,摸了摸她能碰到的花。一会儿整片花儿就开始跳起舞来。祖母很开心。

她们在那儿站了一会儿,手臂挽着手臂,看着花儿在午后的阳光下摆动。

这是她在祖母脚边学会的另一课。有时候,魔法就是拿来享受的。

内尔躺在毯子上,享受着温暖的晨光亲吻着她的肌肤。让五个孩子准备好野餐的东西比以前简单多了,但是她还是觉得自己有权利享受一下慵懒的时光。

纳特同杰米可以看着阿尔韦恩。他们马上也有个会火系魔法的宝宝了,照看阿尔韦恩可以让他们多些经验。另外,在海洋之角也没有事情发生,这个地方的魔法总让她觉得可以保护她。

她回想起刚刚生下阿尔韦恩的那周,还在想自己的弟弟是不是为此做好了准备。一个还未出生的孩子就开始玩起能量流,真的很不寻常,如果她的儿子的例子真是值得信任的话,纳特从一怀孕开始就在为此做着准备。会是一场奇妙之旅的。

她睁开一只眼睛看着他们,发现杰米根本就没有把注意力放在阿尔韦恩身上。他的手一直停留在纳特的肚子上,脸上充满了惊奇同恐惧。“老弟,怎么了?”

“我能感觉到她。”杰米小声地说。

内尔皱起眉头。纳特的肚子还没有达到杰米可以听到孩子踢肚子的时候。

纳特摸了摸他的脸:“这是魔法。我都可以感觉到她。她在玩儿。”她将一只手伸向内尔,“我肚子这儿有很大的空间,如果你想摸一摸的话。”

她慢慢移了过去,把手放在纳特的肚子上面,开始绕着肚子摸了一周。火系魔法可是内尔最强的魔法，这个可以跟她还未出生的小侄女儿分享。她闭上眼睛，让海洋之角的能量流遍全身。

她可以感受到几种不同的能量流。杰米站得很近，阿尔韦恩同吉尼亚都在远处玩儿。杰米的手下面有一个跳动的小火球。内尔感知到她能感知的能量，同纳特分享。她很肯定杰米可以感受到他女儿无法抗拒的邀请。

即便如此温柔，杰米还是触碰到了跳跃的能量流边上的触须。内尔可以感受到他发出的爱，还有平静。火球慢慢熄灭了。宝宝心满意足。

内尔感觉到眼泪从自己脸颊上滑落，她肯定哭的不止她一个。

马尔库斯坐在电脑前，搓了搓手。终于一个人了！

他也许不是巫师王国里最会编码的，也许也不是最强大的网络能量巫师，但是他最有经验，当然也有纯粹的坏脾气。很明显要是没人阻止，武士女孩占领整个巫师王国的日子就不远了。

他就是那个要阻止她的人。他有一个很大胆的计划，而且之前都没人想到过。

他要交朋友。

他已经想好了一些很好的隐藏咒语。用来作为建立联盟的礼物很是不错。或者是贿赂，不管要什么代价。

他计划从很小的开始，然后尽量躲避，不被发现。在巫师王国里那就是说得从初级开始。这些顶级的玩家可没兴趣同新手玩，这太不够挑战。

但是，午夜睡醒后他意识到，这些新的玩家也就是他所需要的。网络能量。许多的网络能量。从初级玩到高级就意味着编码咒语能力的提升。许多巫师王国的玩家都还不能自由地编码。所以他们现在还在初级阶段。他们大多数也没有意识到他们能用网络能量做什么。

他们需要一个领导者。一个老道、有经验、有智谋的领导者。

马尔库斯笑起来,发出了一个大范围的邀请。他就要打破巫师王国的这种平衡了。

麦克第三次摔倒了,前面也摔了很多次,索菲忍不住笑起来。索菲用做瑜伽的方式来逃避麦克提出的慢跑的建议。她小心翼翼地把手伸到身后,双手抱住左脚,头弯下来。

麦克从门边朝她抛媚眼:“你这样做可以做多久?”

“纳特说只要我可以,我的身体会告诉我什么时候停下来。”她笑起来,“我只是想确保我不会开始跌倒,我可不能摔到我的肚子。”

“宝宝大点儿的时候你的平衡感也许就不是很强了。”麦克想到这里很开心。

索菲想起来,他也许同意她摔倒吧。“纳特说事实上它有助于平衡姿势。重心更大了。杰米说她现在仍然可以做双手倒立,这可把他吓坏了。”

他抓住她的手,将她拖到自己身上,这让她很轻柔地就躺了下去。“不要吓我,好不好?我昨晚看了一个分娩的视频,我都快要吓死了。”

他看了分娩的视频?真好,但是也许有误导吧。“你知道女巫分娩跟普通医院里的看起来不太一样,对不对?Youtube上的那些分娩视频有时真的能吓死人。”

他扮了个鬼脸:“那就是一个女巫分娩视频。我妈妈把她生我的时候的视频发给我了。”

“真的吗?”她把头从他肩膀上抬起来,“我也想看,或者我也许不想看。为什么很吓人?”

“其实也不是说吓人。”他抚摸着她的背。她不确定他是想安慰她还是想安慰他自己。“我妈真了不起。那儿没有完整训练圈,所以只有我的两个姨母,但是那……怎么说,我觉得我欠母亲的太多。”

她很困惑:“有那么吓人?’

麦克摇摇头:“不,不是那样的。”

有时候土系魔法巫师们总是不太擅长表达他们的观点。她轻轻地戳了一下他的脊梁骨。

“是我爸脸上的那种神情。我从来没有见他如此害怕过。他很恐惧。妈妈很棒,但是爸爸看上去很糟糕。要是我也像我爸那样呢?”

她还没见过他的爸爸,但是索菲了解麦克。如果需要为她坚持到最后一秒,他一定会撑下去的。内尔也说生育圈在过去三十年里已经进化了。他们现在也为准爸爸提供帮助。

“要是谁能把事情搞砸的话,那肯定是我。”她把手放在肚子上,“但是还有时间呢。宝宝还得慢慢长。”当他开始检查宝宝的时候,麦克的呼吸变得平缓。

当她的左小腿肌肉抽搐消失之后,索菲笑起来。有他这样一个好男人在身边真好。

肖恩朝沙滩四周望了望:“伙伴们,我们得找到犯人。不允许有人能逃脱伟大的海盗达斯维德之手,而且还活着到处宣扬。”

凯文在空中挥舞着他的光剑:“船长,我们会找到她的。我们找到她的时候一定要让她走跳板。在伟大的论剑之后,她不会有机会活下去的。”

肖恩靠意念魔法四处寻找,想要找到他们的犯人。他的兄弟挤了挤他的肋骨:“肖恩,你是在作弊,不可以用意念搜索。”

“我们是海盗。我们本来就应该作弊。另外,丽姿也在用魔法,要不我们怎么才能找到她。”那女孩儿可以在靠近水边的任何地方隐身,所以那就是她为什么坚持在沙滩上实战的原因。她也许还小,有时候也很烦人,但是她可不笨。

“船长,我们可以进行秘密行动。”

肖恩叹了叹气。秘密行动可没有光剑那么有趣,但是你同女孩子玩的时候你不能总是打架,否则她们会抱怨很无聊的。“伙伴们,你有什么计划?”他又咆哮了两声。如果他要做一个很无趣的海盗,那么至少

他听上去要像那么回事儿。

凯文咧开嘴笑起来:“妈妈给我们送来巧克力蛋糕了。”

那真的完全有用。丽姿对蛋糕可没什么抵抗力。“快去拿供给,让我们吃顿海盗午餐。”

“犯人怎么办呢?”凯文用很平常的腔调问道,但是意念广播还是让丽姿听到了。

“啊啊啊啊。”肖恩咆哮道,挥舞着他的光剑,“犯人可不能吃巧克力蛋糕。让他们吃沙子。”他觉得对海盗而言那是相当有创造性的一句话。

丽姿的头从某个浮木后面探了出来:“我可不吃沙子。你得跟我分,这是规矩。”

真难过,她说的是真的,但也许妈妈拿来的蛋糕够三个人吃了。她那样做真是太聪明了。他朝丽姿舞动着光剑,可没那么容易放过她。

她只是朝他翻了翻白眼:“笨蛋,海盗才不会用光剑呢。”

“他们要用。我们是现代海盗。”

凯文举起两块蛋糕:“先吃吧。吃完再打。”

丽姿伸手拿她的那块儿,然后坐了下来,捂着她的头:“啊啊,我的头好痛。”

肖恩可以感受到她的痛苦,她可没开玩笑。感觉像是有谁拿光剑戳了一下她的脑袋。真的……他看着凯文:“快点儿去找埃罗伊,快!”

这突如其来的头痛让莫伊拉踉踉跄跄地从小道上走下来,倒在了她的一个花床里。她尽快地贴近地面,也顾不得那些她压倒的花花草草了。

恐惧。翻滚的海浪夹杂着痛苦。太糟糕了。

她召唤来能量,挣扎着掉进了治愈的通道里。太疼了。哦,她的头好痛。透过这种痛苦,她试着给自己扫描。虚弱的老女巫。她能看到的就是汹涌的红色般的疼痛。她想靠得更近一点儿看清楚,但是却像鹅卵石一样被一个汹涌的巨浪冲走了。

她的大脑还在抗争,但是她就快要死去了。

老年人,你自己可解决不了。

她可以感觉到自己的意识在滑动。疼痛也慢慢消失了,接下来就是一阵麻木,这种麻木的感觉一点儿也没让她觉得欣慰。时间似乎很漫长,她可以听见微风,可以感受到她手指下方的花朵。

花。她的花。她将毕生都花在了这片花园上,一个充满治愈魔力的花园。靠着最后的一点儿能量,莫伊拉伸出手,温和的治愈术慢慢从花儿渗入她的指尖。那种令人恐惧的麻木感消失了,取而代之的是一阵疼痛,这种痛告诉她,她还活着。她一动不动地躺在那里,依偎在她的花儿之间,慢慢地等待,慢慢地抗争着。

她还没有准备好要死。她还要抱曾孙呢,劳伦从曾祖母的水晶球里看到的。求求老天,保佑那是真的吧。

以吾之名
召唤神灵
生命之花
给予之花
护我躯体
驱逐死神
如吾所愿

埃罗伊没有像凯文一样飞快地跑到沙滩上。她肚子里的两个宝宝让她不得不小心,而且沙滩上都是石头,得小心才行。凯文很明显是受到了惊吓,但是她可以看到丽姿坐了起来,正在同肖恩说着话。

有时候对一个十岁的孩子来讲,危急同突发事件是不太容易区分的。她自己记了一下他们也许需要把那种区别加到咒语网络库里面去。

她急匆匆地跑下沙滩的时候眼睛一直盯着丽姿,但是她还是抱着头,她的那块巧克力蛋糕也没有碰。那说明问题已经很严重了。

肖恩抬头看了看,埃罗伊的胃打了一下结。他看上去很担忧。肖恩从来没有看上去这么担忧过。

她跑完最后几步,来到丽姿身边:“亲爱的,到底出什么事情了?”

丽姿依偎在她的大腿上:“我的头好痛,我的眼睛也看不怎么清楚了。都是模模糊糊的。”

那听上去像是偏头痛。这在刚刚显现魔法的小巫师们之间很常

见。埃罗伊长吁了一口气。偏头痛他们可以处理，他们只需要把丽姿带到祖母那里："甜心，是不是越来越严重了？"

丽姿摇摇头："不。但是越来越冷了。我不喜欢冷，它想把我带走。"

埃罗伊倒吸了一口气。那听上去可一点儿都不像偏头痛的症状。

丽姿在她大腿上缩成一团："埃罗伊，不要让它把我带走！"

是不是有什么外部的因素影响她？埃罗伊看着凯文。肖恩的意念魔法更强大，但是凯文更能很好地控制。"你可以帮她弄一下屏蔽了？那样她的大脑就有保护了？"

凯文点点头，握着丽姿的手。他一开始，丽姿就抬起头，微笑道："你帮我止痛了！"

埃罗伊再次长吁了一口气。好吧，及时的危险已经解除。现在他们需要专家的意见。她牵着丽姿的手："我们去找祖母吧。也许关于你刚刚感受到的那种冷，她知道点儿什么。"

肖恩在他们前面蹦蹦跳跳，挥舞着手中的光剑，驱赶着巨大的寒冷的威胁。埃罗伊希望要是那么简单就好了。一些症状对刚刚显现魔法的小巫师而言是很恐怖的。有的连大人都害怕。

听上去又不像是火系魔法，但是是件好事。但是寒冷却让她很担忧。如果记得没错的话，那是星际旅行的一个征兆之一。她将丽姿的手握得更紧了。

突然，走在前面的肖恩的光剑撞到了石头上。他回过头来，脸色惨白："祖母，埃罗伊，她好痛苦！"

有好一会儿，谁也没动。突然天崩地裂般，埃罗伊跟在肖恩后面死命跑过去。当她跑到祖母花园的一角时，她看见马尔库斯飞出了旅馆的门口，满脸恐惧，然后就听到了肖恩的叫喊声：

"祖母！啊！天呐！祖母！"

CHAPTER 23 第二十三章

看到祖母一脸惨白地躺在她的花床里,差点儿将埃罗伊的心撕成了两半。她跪在祖母的身边,疯狂地摸着脉搏看是否还有心跳。

马尔库斯抓着她的手腕:“她还活着。只是气息很微弱,她的头部好像受了什么伤,但是她还活着。”

埃罗伊大口喘着气。祖母可是他们的医生,这个村庄除了她没别人。很明显现在去找别的医生帮忙也来不及了。费舍尔湾的紧急服务需要的时间太长了。

紧急情况!

网络能量巫师!

她转过身去朝着她身后的一个个都吓呆了小巫师们喊道:“快去把能找到的电脑都找来。”

“快去!”他们飞一般地跑开了。

她回头对着马尔库斯:“快去找索菲。快启动报警器。”

他已经发疯般地在敲他的手机键盘了:“我也会找杰米同吉尼亚,他们可以把其他的医生找来。我觉得梅里亚也在巫师王国里。”

“快点!”埃罗伊紧紧地握着祖母的手。她觉得好冷。

肖恩一会儿就抱着个笔记本电脑回来了。马尔库斯抓过电脑,手指在键盘上飞快地敲击着。

肖恩低头看着祖母:“她为什么抓着花儿?”

埃罗伊的大脑想要弄明白他奇怪的问题:“什么?”

“她手里握着花儿。”肖恩说道。

埃罗伊看了看祖母的另一只手,手里攥着一朵弄皱了的蓝色的花。她的呼吸一下子停顿了:“这只手没那么冷。”她认出了那朵蓝色的花,矢车菊,治愈的花朵。

祖母的花园正努力让她活下来。

埃罗伊可以听到马尔库斯正在朝他能找到的所有人发号施令。她的头匆忙抬起来:“你找到吉尼亚了吗?”他点点头。

“我需要她。我需要那些她能传送给我的所有让花朵开放同治愈的咒语。”

马尔库斯看着她,仿佛她已经疯了。

埃罗伊指着祖母手上攥着的花:“我觉得她是在从她的植物那里吸取治愈的能量。”她朝着花园挥了挥手臂,“但是看看它们,它们的能量正在慢慢变弱。”

马尔库斯看了看离他最近的花:“我有一些土系魔法能量,我可以帮忙。”

“不!”埃罗伊脱口而出,连她自己都感到惊讶,“巫师王国里有很多土系魔法的巫师在线,而且咒语库里面也有现成的咒语。我需要你找到医生。这些植物是生命的支柱,他们不能把她救回来。快点儿找到索菲。”

她伸手去拿她身边的电脑。在此期间她可以将祖母的花园的花暂时救活下来。凯文摸了摸她的肩膀,脸色苍白但是很坚定地说:“我们可以的。埃罗伊。我们同这些植物。我可以把网络能量巫师上的咒语传递给这些花儿。”

肖恩已经趴到花床前面,手指轻轻地舞动着。丽姿从她的指尖喷了一些薄雾,对着花儿低声地吟唱。

凯文是对的。他们需要用到能找到的所有咒语。正当她把电脑递给凯文的时候,吉尼亚的脸出现在了屏幕上。

马尔库斯也把他的电脑扔给她:“我找到索菲了。”

埃罗伊看到索菲的脸时，又一次心碎了："很糟糕，索菲。我不知道发生什么事情了。但是她大脑里的问题。"

索菲非常苦恼："要是我看不到我就无法医治。该死！我们还没有为网络能量巫师弄一个扫描器。"她的声音有些沙哑，"那是我下周要做的事情。"

埃罗伊的眼睛痛苦地闭上。就差那么一点儿。他们有医生，也有办法把魔法弄过来，但是医生看不到。她的脑海里交织着愤怒同无奈。

真是头疼。

她抓着电脑屏幕："索菲，要是刚刚显现治愈魔法的医生是不是就能感受到祖母的痛？"

索菲困惑地皱着眉头："是的，任何医生都可以。"

丽姿。

她觉得有点儿天旋地转："丽姿！"丽姿跑过来，手指上仍然有水滴。"凯文，你可以把丽姿脑海里的屏障放下来么？只放一点点？"他点点头，手指还是在键盘上飞快地敲击着。

丽姿抱着她的头。

"很抱歉！"埃罗伊把她搂到自己的大腿上。"我觉得你现在同祖母感受到的痛苦是一样的。现在你能告诉索菲你是什么样的感觉？"

丽姿揉了揉眼睛："我的脑海里像是受到了巨大的撞击。那儿最痛。"她揉着自己的左眼。

索菲看着埃罗伊的眼睛，越来越恐惧："是不是很强烈，是很大还是圆的？"

埃罗伊看着电脑屏幕上出现的字。要是丽姿的大脑还是有很强的保护的话，情况会越来越糟糕的。我们不能同时失去两个。埃罗伊几乎要尖叫起来。

丽姿歪着头，想着索菲的问题："大部分时候是又大又圆，有的时候又很尖。现在好一点儿了。我觉得植物的咒语起作用了。"

索菲的声音颤抖着："希望如此。我觉得我们准备好了。"她坐直了身子。"丽姿，你现在可以继续浇灌了。那会很有帮助的。"埃罗伊看着屏幕后面，不敢多问。

索菲看上去很糟糕:“听上去像是中风。我们现在需要移动她。你需要把她带到巫师王国里来。那是我们能最快召集医生的地方。”

埃罗伊如骨鲠在喉,她紧紧抓着祖母的手:“那样动她安全吗?”

“不,”索菲摇摇头,眼泪掉了下来,“那样她会没命的。但是如果我们不动的话,她会死的。”

杰米的脸突然出现在她的屏幕上,后面是海洋之角绵延的山丘。“我们可以帮忙,埃罗伊。我可以给你一个特殊的传输咒语。我们会用远程传输。那样对她来说更轻柔。阿尔韦恩会尽可能让一切保持平稳的。”

埃罗伊紧闭着眼睛,绝望地期待着奇迹的发生。她知道魔法也可以用来要人命。要是她的魔法把祖母害死的话。

马尔库斯的手轻轻地搭在她的肩上:“我们有一个完整训练圈。你可以的。她很放心地把她的性命放在你手里。”

靠着他眼里对她的信任,埃罗伊紧握着她的吊坠,召唤魔法。

要是宝宝也留不住祖母,那什么都没用了。

她自己都不知道自己可以如此稳定,她还能够掌控。埃罗伊伸手去拿杰米送过来的传输咒语。连她都知道这是一项很复杂的艺术:精致、复杂,像石头一样稳定。再也找不到更合适的人选了。将祖母放在这样的人手中再合适不过了。

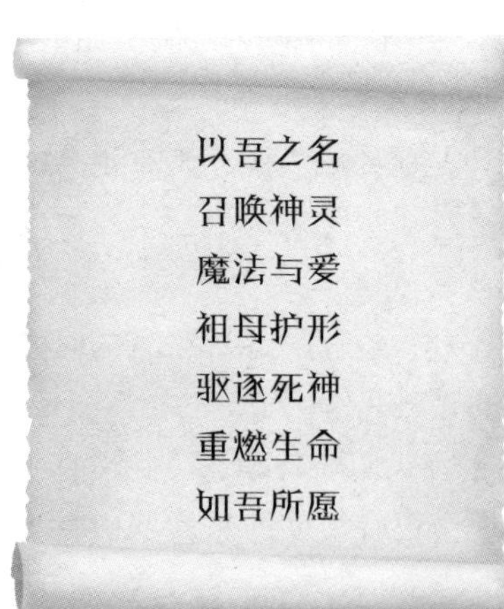

正当她准备好激活咒语的时候,另一个咒语雏形出现在吉尼亚的手中。

那是医生发出的咒语。马尔库斯发送道。他们会帮忙稳住莫伊拉,让她平稳地进入巫师王国。

埃罗伊把第二个咒语包裹在第一个周围。祖母的手又变凉了。他们不能再浪费时间了。

她推了一下。

当她睁开眼的时候,祖母已经

躺在了一张矮床上，索菲拖着她的头。索菲的脸色开始呈现出全神贯注医治的神色，而不是死亡的悲伤。

他们已经弄好了。祖母现在在医生的手里。

马尔库斯挽住她的手臂："我们现在静静等待，静静祈祷吧。"他将他们也拖进了巫师王国。

索菲努力让自己的大脑安静下来。恐惧对医生而言可没什么好处。她看着麦克的眼睛："你也可以感受到么？"

他点点头，静静地扫了一下整个房间："我们都可以。中风，而且很严重。是左半脑。"

"她的通道堵塞很严重。"梅里亚说道，她是这个房间里最老的医生。"我已经开始清除堵塞了。"

索菲点点头。那并没有能解决莫伊拉头部的损伤问题，但是可以阻止对她身体造成的进一步的伤害。中风可以杀死神经，还可以造成永久性瘫痪。

两位年轻的医生坐在莫伊拉脚下，给她的身体灌输氧气，同时清除毒素。令人吃惊地是，他们并没有什么其他的可以做。莫伊拉的花园为她提供了足够的呼吸。

麦克碰了碰她的手："你准备好了我们就开始。"他是对的。他们需要开始了。

索菲进入了治愈通道，感觉到其他的医生也慢慢加入进来。围在他们周围，莫伊拉在外面的房间里躺着，排斥着整个训练圈的能量。索菲借助着他们的能量，还有他们的稳定。

然后她开始慢慢地进入到莫伊拉的大脑。

有两种中风，一种是堵塞，另一种是血管破裂。她差不多肯定他们现在遇到的是第二种情况。莫伊拉可是有经验的医生，任何一个医生都会定期做自我扫描。要是大脑里有堵塞的话，她不会不知道的。不幸的是，血管破裂可比前面的那种难治愈得多。

刚到脑中动脉一半的时候，她发现她最害怕的东西，一摊血水。她感受到麦克平静而稳定的呼吸。她可以尽力。

快速地指导下，组分好了。当他们进入脑中动脉解决血管爆破的

时候,麦克同梅里亚要减缓莫伊拉的心跳。她的任务就是要重新让动脉壁长出来。那是土系魔法巫师们最擅长的。

这好像是一场她很可能输掉的战斗。一个巫师能做的只有这么多,麦克也无法从他的工作中抽身。

她觉得有只手伸了进来,是吉尼亚,土系魔法女巫,正在训练中的医生。索菲再一次稳定下来。靠着平稳的心灵之手,她开始做她的那部分。培养一个细胞,让它分裂。再培育一个,重复着进行。并不是件复杂的事情。他们只有大概两分钟。

当吉尼亚将基础的部分搞定后,索菲先是进行了一些简单的撕裂,然后朝着最艰难的那部分进行。她可以感受到更年轻的医生正在把血抽走,这样她就可以看到,但是一切进展得很困难。

一个游走的能量吸引了她的注意,她转过身,震惊地停住呼吸:莫伊拉的血管破裂正以可怕的速度蔓延开去。那种速度需要二十个医生,而不是一个实习生。这个星球上恐怕都没有二十个有土系魔法的医生。

不!杰米的意念声音。但是有一个,埃罗伊将吉尼亚的魔法传送给巫师王国每一个施咒编码者。我们尽快把它们替换掉,吉尼亚在帮忙。你可以用吗?

啊,是的!索菲抓起正在逐渐增多的血管破裂部位,这些碎片差点儿把她绊倒。那种增长速度,他们不需要修复开口。他们可以绕过去。

30秒以后,他们已经在开口上方修好了一个新的血管。索菲兴奋地继续弄接口,其他人也各自忙着手中的修复部分。

还剩下几秒钟的时候他们都退开了。索菲示意麦克同梅里亚加快莫伊拉的心跳速度。

然后她同其他医生所作的一样,在性命攸关的时刻,她祈祷着。

埃罗伊把头埋进艾伦的大腿上,像是从睡梦中被掩醒了一样。当她记起的时候,她猛地睁开眼:“祖母?”

艾伦轻轻地抚摸着她的头发:“我们还不知道呢。医生们还在抢救。”他微笑着感激内尔端来的一碗汤,“吃点儿吧。你把她从这儿弄到巫师王国里耗费了不少精力,那需要很强大的魔法才能治愈她的大脑,你也需要养精蓄锐。”

内尔坐在他们旁边:“我们已经给大家吃过东西了。这儿有好多巫师都需要补充能量。”她指了指那座低矮的建筑,莫伊拉就在里面。“医生们都是轮流吃点儿东西。”

埃罗伊抓住她的手:“有消息了吗?”

内尔摇摇头:“没有。他们尽可能地在修复损伤。”她的声音一下子轻柔了许多,“她活下来了,那就是个奇迹。”

米娅漫步过来,端着一盘子三明治:“饿了吗? 你还是想坐在沙发上?”

“沙发?”埃罗伊觉得自己脑子里一团浆糊,她拼命想要清醒一些。

米娅咧嘴笑道:“我们想要让每个人都很舒适。”内尔给了她一个大大的拥抱,“孩子,你干得不错。”

埃罗伊看着四周,逐渐觉得很震惊。他们已经在巫师王国里了,而且是在一个巨大的草原中间,杰米在短时间内能想出的最好的地方。现在是个很大很美的花园,还有树荫、花、沙发,自助餐还有成百上千的人。她所知道的每个巫师都在里面。

她看着米娅同艾伦,又转过脑袋,意识到大部分费舍尔湾的也都在场。这真是难以想象。很明显也有好多不是巫师的人也在。她有些说不出话来:“她的情况肯定好转了,祖母肯定不会错过集会的。”

米娅点点头,神情严肃:“那主意不错。”

有各式各样的魔法。埃罗伊把剩下的汤递给艾伦,站了起来,抓住米娅的手:“我需要你的帮助,你可以帮我找个长笛么?”

索菲的手垂在身体两边。她太累了,抬都抬不动。他们已经尽力了。剩下的就看莫伊拉自己还有她的意志力了。

麦克把她揽入自己的肩上。她觉得他的肩膀也很酸。他的整个团队也尽力了。

一个轻柔的呼噜声吸引了她的注意。吉尼亚正像小老鼠一样缩成一团静静地睡着了。她做了整个医生团队需要做的事情。“将来她会是很了不起的医生的。”

“她已经是了。”麦克说道,“咒语编码的主意真是太天才了。”

是啊。要是莫伊拉活下来,吉尼亚同埃罗伊出色的团队协作就是最重要的原因了。

她朝吉尼亚伸了只手。有人应该看看她是不是进入了其他通道。麦克用他手指指了指:“放松点儿。她很好。只是睡着了。房间里每个医生都检查了一遍。”

她把一只手放在自己肚子上,宝宝也还好。但要是走动的话就会很痛苦的,她已经尽自己最大的努力同时又不伤到肚子里的孩子。

“你尽力了。”麦克说道,“莫伊拉会是第一个要告诉你再继续下去就不应该了的人。”

索菲点点头,她其实也知道。理智告诉她她应该那么做,但是她的心在两种选择之间挣扎着。

麦克递给她一杯蛋白质饮料,她顺从地抿了几口。这个,也是保持她后代安全的方法。还需要更多的医治,几个月的医治。

至少她希望如此。莫伊拉还是躺在那里一动不动,全身冰凉。

吉尼亚从角落坐起来,揉了揉眼睛:“谁在放音乐?”

音乐?索菲抬起头听着这抑扬顿挫的旋律出现在房间里。好像是埃罗伊为训练圈准备的长笛的声音。

埃罗伊的长笛。

索菲推开麦克,踉踉跄跄地走向门口,打开门。音乐慢慢渗透进来,天空中高悬着一轮月亮,房子外面有上百张脸正举着蜡烛,轻轻地吟唱着,随着埃罗伊的长笛声吟唱着。

她急切地朝着杰米挥了挥手:“你可以让这个建筑消失么?把她放到我们中间来。”

不一会儿,建筑消失了。莫伊拉躺在床上,笼罩在月光中。她的周围开满了花儿,月亮更近了一些。编程人员同巫师们都吃惊地看着。真是太壮观了。

杰米摸着她的肩膀,轻轻地说:“我们还能做点儿别的么?”

“最后一件事。你可以把音乐传到她的脑海里去吗?你能帮她看看这一切吗?轻点儿,轻点儿。”

他做起鬼脸:“我可不温柔。”

劳伦在他旁边站着，拿出她新得到的水晶球，深深地吸了一口气："我很温柔，我来吧。"她闭上眼睛，慢慢地摆动。几秒钟后，她微笑着，"她在听，只是很微弱，但是她可以听到我们的谈话，听到我们的音乐。"

索菲看到眼泪从许多人脸上留下来，但是她的歌声并没有停止。埃罗伊的长笛声也没有停下来。

是时候开始训练圈了。那是她的工作。莫伊拉可以听到埃罗伊的长笛声，但是还是有什么地方不对。她的训练圈在哪里？她在哪里？

她挣扎着想要看清楚，想要透过浓雾看清楚自己的脑袋。

音乐，听音乐。她可以透过意念之眼看到埃罗伊，她一边吹奏，一边轻轻地摇摆着。训练圈中的脸，爱与社区同魔法的纽带。这么多，肯定是很重要的魔法圈。

啊，今晚的月亮也很美。就好像她伸手就能触及一样。这么美，月光透过浓雾倾泻下来，现在她看得更清楚了。

她好像是躺着的，但是真的很奇怪。

她又回忆起那种剧烈的疼痛感，花园里那种垂死挣扎，那种令人毛骨悚然的冷。

她努力想睁开眼睛，看着蒙上一层阴影的头还有明亮的月光。真的好像近到可以用手摸到。

"这是不是天堂啊？"天，她的声音听上去很糟糕。

静静的笑声同亲吻额头的声音传来："不，莫伊拉，你还是同我们在一起，你活过来了。"

她没死？莫伊拉慢慢地看着四周，在朦胧的月光下，这些模糊不清的脸。好像不应该是这样："索菲，我亲爱的，我怎么看不太清楚了。"

现在眼泪从她的脸上滑落，还有吻："我知道，我很抱歉。我们会尽力的，它会慢慢好起来的。现在，你只要知道我们爱你。你回到了我们身边。这真是漫长的旅程，你还要摇我们的宝宝呢。我发誓。"

她感受到睡眠魔法的轻轻触碰，慢慢地她进入了梦乡。她将来还可以摇宝宝呢。

那就好。

CHAPTER 24 第二十四章

埃罗伊抬头看着城堡，微笑着。丽姿肯定会开心死的，睡在塔楼里。

城堡是巫师王国不可思议的编程者们最新的创意发明。当上百个巫师想要找地方睡觉的时候，有许多床的地方当然是好地方，城堡就恰好有大量的床。

让她倍感吃惊的是马尔库斯居然当起了主人。杰米同吉尼亚就是把祖母送到了他的城堡，选那个城堡是因为尺寸足够大，而不是因为主人有多热情周到。即使是他虚拟的工作人员似乎也不太赞同他那么没礼貌。他给每个人都准备了吃的，和蔼地给大家看房间，而且承诺早晨会提供早餐。

早晨马上就到了，要是可以相信巫师王国的天空的话，太阳刚刚跃到地平线上。埃罗伊的肚子也咕咕地叫。她需要尽快找点儿吃的，但是她现在缩在一个很舒服的角落，艾伦正舒服地枕着她的大腿。他都没力气去床上了。从她可以听到的呼噜声推断出，旁边的沙发上也躺着好几个。

“要不要吃点儿早餐？”一个轻柔的声音从她肩膀传过来。索菲坐进附近的扶手椅，将一个托盘放在她俩之间的桌子上，“怀孕妈妈可不像我知道的某些人睡了一整天。”

埃罗伊笑着欢迎道："麦克还在睡觉么？"

"是啊。大部分医生都还在睡觉，但是很明显宝宝可不像其他人那么累。"索菲轻轻地拍着她的肚子。

埃罗伊拿起早餐点心。闻上去棒极了，黄油苹果，还有迷人的肉桂香味。"你去看祖母了么？"她昨晚只是握了握祖母的手，医生还不让人太打扰她。

索菲点点头："她还在休息。马尔库斯的厨房工作人员手艺不错，准备了一些肉汤还有草药茶。"

"她到底怎么样？"埃罗伊盯着她的早饭，有点儿担心听到答案。

"还有很漫长的路要走。"索菲漫无目的地搅拌着她的茶，"她说话的声音受到了影响，她的视力也受到了影响。它们都需要很长时间的调养才能恢复。不过马尔库斯说她的意识清晰，所以应该是件好事儿。"

当你同某人一起长大，你就能分辨出他们说话的真假了。索菲，你还有什么没有告诉我的？

还有很多东西我们不知道呢。她的眼里充满了悲伤。"也许她不能走路。她右边的身体损伤很严重，有时候很难恢复。"

祖母不能走路也不能说话，还有可能看不到？埃罗伊倒吸了一口气。突然觉得大脑轻飘飘的。

"别在我面前晕倒。"索菲扶住了她，突然变得好多了，"妹妹，她还活着。她是我见过的最坚强的女人。我们都需要相信她。"

埃罗伊点点头。祖母一直都是她的主心骨。要是祖母现在需要依靠，他们应该坚强地站在她身后。她看着聚集在这里的人，等着。肯定有很多人愿意帮忙的。

"我觉得我们是有多幸运啊。"索菲说道，"要是这事儿发生在一个月以前，你的魔法还没有显现的时候，我们就不能把她带进来了，我们也不可能像现在一样医治她。你救了她的命。要是你没有那种能力我们是无法把她弄进来的。"埃罗伊抓着索菲的手："祖母总说医术是最高尚的魔法。她是对的。"

突然索菲凝重的眼神变得幽默起来："她那样说是让我们在草药课

上不停地搅拌药剂。”

埃罗伊想起那些场景，笑起来。想起那时候的祖母强壮，有活力，要是小巫师注意力不集中还少不了吃点儿苦头。

这么多人来帮祖母。她的小巫师们，将爱和生命注入这些珍贵的花儿中。巫师王国的天才编程者们，四岁大的动力室，还有那些传输来的咒语。劳伦带着水晶球走了进来，这也让更多的人充满信心。这么多人都贡献了他们能贡献的一切。

这么多人爱戴祖母。埃罗伊觉得内心很平静，心里也对自己可以尽到自己的本分心存感激。

莫伊拉临时住的房间门突然打开了，梅里亚探出头来：“她醒了。”

其实知道自己年事已高并不是什么开心的事情。莫伊拉掰了掰自己的手指，呻吟着。

“莫伊拉姨母，放松点儿。我们现在会帮你坐起来的。”索菲的声音是如此安抚人心，就跟其他救死扶伤的医生的声音一样。它轻轻抚慰着莫伊拉的灵魂。好。爱发脾气的病人恢复得很快。

帮手轻柔地帮她坐起来，将枕头放在她背后。莫伊拉意识到一切看上去都好模糊。她又想起了那晚模糊的月光。也许不管发生了什么，那晚它带走了她的视力。

这次是埃罗伊轻柔的声音：“祖母，你可以睁开你的眼睛么？”

她的眼睛还是闭着的？好吧，难怪这么黑。

“我觉得是因为结痂收口，把眼睛遮住了。”一块湿布小心翼翼地擦着她的眼睛，还混合着治愈魔法，“好了，现在再试试吧。”

睁开眼对她而言从来没有这么麻烦过。第一眼看到的光同影子仍旧模糊不清。旁边的人迅速地拿来一副眼镜。“需不需要戴眼镜？梅里亚已经对眼镜施了咒语了，你的眼睛恢复的时候，它也可以帮助你恢复视力。”

莫伊拉眨了几次眼。啊，对了！这些真的太棒了。她现在可以看得很清楚了。她看着身边围着的姑娘们。

索菲笑着回应她，满是医生眼中才有的神色。埃罗伊的微笑则有些摇摆。

索菲把一只手轻柔地放在埃罗伊的肩上："这很正常，而且只是暂时的。"她坐在床边，"莫伊拉姨母，你中风了。所以你右边的身体受到了影响，你的笑容也有点儿僵硬。"

中风。那她不是差点儿死了？

她试图召唤能量看看到底发生了什么事情。索菲翻了一下白眼，摇了摇头："以后还有的是时间呢。现在先省点儿体力吧。"

她轻轻地抬起莫伊拉的手："你可以拧一下我的手指么？"

莫伊拉将注意力放在她手上。左边的手对一个上了年纪的差点儿死掉的老女巫而言是很正常的。左边的动了动，摇了摇，但是抓不住索菲的手指。

作为医生，她知道能动就已经很不错了。有一只不听话的手，好吧，是有点儿吓人。"我想我是不是现在也不能下床走动了？"

正如她所预料的一样，沙哑刺耳的声音。但是她听不到，只是她的话有些混乱，几乎不能听出她在讲什么。埃罗伊将手指轻轻盖住她的嘴唇："等等，我有办法了。"

她走出莫伊拉的视线。索菲靠过来。"你还得给我的宝宝唱歌呢。慢慢来，只是时间问题。"

啊，索菲！一个好的医生可不会许自己办不到的承诺。

埃罗伊从门后进来，劳伦跟在后面。索菲的眼睛亮了："小妹，你真是个天才。"

莫伊拉看着劳伦的眼睛，要是我的大脑是蔬菜的话，你可别让这两个知道。

劳伦突然放松地笑起来："从你大脑里听上去你很正常嘛。等一下，我把意念连接发给大家，这样他们也可以听到了。"她快速地看了一眼索菲："可不可以？"

索菲点点头。莫伊拉感觉到已经有意念连接了：你们好，我亲爱的姑娘们。告诉我我在什么地方？我怎么进来的？

她们三个开始讲话。真是一次愉快的交谈。她听了一会儿，然后举起手。有点摇摇晃晃，但是还行。

让我确定一下我是不是弄对了，我被送到了巫师王国里，然后被一

群最好的医生从鬼门关拉了回来，而且还没人给我端茶来？

索菲愉快地笑起来："其实你大脑里也没有什么地方出了差错对不对？茶马上就好，还有一些家里做的肉汤。"

莫伊拉嘟哝起来。从她还是个小女孩开始，她就很讨厌肉汤。

埃罗伊咯咯地笑起来："好吧，你可让我们喝了不少。"

孩子，那是因为对你有好处。

埃罗伊拍了拍她的手："你今天只需要喝几杯，就几杯。"

也许该有些小巫师来分散她的注意力。也许应该让他们中的谁给祖母弄点儿烤饼过来。

劳伦哼哼道，拍了拍她的手："祝你好运了。"

好吧。她的想法大家都能听到可没有那么好。

索菲的眼睛眨了眨："其实这样练习说话就有动力了。"

是不是应该对生病的老女巫好一点儿呢？

劳伦笑起来，看着索菲，她点了点头："你要是觉得可以的话，我们这里有好多人可以照顾莫伊拉呢。"

这不就是这些人来这里的意义么，分散病人的注意力，而且还是医生逼的。

索菲按了一下墙上的按钮："杰米，你可以把这墙拆掉么？莫伊拉姨母已经准备好看看那些友好的面孔了。"

当墙被拆掉的时候，莫伊拉大口喘着气，觉得天空就在她的头顶。也许那低悬的月亮并不只是梦。

然后她看到许多面孔，还有花儿。几十个人，不，是几百个。她所爱的人：巫师，不是巫师的，从世界各地，四面八方赶来。每个人眼中都透着爱。

啊！每个人手中都有彩虹，还有盛开的桃花。预示着健康与长寿。

她的心里溢满了幸福。

索菲在她的草药房里转悠，轻轻地碰着每一瓶药，还有一把把药

草。房间散发着一股淡淡的薰衣草香,那是上个满月的时候她才收割挂上去的。

现在她来收拾这些东西,也是来说再见的。

这个房子曾经是她的天堂。尽管她也很喜欢共同魔法的联系,但是在她心里,她还是一个喜欢独处的女巫。也许是一个喜欢独处的女人碰巧成了女巫。即使还是个小女孩,大部时间她也还是一个人,在森林里或者沙滩上闲逛,或者在咖啡吧里静静地看着这个世界。

这间在科罗拉多的房子也曾经是她的栖身之地,她的慰藉。当她知道费舍尔湾不可能成为她的家的时候,她把家安在了这里。

她真的很喜欢这个房子,她甚至在巫师王国里建了一座一模一样的。其他的玩家都有城堡或者巫师的别墅。但是她只有一个50年代的低矮的平房,还有一个惊人的花园。当她离开真正的家的时候,它仍旧在这儿抚慰着她。

她轻轻地关上药草屋的门,将收拾好的袋子放在门口。向她的花园做最后一次召唤。她摸了摸大丽花,还有耧斗草,呼吸着掌叶大黄柠檬般的香气,同时轻轻地对着薄荷笑了笑,她离开的这两天薄荷都快长满大半个花园了。

希望新主人会喜欢薄荷茶。

她让眼泪恣情地流着。要是觉得悲伤,没有比花园更好的去处了。它们带走了她的悲伤,而且可以将花园利用起来。这些泪水也不全是悲伤的泪水。她的生活发生了变化,而且大多数是很好的变化。

有一个好男人在等她,还有他们的宝宝。莫伊拉姨母在中风后状态还不错。但是她需要有人照顾。很长时间的照顾,而且需要一个像她一样的医生。

那儿当然有其他人可以照顾她,其他人也愿意帮忙。巫师社区总是互相帮助,莫伊拉姨母又是最受爱戴的女巫。其实索菲也不必去那里,而且是离开她恋恋不舍的家,离开她的根。

但是她这样做是对的。

即使是流泪,即使她说了再见,她的内心也很坚定。她人生的下一个篇章将从费舍尔湾开始。

“她想回家。”埃罗伊坐在艾伦的椅子扶手上，已经完成了最好的一件事情，召开了一次会议，“可以吗？”

“我希望可以。”内尔咧开嘴笑起来，“她最近越来越像阿尔韦恩生病一样爱抱怨了。”

埃罗伊叹了口气。那就是召开会议的原因。“我只记得，我也提醒自己脾气暴躁的病人一般恢复得更快。”

索菲笑起来：“我开始想她当初教我们的那些就是为了今天她可以乱发脾气。”她突然清醒了，“我们当然可以把她弄回家，她现在的状态已经可以被送回去了。但是我觉得她回家后还是需要人照顾。但是我们准备好了么？”

艾伦挤了挤埃罗伊的腰：“我可以保证她每天都会吃到很多清淡的糊状的东西。没有肉汤。”

埃罗伊咯咯地笑。祖母已经把前面的那几碗扔掉了，差点儿砸到给她送汤的巫师身上。好消息是她是用的右手。结果索菲每隔30分钟就让人送碗肉汤过去。扔东西可是很好的锻炼。

内尔摇摇头：“你知道那些人抽签去给祖母送东西，还要小心不被砸到，他们有多爱你么？阿尔韦恩上次抽到了，他可是很兴奋啊。”

麦克挠挠头：“告诉他躲快点儿，我上次都没来得及。”

“情绪变化是她恢复过程的一部分。”索菲说道，“她的大脑现在表现不错，但是还是需要很长时间才能恢复。现在我们只能接受她很容易发脾气这一现实了。”

“现在你终于告诉我们了。”埃罗伊站起来，伸展了一下身子，在这奇怪的地方睡午觉身体还是嘎嘎作响。“这么说，她还需要什么？”

索菲开始数手指：“得有人24小时待在她身边，她现在还不能起床呢。定时的治疗可以帮助她的神经组织恢复，慢慢地她就可以恢复了。可以起来在她的温泉池子里泡泡。那可是早上起床的好理由。”

太好了！她可以做的事情可还有很多呢，埃罗伊开始想着那些她可以做的事情。“那理由挺简单的。她还有新的训练生要训练。丽姿的才能最近充分得到了展现。”

索菲慢慢笑起来：“训练生。那太棒了。”

“她可以训练两个，”内尔说：“要是不移动莫伊拉，我们就不能够及时找到医生。但是杰米同阿尔韦恩已经想出怎么通过巫师王国把现实生活中的人移回原来的地方，比我们快多了。我们可以把吉尼亚交给莫伊拉，加利福尼亚很缺医生，要是吉尼亚能够得到一些训练的话就太好了。”

“那就太有帮助了！”麦克说，“其实她已经很有技巧了，也许莫伊拉可以监督一下她的学生。”

埃罗伊喜欢看着大家集思广益：“我现在同她一起，白天小巫师们可以帮帮忙。”

马尔库斯摇摇头：“不，我和她待一起。她需要人帮她起身，你自己现在这种状况也不适合动太多。我会把我的东西搬到她的客房。”

听到这儿，房间里死一般的沉寂。马尔库斯要搬来同莫伊拉一起住？

他四处看了看：“怎么了？你们觉得我还照顾不好一个脾气古怪的老女巫么？”

内尔偷偷笑起来：“嗯，我觉得你已经很明白脾气古怪是怎么回事儿了。”

“我可知道怎么把杯子扔回去。”马尔库斯冷冷地说道。

“我觉得那主意不错。”索菲说道，她朝埃罗伊眨了眨眼睛，“这样一定会让莫伊拉姨母好得快一点儿的。”

肯定会的。马尔库斯当护士？

埃罗伊努力想了想，索菲接下来列出了莫伊拉恢复后可以做的事情。“医治怎么办呢？新斯科舍是有些医生，但这个村子里可就祖母一个。我觉得还是轮流来照顾一段时间吧。”

“我们也可以从远处找一些医生来。”杰米说道，“这个新的穿梭咒语还不错。阿尔韦恩同我可以把任何人从巫师王国移出来。”

那真的太方便了，但是对这个小家伙来说可能负担太重了。“他昨天移了那么多人不累么？”

内尔摇了摇头：“他才不累，我们给他吃了饼干。他会没事儿的。”

麦克握着索菲的手：“欢迎帮忙，但是索菲同我可以做很多事情。”

埃罗伊摇摇头。他们才刚刚结婚，而且才刚刚开始新生活。祖母不应该在这个时候打扰这对新婚燕尔。

索菲举起一只手："这是不是莫伊拉仍准备出售的小屋？"

埃罗伊皱起眉头："你指的是那个小棚屋？索菲，那儿可不能住人。那房子十年了都没卖出去。"

"不，但是我们可以在那儿建房子。"麦克吻了吻索菲的头，咧着嘴对埃罗伊笑起来，"我觉得小宝宝们会有玩伴的。"

他们要搬家么？埃罗伊内心充满了震惊，但又很开心。土系魔法巫师们从来不搬家。

索菲笑起来："我也爱她，她现在需要我们。"

真是一份充满爱的礼物，这份礼物不仅仅是送给祖母的。埃罗伊的脑海里出现了她们一起吃晚饭，小宝宝一起玩，早晨在祖母的温泉池泡澡的情景，每天醒来，姐姐都在。

剩下的就是新斯科舍式的欢迎了。埃罗伊伸出双臂："欢迎来到渔人客栈，欢迎你们俩。我们要办个聚会，我觉得祖母听到这样的消息一定会好得更快的。"

她的聚会被一大片祝福同庆祝声淹没了。

埃罗伊静静地坐在那儿，任由声音在她身边回荡。

过去的几天对这个魔法社区而言真是个奇迹，这么多人都慷慨相助。然而索菲刚刚所做的一切让她觉得尤为窝心。土系魔法巫师都深深扎根在自己的土地上，很少离开家。任何一个认识祖母的人都知道那一点儿。

不管他们有多欢迎她，修房子都是一件耗时比较长的事情，也很折腾。

这是索菲最不需要的，埃罗伊也意识到她应该帮忙。她看了看杰米同吉尼亚，然后对他们说："我有办法了。"

接下来的七个小时，17个巫师，3个编程人员，费舍尔湾的每个人都来帮忙。

最后，埃罗伊站在祖母的花园里，她很爱这种回到自己村庄的感觉，同时对他们所做的一切都感到震惊。索菲的房子建好了，巫师王国里房子的真实版。杰米发誓说这肯定是她真实房子的复制。它坐落在祖母别墅的西边,树荫下。要不是有新的翻土打地基的痕迹证明它是新房子的话,很明显巫师王国的房间不需要那些细节,也许它在那儿已经好多年了。

这种方式欢迎姐姐回家真是再好不过了。

来帮忙的大部队已经离开了,其他的就静静地等着祖母回来。他们留下了许多花篮,还有为麦克同索菲准备的乔迁礼物,还有够整个村子吃一周的食物。

准备好了,她从口袋里拿出手机,朝着正在等待的阿尔韦恩笑了笑:“甜心,开始吧。把他们弄回家。”

莫伊拉的床已经被放在了她的花园后面。索菲同麦克手牵手。要他们整个下午都远离村子可花了好多心思,当然还有一些强制性的东西。她想她最后不得不让祖母让这个秘密圆满起来。

索菲看上去很担心:“她今天真的很累了,我觉得我们需要把她直接送回房间。”

“才不是。”莫伊拉说道,脸上露出微笑,突然坐了起来:“我很好。”虽然不是完全清楚,但是没人误解她的意思。

索菲的脸看上去真的很困惑:“我本来觉得你肯定很累了。”

祖母歪歪斜斜地笑起来:“我亲爱的索菲,医生真是太好骗了。我装得很像啊,我自己这么觉得。”

“骗医生?”索菲气急败坏地说道,更加地困惑。

祖母慢慢地起身,捧住索菲的脸。她的右手比左手慢很多,但是还是成功了。“欢迎来费舍尔湾,我的孩子。看看他们为你们做的这一切。”

索菲转过身,完全愣住了。埃罗伊仔细地打量着她,直到索菲最终发现了房子的那一刻。她的脸上写满了震惊与幸福,费舍尔湾整个村子都开满了鲜花。

索菲抓起麦克的手,转向埃罗伊:“我的房子。你把它移到这里来了。”

埃罗伊咧嘴笑起来。要不是边上还有新土的痕迹,看上去真的一

模一样。用来安定一家人的房子。

索菲也有一个家了,祖母还有那么多宝宝需要摇。这就是靠现代魔法带来的最传统的爱。

埃罗伊紧握着她的心形吊坠,知道在巫师王国,上百双眼睛,上百颗心都同她在一块儿。做女巫,真好!